ZIEMIA ULRO

乌尔罗地

Czeslaw Milosz

[波兰] 切斯瓦夫·米沃什 / 著

韩新忠　闫文驰 / 译

南方出版传媒
花城出版社

中国·广州

图书在版编目（CIP）数据

乌尔罗地 /（波）切斯瓦夫·米沃什著；韩新忠，闫文驰译. —— 广州：花城出版社，2018.12
（蓝色东欧 / 高兴主编. 第3辑）
ISBN 978-7-5360-8837-5

Ⅰ. ①乌… Ⅱ. ①切… ②韩… ③闫… Ⅲ. ①随笔－波兰－现代 Ⅳ. ①I513.65

中国版本图书馆CIP数据核字(2018)第298638号

合同版权登记号：图字19-2019-064号
ZIEMIA ULRO
Copyright © 1977；Czeslaw Milosz
All rights reserved

出 版 人：詹秀敏
丛书策划：朱燕玲　孙虹
出版统筹：李倩倩　夏显夫　欧阳佳子
责任编辑：许泽红
技术编辑：薛伟民　凌春梅
装帧设计：棱角视觉

书　　名	乌尔罗地 WU ER LUO DI
出版发行	花城出版社 （广州市环市东路水荫路11号）
经　　销	全国新华书店
印　　刷	恒美印务（广州）有限公司 （广州南沙经济技术开发区环市大道南路334号）
开　　本	880毫米×1230毫米　32开
印　　张	9.375　2插页
字　　数	245,000字
版　　次	2018年12月第1版　2018年12月第1次印刷
定　　价	55.00元

本书中文专有出版权归花城出版社独家所有，非经本社同意不得连载、摘编或复制。
如发现印装质量问题，请直接与印刷厂联系调换。
购书热线：020-37604658　37602954
欢迎登陆花城出版社网站：http://www.fcph.com.cn

乌尔罗地

目　　录
CONTENTS

记忆，阅读，另一种目光（总序）/高兴　/　1
在两个世界之间（中译本前言）/闫文驰　/　1

第一章　/　1
第二章　/　3
第三章　/　6
第四章　/　9
第五章　/　12
第六章　/　16
第七章　/　20
第八章　/　24
第九章　/　27
第十章　/　33
第十一章　/　36
第十二章　/　44
第十三章　/　50
第十四章　/　56
第十五章　/　64

第十六章 / 69
第十七章 / 77
第十八章 / 89
第十九章 / 98
第二十章 / 101
第二十一章 / 105
第二十二章 / 109
第二十三章 / 119
第二十四章 / 132
第二十五章 / 144
第二十六章 / 146
第二十七章 / 159
第二十八章 / 166
第二十九章 / 174
第三十章 / 191
第三十一章 / 195
第三十二章 / 203
第三十三章 / 212
第三十四章 / 218
第三十五章 / 225
第三十六章 / 231
第三十七章 / 242
第三十八章 / 245
第三十九章 / 250
第四十章 / 259
第四十一章 / 267

记忆，阅读，另一种目光

（总序）

高兴

昆德拉说过："人的一生注定扎根于前十年中。"我想稍稍修改一下他的说法："人的一生注定扎根于童年和少年中。"童年和少年确定内心的基调，影响一生的基本走向。

不得不承认，二十世纪五六十年代出生的人都有着不同程度的俄罗斯情结和东欧情结。这与我们的成长有关，与我们的童年、少年和青春岁月有关。而那段岁月中，电影，尤其是露天电影又有着怎样重要的影响。那时，少有的几部外国电影便是最最好看的电影，它们大多来自东欧国家，几乎吸引了所有人的目光，是我们童年的节日。在某种意义上，甚至可以说，它们还是我们的艺术启蒙和人生启蒙，构成童年最温馨、最美好和最结实的部分。

还有电影中的台词和暗号。你怎能忘记那些台词和暗号。它们已成为我们青春的经典。最最难忘的是《瓦尔特保卫萨拉热窝》。"'空气在颤抖,仿佛天空在燃烧。''是啊,暴风雨来了。'""看,这座城市,它就是瓦尔特。"简直就是诗歌。是我们接触到的最初的诗歌。那么悲壮有力的诗歌。真正有震撼力的诗歌。诗歌,就这样和英雄主义和浪漫主义,紧紧地连接在了一道。

还有那些柔情的诗歌。裴多菲,爱明内斯库,密茨凯维奇。要知道,在二十世纪七八十年代,读到他们的诗句,绝对会有触电般的感觉。而所有这一切,似乎就浓缩成了几粒种子,在内心深处生根,发芽,成长为东欧情结之树。

然而,时过境迁,我们需要重新打量"东欧"以及"东欧文学"这一概念。严格来说,"东欧"是个政治概念,也是个历史概念。过去,它主要指波兰、捷克斯洛伐克、匈牙利、罗马尼亚、保加利亚、南斯拉夫、阿尔巴尼亚七个国家。因此,在当时,"东欧文学"也就是指上述七个国家的文学。这七个国家,加上原先的东德,都曾经是以苏联为首的华沙条约组织的成员。

一九八九年底,东欧发生剧变。此后,苏联解体,华沙条约组织解散,捷克和斯洛伐克分离,南斯拉夫各共和国相继独立,所有这些都在不断改变着"东欧"这一概念。而实际情况是,波兰、捷克、匈牙利、罗马尼亚等国家甚至都不再愿意被称为东欧国家,它们更愿意被称为中欧或中南欧国家。同样,不少上述国家的作家也竭力抵制和否定这一概念。在他们看来,东欧是个高度政治化、笼统化的概念,对文学定位和评判,不太有利。这是一种微妙的姿态。在这种姿态中,民族自尊心也发挥着不可估量的作用。

但在中国,"东欧"和"东欧文学"这一概念早已深入人心,有广泛的群众和读者基础,有一定的号召力和亲和力。因此,继续使用"东欧"和"东欧文学"这一概念,我觉得无可厚非,有利于研究、译介和推广这些特定国家的文学作品。事实上,欧美一些大学、研究中心也还在继续使用这一概念。只不过,今日,当我们提到这一概念,涉及的就不仅仅是七个国家,而应该包含更多的国家:立陶宛、摩尔多瓦等独联体国家,还有波黑、克罗地亚、斯洛文尼亚、塞尔维亚、黑山等从南斯拉夫联盟独立出来的国家。我们之所以还能把它们作为一个整体来谈论,是因为它们有着太多的共同点:都是欧洲弱小国家,历史上都曾不断遭受侵略、瓜分、吞并和异族统治,都曾把民族复兴当作最高目标,都是到了十九世纪末二十世纪初才相继获得独立,或得到统一,第二次世界大战后都走过一段相同或相似的社会主义道路,一九八九年后又相继推翻了共产党政权,走上了资本主义发展道路。之后,又几乎都把加入北约、进入欧盟当作国家政策的重中之重。这二十年来,发展得都不太顺当,作家和文学都陷入不同程度的困境。用饱经风雨、饱经磨难来形容这些国家,十分恰当。

换一个角度,侵略,瓜分,异族统治,动荡,迁徙,这一切同时也意味着方方面面的影响和交融。甚至可以说,影响和交融,是东欧文化和文学的两个关键词。看一看布拉格吧。生长在布拉格的捷克著名小说家伊凡·克里玛,在谈到自己的城市时,有一种掩饰不住的骄傲:"这是一个神秘的和令人兴奋的城市,有着数十年甚至几个世纪生活在一起的三种文化优异的和富有刺激性的混合,从而创造了一种激发人们创造的空气,即捷克、德国和犹太文化。"[1]

克里玛又借用被他称作"说德语的布拉格人"乌兹迪尔的笔为我们描绘了一个形象的、感性的、有声有色的布拉格。这是一个具有超民族性的神秘的世界。在这里,你很容易成为一个世界主义者。这里有幽静的小巷、热闹的夜总会、露天舞台、剧院和形形色色的小餐馆、小店铺、小咖啡屋和小酒店。还有无数学生社团和文艺沙龙。自然也有五花八门的妓院和赌场。布拉格是敞开的,是包容的,是休闲的,是艺术的,是世俗的,有时还是颓废的。

---

[1] 见伊凡·克里玛《布拉格精神》第44页,崔卫平译,作家出版社1998年版。

布拉格也是一个有着无数伤口的城市。战争、暴力、流亡、占领、起义、颠覆、出卖和解放充满了这个城市的历史。饱经磨难和沧桑，却依然存在，且魅力不减，用克里玛的话说，那是因为它非常结实，有罕见的从灾难中重新恢复的能力，有不屈不挠同时又灵活善变的精神。如果要用一个词来形容布拉格的话，克里玛觉得就是：悖谬。悖谬是布拉格的精神。

或许悖谬恰恰是艺术的福音，是艺术的全部深刻所在。要不然从这里怎么会走出如此众多的杰出人物：德沃夏克，雅那切克，斯美塔那，哈谢克，卡夫卡，布洛德，里尔克，塞弗尔特，等等。这一大串的名字就足以让我们对这座中欧古城表示敬意。

布拉格如此，萨拉热窝、华沙、布加勒斯特、克拉科夫、布达佩斯等众多东欧城市，均如此。走进这些城市，你都会看到一道道影响和交融的影子。

在影响和交融中，确立并发出自己的声音，十分重要。不少东欧作家为此做出了开拓性和创造性的贡献。我们不妨将哈谢克和贡布罗维奇当作两个案例，稍加分析。

说到捷克作家哈谢克，我们会想起他的代表作《好兵帅克》。以往，谈论这部作品，人们往往仅仅停留于政治性评价。这不够全面，也容易流于庸俗。《好兵帅克》几乎没有什么中心情节，有的只是一堆零碎的琐事，有的只是帅克闹出的一个又一个的乱子，有的只是幽默和讽刺。可以说，幽默和讽刺是哈谢克的基本语调。正是在幽默和讽刺中，战争变成了一个喜剧大舞台，帅克变成了一个喜剧大明星，一个典型的"反英雄"。看得出，哈谢克在写帅克的时候，并没有考虑什么文学的严肃性。很大程度上，他恰恰要打破文学的严肃性和神圣感。他就想让大家哈哈一笑。至于笑过之后的感悟，那就是读者自己的事情了。这种轻松的姿态反而让他彻底放开了。借用帅克这一人物，哈谢克把皇帝、奥匈帝国、密探、将军、走狗等等统统给骂了。他骂得很过瘾，很解气，很痛快。读者，尤其是捷克读者，读得也很过瘾，很解气，很痛快。幽默和讽刺于是又变成了一件有力的武器，特别适用于捷克这么一个弱小的民族。哈谢克最大的贡献也正在于此：为捷克民族和捷克文学找到了一种声音，确立了一种传统。

而波兰作家贡布罗维奇与哈谢克不同，恰恰是以反传统而引起世人瞩目的。他坚决主张让文学独立自主。在二十世纪三四十年代，贡布罗维奇的作品在波兰文坛显得格外怪异离谱，他的文字往往夸张扭曲，人物常常是漫画式的，他们随时都受到外界的侵扰和威胁，内心充满了不安和恐惧，像一群长不大的孩子。作家并不依靠完整的故事情节，而是主要通过人物荒诞怪僻的行为，表现社会的混乱、荒谬和丑恶，表现外部世界对人性的影响和摧残，表现人类的无奈和异化以及人际关系的异常和紧张。长篇小说《费尔迪杜凯》就充分体现出了他的艺术个性和创作特色。

捷克的赫拉巴尔、昆德拉、克里玛、霍朗，波兰的米沃什、赫贝特、希姆博尔斯卡，罗马尼亚的埃里亚德、索雷斯库、齐奥朗，匈牙利的凯尔泰斯、艾什特哈兹，塞尔维亚的帕维奇、波帕，阿尔巴尼亚的卡达莱……如此具有独特风格和魅力的当代东欧作家实在是不胜枚举。

某种程度上，东欧曾经高度政治化的现实，以及多灾多难的痛苦经历，恰好为文学和文学家提供了特别的土壤。没有捷克经历，昆德拉不可能成为现在的昆德拉，不可能写出《可笑的爱》《玩笑》《不朽》和《难以承受的存在之轻》这样独特的杰作。没有波兰经历，米沃什也不可能成为我们所熟悉的将道德感同诗意紧密融合的诗歌大师。但另一方面，需要注意的是，由于语言的局限以及话语权的控制，东欧文学也极易被涂上浓郁的意识形态色彩。应该承认，恰恰是意识形态色彩成全了不少作家的声名。昆德拉如此，卡达莱如此，马内阿如此。赫尔塔·米勒亦如此。我们在阅读和研究这些作家时，需要格外地警惕。过分地强调政治性，有可能会忽略他们的艺术性和丰富性。而过分地强调艺术性，又有可能会看不到他们的政治性和复杂性。如何客观地、准确地认识和评价他们，同样需要我们的敏感和平衡。

一个美国作家，一个英国作家，或一个法国作家，在写出一部作品时，就已自然而然地拥有了世界各地广大的读者，因而，不管自觉与否，他，或她，很容易获得一种语言和心理上的优越感和骄傲感。这种感觉东欧作家难以体会。有抱负的东欧作家往往会生出一种紧迫感和危机感。他们要用尽全力将弱势转化为优势。昆德拉就反复强调，身处小国，你"要么做一个可怜的、眼光狭窄的人"，要么成为一个广闻博识的"世界性的人"。别无选择，有时，恰恰是最好的选择。因此，东欧作家大多会自觉地"同其他诗人，其他世界，和其他传统相遇"（萨拉蒙语）。昆德拉、米沃什、齐奥朗、贡布罗维奇、赫贝特、卡达莱、萨拉蒙等等东欧作家都最终成为"世界性的人"。

关注东欧文学，我们会发现，不少作家，基本上，都在出走后，都在定居那些发达国家后，才获得一定的国际声誉。贡布罗维奇、昆德拉、齐奥朗、埃里亚德、扎加耶夫斯基、米沃什、马内阿、史克沃莱茨基等等都属于这样的情形。各种各样的原因，让他们选择了出走。生活和写作环境、意识形态、文学抱负、机缘等，都有。再说，东欧国家都是小国，读者有限，天地有限。

在走和留之间，这基本上是所有东欧作家都会面临的问题。因此，我们谈论东欧文学，实际上，也就是在谈论两部分东欧文学：海外东欧文学和本土东欧文学。它们缺一不可，已成为一种事实。

在我国，东欧文学译介一直处于某种"非正常状态"。正是由于这种"非正常状态"，在很长一段岁月里，东欧文学被染上了太多的艺术之外的色彩。直至今日，东欧文学还依然更多地让人想到那些红色经典。阿尔巴尼亚的反法西斯电影，捷克作家伏契克的《绞刑架下的报告》，保加利亚的革命文学，都是典型的例子。红色经典当然是东欧文学的组成部分，这毫无疑义。我个人阅读某些红色经典作品时，曾深受感动。但需要指出的是，红色经典并不是东欧文学的全部。若认为红色经典就能代表东欧文学，那实在是种误解和误导，是对东欧文学的狭隘理解和片面认识。因此，用艺术目光重新打量、重新梳理东欧文学已成为一种必须。为了更加客观、全面地翻译和介绍东欧文学，突出东欧文学的艺术性，有必要颠覆一下这一概念。蓝色是流经东欧不少国家的多瑙河的颜色，也是大海和天空的颜色，有广阔和博大的意味。"蓝色东欧"正是旨在让读者看到另一种色彩的东欧文学，看到更加广阔和博大的东欧文学。

二〇一三年十月三十一日定稿于北京

主编简介：高兴，诗人、翻译家，一九六三年出生于江苏省吴江市。中国作家协会会员。现为中国社会科学院外国文学研究所研究员，《世界文学》主编。曾以作家、翻译家、外交官和访问学者身份游历过欧美数十个国家。出版过《米兰·昆德拉传》《东欧文学大花园》《布拉格，那蓝雨中的石子路》等专著和随笔集；主编过《二十世纪外国短篇小说编年·美国卷》（上、下册）、《伊凡·克里玛作品系列》（5卷）、《水怎样开始演奏》《诗歌中的诗歌》《小说中的小说》（2卷）等大型图书。主要译著有《梵高》《黛西·米勒》《雅克和他的主人》《可笑的爱》《安娜·布兰迪亚娜诗选》《我的初恋》《索雷斯库诗选》《梦幻宫殿》《托马斯·温茨洛瓦诗选》等。

在两个世界之间

（中译本前言）

闫文驰

《乌尔罗地》的创作大约始于一九七六年九月，其时加州大学伯克利分校的斯拉夫语言文学系教授切斯瓦夫·米沃什造访巴黎，借宿于老友约瑟夫·萨吉克神父三年前设立的"对话"中心。这是一处波兰侨民的文化中心。米沃什可能是以与其同样研究思想史的老朋友萨吉克神父在多次的晚间长谈中获得了新的见解，成文于《乌尔罗地》一书。书中大量学术名词、略显生僻的典故和抽象的哲学讨论更是佐证了这种看法。但是，假如这本书只是记述米沃什教授的学术观点的专著，那么读者似乎并不需要看到它面世。"你能想象尼采会编辑什么文学选集吗？"贡布罗维奇和所有赏识切斯瓦夫·米沃什的诗歌才能的人都会发出这样的疑问。心灵自由的诗人何以甘为教书匠？或许只是为了谋生吧?

或许吧。毕竟,不管你多么渴望无拘无束,终归还是得在社会上找一个像样的职位,否则就是自找麻烦,甚至还可能让他人难堪。而背后的考量并不是经济上的。五十年代初,米沃什放弃外交官的身份,逃离波兰,赤手空拳来到巴黎这座见证了他一生许多悲喜的城市。"如何能在一个一无所有的世界中过上优越的生活?巴黎的回答干脆利落、毫不犹豫:'可以!'"想来在巴黎做小编辑时,米沃什对《波西米亚人》和其中著名的自问自答并不陌生。像鲁道夫一样,诗人会说:我是谁?我是诗人。我靠什么生活?我生活。但为了生活是否一定需要做个体面的社会人,这是个问题。逃离自己曾支持的政权是为了远离"被禁锢的头脑",然而,生活在"自由"的西方世界,他真的找到自由了吗?自由的头脑?自由创作的手?自由的读者?(要记得,《被禁锢的头脑》一书正是米沃什在巴黎期间回应当时的"左翼"文人而作。)或者,像米沃什自称的那样,作为一名真正的诗人,"此处碰壁,彼处也碰壁",并且不得不"放下成见",才能姑且相信存在能理解和信任自己的读者?

从后人以及世俗的视角回顾,我们甚至可以说作者的自述完全不是事实。哪有什么靠卖文糊口的落魄诗人?米沃什出身立陶宛的小贵族之家,经济条件可以说相当不错。他在文学道路上也走得颇为顺利,二十五岁就凭借诗集《三个冬天》在波兰语文坛占有一席之地。二战期间,他是地下抵抗运动中的战斗英雄。战后,米沃什被波兰人民政府先后任命为波兰驻美国使馆和驻法国使馆的文化专员。一九五〇年,他在任上"叛逃"巴黎,用了近十年,他在美国加州大学伯克利分校找到了教职。米沃什的各种作品被翻译为超过四十四种语言。此外,他还被各种荣誉环绕,其中最著名的当然是在一九八〇年获得的诺贝尔文学奖。

不需要再重复切斯瓦夫·米沃什在世俗意义上的成功了。单论诗歌领域,他受到的尊崇已经足够多。约瑟夫·布罗茨基称赞他为

"本世纪最伟大的诗人之一"。而米沃什的众多读者们认可的不仅是米沃什"世界性"的一面。就连令他本人有时感到与周围格格不入的"粗糙的东欧皮肤",在许多人看来,也不是什么瑕疵,而是自然地成为世界文学宝库的一部分。然而米沃什本人却始终怀有懊丧之情,说自己"或许本可以成为真正伟大的诗人",仿佛他的认知中,"此天此地依然不够",在他生活的这个世界之上,总有一个更理想的世界。

《乌尔罗地》真正记述的,是切斯瓦夫·米沃什"深奥""含混"的诗歌下的根基,也就是人的存在状态问题。在这部作品中,米沃什一如既往地真实、坦诚,并不以自己受过最良好的教育为耻,对于自己相信存在绝对的善与恶一事也毫不避讳。书中此起彼伏的思绪无法用只言片语概括,但毫无疑问,都指向想象世界的必要性和对人的抽象化的批判。(萨吉克神父是与本书的成型过程最接近的人,对米沃什的作品也十分熟悉。他应作者之邀为《乌尔罗地》的波兰语原版撰写了精彩的导言,标题就是《另一重天地》。)

在米沃什看来,十八世纪以来科学对宗教的胜利,并未给普罗大众带来思想的解放,而是使他们把头脑置于新的上帝的统治下。人总有把自己的头脑置于他人认可的条条框框中的倾向,从而在严格的秩序中逃避自由的重担。然而,新的上帝(布莱克称之为由理生)即所谓"客观真理"更加无情,它对人满不在乎。在形而上的意义上,十八世纪"科学的宇宙观"不仅使人失去了过去高于万物的地位,也使人逐渐丧失想象力,即将抽象观念化为具体图像的能力。在这种缺乏个性,只懂得共性和抽象的情况下,人不再是人,而只是数字。曾经的另一个世界消失了,我们只拥有数字的此世。这就是"乌尔罗"的含义。浪漫主义的兴起(或者说,是米沃什对布莱克创造的"乌尔罗"一词的解读),实际上是人不甘于这种渺小地位的挣扎。而(以贝克特为代表的)二十世纪文学,在米沃什看来,是人的这种虚无状态的表现。

在书中探讨的形而上学的问题以外，《乌尔罗地》对于喜爱米沃什的读者来说还有一重特殊的意义。这本书是作者一生中唯一一部声称并非为读者，而是"追随自由创作的手"产生的作品，也是作者的"灵魂自传"。它是研究米沃什思想的导游图。已经熟悉米沃什的诗歌，以及《诗的见证》《米沃什词典》等作品的读者，阅读本书时也许会露出会心的微笑。

但是，如果并不熟悉波兰文坛、未曾研究过存在哲学，甚至对作者本人也不是很了解，阅读这本书恐怕又是别一般感受了。因为本书各章节没有标题，译者按照各章内容将其大致分组，以方便读者。这只是一种分类的线索，并非唯一，也并不概括相应章节的全部内容。

本书第一至十章主要是一些个人的回忆和思考。第十一和十二章中，作者举了一位博士生布利克斯为例，介绍了关于贡布罗维奇的各家之言。在第十三章的一些个人的感触之后，作者在第十四和第十五章论述了陀思妥耶夫斯基和西方宗教想象。在米沃什看来，陀思妥耶夫斯基对"科学的世界观"将给人的内心造成的侵蚀早有预感，《卡拉马佐夫兄弟》《地下室手记》等作品中都有所表露。

自第十六章起本书正文才算开始，作者花了几个章节，不吝笔墨地介绍了自己的远亲，原籍立陶宛的法国诗人奥斯卡·W·米沃什。作者对这位远房叔叔除了敬仰和爱戴，还有共情，因为两人同样处于流离的状态，并且拥有同样的立陶宛故乡。第二十一章中作者引述的埃里希·海勒的观点，可能是理解本书后半部分的关键。海勒讲述了歌德"反对牛顿的三十年战争"，而米沃什接下来就介绍了四位自己心目中的"反牛顿"英雄。首先是波兰诗人亚当·密茨凯维奇。密茨凯维奇作为"民族诗人"的地位无人不晓，但是在米沃什看来，密茨凯维奇的伟大之处不在于他的爱国热情，而是他为波兰文学保留下来的无拘无束的浪漫想象。关于密茨凯维奇的论述见于第二十二至二十五章。接下来的第二十六至二十七章介绍了瑞典的想象力大师伊曼纽尔·斯威登堡。之后在第二十八至三十章出场的是"怒火指向培根、洛克、牛顿"的英国诗人威廉·布莱克。最后，在第三十一至三十六章，作者着重介绍了奥斯卡·米沃什的神哲学思想。在后者的构想中，时间、空间、物质三者通过运动联为一体，而人最终会回归失落的乐园。在米沃什看来，奥斯卡·米沃什的思想孕育着未来的新科学，到那时，科学不再是静止僵化的"客观真理"，而是拓展想象的助剂。

在本书的第三十七和三十八章，作者简短介绍了自己对贝克特和"世俗人文主义者"的一些看法。第三十九和四十章是关于天主教和无神论的。第四十一章是本书的尾声。

《乌尔罗地》是一部略显庞杂的作品。米沃什借这本书向读者袒露的不仅是自己关于"另一个世界"的盼望，还有个人思想的"自相矛盾"。然而，"矛盾"来自于简单化，而在丰满、复杂的个体存在中，承认其中一面本不意味着否定其他。对于读者来说，最重要的或许是启发自己的独立思考，而不是在赞同或反对作者思想上站队。同时，任何他人的总结都不能代替阅读作品本身。正如作者说的，"将柠檬榨成汁，然后倒入杯中呈现给我们。味道又酸又苦，是吧？当然，汁液是柠檬的一部分，但是当枝头的果实逐渐成熟，当在墨绿色的树叶间看到圆润的浅黄色果实，我们很难立刻联想到柠檬被榨成汁液后的实用价值。"人们喜爱米沃什或任何一位作家，不是因为他的作品背后的哲学多深奥，或者价值观多正确，或者作者本人的人格多伟岸。最终，人们喜爱的是阅读作品的过程。

第一章

我过去是谁？而现在，当身处格里兹利峰①上的工作室中眺望太平洋的时候，我又是谁？我一直不愿意谈及自己的内心世界，有时会隐约触及，但也是小心翼翼且并不情愿。直到有一天我意识到，是时候战胜我一直以来对读者所深深抱有的不信任了，虽然这一刻对于我们变小的地球以及个体生命来说，都略显迟暮。这种不信任源自于我从事文学工作之初，那是遥远的三十年代。作为一个"灾变论者"②，那时我已经深深预感到，世界将会走向何方。我也曾怀念"信仰与力量"的年代，这在我早期的诗歌当中有所涉及。但彼时并没有什么人能够让我讲述这些担忧与希冀。波兰知识分子所具有的特质在我身上均有体现，我无法摆脱，因此我也注定四处碰壁。"青年先锋派诗人"这一标签在很大程度上是出于对我的误读，因为先锋派诗人很少关心我暗中所默默关注的一切。但我必须有所归属，所以我便屡屡伪装，让自己显得像个先锋派的样子。我处处设防，对于大学以及文学圈内那些让令人仰止的智者所怀有的崇敬之情也伴随着怀疑（或许他们也会迷失？），这是同时陷入既傲慢又卑微的状态中的最佳手段。我并不诅咒傲慢，因为傲慢也是一种防御。

当时的情形便是如此，这至少可以部分解释为什么我会如此痴迷

---

① 又译灰熊峰，加州大学伯克利分校附近的一座山峰。
② 又译劫数难逃论或末日论者，指持有现代社会必将毁灭于一场大灾祸的悲观论调的人。

于沉默：当我张开嘴，却任何声音也发不出。不难想象，对于一个如此拘谨的人，当他最坏的预感成为现实，当目睹华沙战时以及战后的情景，当人们从摇摇欲坠的屋舍中得以侥幸逃生，当独处以及学术工作成为一种恩赐的时候，这种拘谨意味着什么。针对外国读者的写作只是一种实践，甚至是带有教学性质的实践，因为我并不相信使用不同语言，拥有不同历史传统的人能够理解我的作品，况且，我以波兰语创作的作品是为那些超越时空的读者而写，换言之，是为自己和缪斯女神而作。

我参不透自己的人生。（谁又能参透？）同样，我也并不理解自己的作品，我将来也不会假意我能够理解。从这些作品当中定然可以看出极大的自我克制，的确如此，当一个人缺乏这种克制，自然会对其十分渴望，但是倘若所拥有过多，并且知道为此曾付出了多少代价，那他必然会渴望释放，渴望喷薄而出，渴望能够自由创作的手。

释放自己意味着同读者对话，同时期待着他们理解和信任的眼神，读者与我们息息相通，与我们有着共同的信仰，至少与我们有共同的期许。于是，我现在接受了这样一种假设，确实存在这样的读者，而且在世上的某个地方还会生出这样的读者群，哪怕是很小的一群，哪怕只有读者的千分之一。伴随着多少有些理想主义的假设，我且尝试着放下我所怀有的成见。

第二章

于是，我便如此开始。六十五岁的时候，在荷兰和法国逗留了一个月之后，我于七月中旬回到了伯克利。在我的花园中，我开始阅读，主要是那些一八〇〇年前后被创作的作品。其中包括歌德的《威廉·迈斯特》和《亲和力》，都是英文译本，此外还有七星文库①系列中的《德国浪漫主义文学卷》，是法文版。阅读的同时我常常分心于，甚至是沉醉于巴黎之行带给我的一些思考，巴黎是除了维尔纽斯之外第二个承载过我那不幸青春的城市。大战过后的第三十个年头，面对莱希米安②的这一问题：如何能在一个一无所有的世界中过上优越的生活？巴黎的回答干脆利落、毫不犹豫："可以！"但如果我身处这样一个世界又会怎样呢？我可连一个会说法语的朋友都没有。我们在人世间只活一遭，而且经常会或冥顽不化，或丑态百出，对于真理也只是懵懵懂懂、一知半解。可一旦拿起笔，便不能任由自己的思想堕落下去，因为，至少要保留一些残存的自尊。我所生活的世纪发生了太多的大事，这足可以同古代世纪的终结相比，而且绝对是有过之而无不及。我年轻的时候被这些事件所震撼，因此无论对于

---

① 法国伽利玛出版社的名著文库。
② 博莱斯瓦夫·莱希米安（1877—1937），活跃于二十世纪初"青年波兰"时期，天才式的诗人、艺术家，新词创造者。

那些围绕着斯卡曼德尔诗社①或者先锋派②作品的讨论，还是三十年代后期的政治剧，再或是卡罗尔·伊日考夫斯基③所引发的文学讨论都似睡着了一般，毫不知晓。此后，在目睹了当时正发生的一切之后，无论是身处波兰人民共和国还是国外，我真的还能够像什么也没有发生一样地从事文学工作吗？我能对谁而谈？又为何而谈？当我试图从新的视角对于历史进行思考的时候，当我研究语言、波兰诗歌以及具体某些诗人的时候，我并不想将讨论仅局限于艺术和技巧方面，却忽略宏大而根本性的主题。对于这种主题的分析和研究我过去并不擅长，现在也没有多少改进。我战前的诗歌作品中所拥有的慷慨激昂的语调如今令我自己也十分惊讶，之所以产生这种慷慨激昂的效果主要是由于我所要展示的内容与这些内容所呈现出的意象之间存在着令人绝望的不和谐。"从事文学工作"首先意味要躲避开某些"召唤"。或许，我职业的转变，譬如在伯克利任教，都是我躲避文学的尝试。当然，在从事写作的过程中我成功逃避了最高层的某些"召唤"，仅仅在几首诗歌的创作当中我没有做到，但我也力图将这些"召唤"的影响减少到最小限度。所有这些努力连同我对市场法则的厌恶一道，将我从追逐名誉和金钱的疯癫中拯救出来。之前从事文学工作期间所出现的矛盾隐秘而复杂，面对官员的震怒，进行自我谴责简直就是一场灾难。但是之后我与西方世界市场之间的矛盾却是公然且显而易见的，同样公然且坚决的还有我的傲慢。我富于远见的坚持最终获得了回报，与在政府机构工作中的枯燥乏味不同，同年轻人一起工作

---

① 波兰诗歌团体，由杜维姆、伊瓦什凯维奇、斯沃尼姆斯基等人成立于1918年。其主张：要求诗歌表现平凡人的平凡生活和思想感情，运用口语，改革诗歌形式，面向广大读者，反对颓废主义等。

② 为与三十年代的先锋派区别，又称"第一先锋派"，是斯卡曼德尔诗社的左翼回应。

③ 卡罗尔·伊日考夫斯基（1873—1944），波兰作家，两次大战期间的知名文学评论家，20世纪30年代在各种媒体上组织了许多文学讨论。

充满意义,且令双方获益。在担任斯拉夫文学教授之后,我不必再为自己的作品是否成功而感到担忧,可以说,我再度从"文学工作者"这一职业中脱身,而这一次相当令人愉悦。

一九七五年七八月间,我阅读那些一八〇〇年前后出版的作品主要是为了当年秋天将要开设的有关陀思妥耶夫斯基①作品的课程做准备,当然,也不仅仅如此。选择阅读这些书籍本身就已经显示出我对于某些作品的兴趣与日俱增,这其中当然并不缺少浪漫主义作品。

---

① 费奥多尔·米哈伊洛维奇·陀思妥耶夫斯基(1821—1881),俄国文豪。1846年发表第一部长篇小说《穷人》,受到高度评价。1848年发表中篇小说《白夜》。1849年因参加反农奴制活动而被流放到西伯利亚的鄂木斯克,自此发生思想变化。回到圣彼得堡后发表有中篇小说《地下室手记》,长篇小说《被侮辱和被损害的》《罪与罚》《白痴》《群魔》《卡拉马佐夫兄弟》等作品。

第三章

　　追随自由创作的手……但这真的可能吗？之所以产生这种想法肯定是忘记了，世上不只有波兰读者，但我却只用波兰语写作，为波兰的读者而写作。当我旅居国外多年，有个念头越来越频繁地萦绕在脑海中：这个句子用英文写会是什么样子，外国读者又会怎么理解这些文字？这个问题可谓相当关键却又难以解答。我并不准备用外文写作，也不懂得如何用外文写作。曾经，我怀着羞愧且迟疑的心情梦想着有朝一日在国际上取得些地位，获得些声名，虽然这些渴望并不具体，但确实有过。事实上，我也的确获得了些声誉，在不同的国家引起了些反响，但这都是些来自小圈子内的赞誉之词，经常是带着感情色彩的。德国人将我同福克纳相提并论；而在美国，人们则强调我对于青年一代诗人的影响如何如何，但这些评论极少真知灼见，在我看来不过是人云亦云，评论过后的第二天他们估计连自己说过什么，评论的是谁都难以记得。如今我非常高兴我能够坚定地秉承自己的语言（原因很简单，我过去曾是个波兰诗人，而且除此之外我也不可能成为其他），而不是像其他去往法国或者美国的移民一样，努力隐藏自己的肤色和母语。好吧，我并不否认，我的语言——波兰语，使我感到骄傲，因为波兰语在我同垂垂老矣的文明世界之间树立了一道屏障；同样，我所具有的"西方性"和"世界性"是与"波兰性"进行抗争的忠实联盟，无论在波兰强盛时期，或是灭亡之后又借助德莫夫斯基①等人重

---

① 罗曼·德莫夫斯基（1864—1939），波兰的右翼政治家，在波兰民族独立运动中发挥了很大作用。

铸昔日荣耀，再现荣光的过程中都是如此。我个人的例子绝对是个教训，这也是一直以来典型的诗人形象：此处碰壁，彼处也碰壁，"无处无时不在碰壁"①。我通过并不为他人所理解的语言，同世界保持着距离，如同一只筑茧的蚕。萨特在给加缪的信中曾经这样写道：由于任何一种政治制度都让他感到嫌恶，因此，只有一个地方适合他——太平洋上的加拉帕戈斯群岛。在加州的时候，我时常想起这句话，于我这样一个波兰诗人而言，加利福尼亚便是我的加拉帕戈斯岛。对于自己如此失败我感到非常羞愧但只能忍受，直到我最终接受这种现实，不再羞愧。只是我到底为何感到羞愧？难道是因为创造我的这片土地？

不管怎样，我都仅是波兰文学界的一员，而不会属于其他国家。但是，如果是一名美国作家，作为美国文学界的一员，当那里的文字承担了其他的功能，而文学界又始终存在问题的时候，这位美国作家会对自身的属性做如何想法？对于波兰、俄罗斯或者是捷克的文学界我相当了解，甚至置身其中，但我对于法国的文学圈却并不确定，即便那里存在着文学院，各种奖项和年度排名（这正如同非洲的部落，部落首领每年必须驱赶着臣民劳作，从而实现有序的运转），我也并不肯定法国的文学圈不会全体陷入胡言乱语之中。

要么震惊世界，要么拯救世界，但你不能既不震惊，也不拯救。我们被召唤，为了自己的小家园而行动，但这些行动只是为了我们自己的加泰罗尼亚②，为了我们自己的威尔士，为了我们自己的斯洛文尼亚才有重要的意义。如今，如果不是为了反对阿尔弗雷德·

---

① 波兰诗人诺维德的诗句。
② 加泰罗尼亚是濒临地中海的一个地区，艺术创作出类拔萃，被称为"艺术的王国"，现属于西班牙。

雅里①笔下的挖脑机，我宁愿厮守着斯拉夫式的田园牧歌。我奢望拥有自由写作的手，奢望写作能成为愉悦而非压力。只有幻想着为某些波兰读者写作时，我才能奢望获得这种自由和愉悦，但这些读者寥寥无几。

---

① 阿尔弗雷德·雅里（1873—1907），法国象征主义作家，以荒诞主义戏剧《愚比王》（又译《乌布王》）系列闻名。挖掉自由人脑浆的机械装置是剧中乌布王的标配。

第四章

对我们显而易见的事情于他人却未必，对此该如何面对？他人思想中无法触及的部分，我们又能在何种层次、通过何种方法进行发掘？如果一样的话语可以暗含它意，那么相同的言辞于我和于他也会有不同的理解，这并不让人感到舒服。在学校里教过书的人会有这样的经验，在你提及某个学生们不知道的人名或者说出某个源自拉丁文或希腊文的单词的时候，你必须先向他们解释其中的含义。其实由于掌握书本知识的多寡而造成的理解偏差并不是很严重。我们属于我们的时代，而且首先是我们的青年时代。当我们的时代在后来人看来无异于腓力四世的朝代，显得同样遥远和奇特的时候，我们的无能也开始显现：该通过何种方式，用怎样的语言来向他们讲述我们的所见，所感以及切身经历的鲜活现实？

一个人，如果一生当中认识过不少名人，经历过无数苦难，再或目睹过许多大事件，那么当他年老，每当坐下来时肯定会滔滔不绝、侃侃而谈。如今很多人在撰写回忆录，在这些无私展现"当初事实真相"的回忆当中肯定有些令人动容的故事。并非所有的人都会尝试写回忆录，至少我就如此。之所以这样，是因为我的记忆充满伤痕、屈辱和痛苦，过去让我恐惧。曾经，自然历史教科书里某页上的画面让我感受到这种恐惧，那是一只蹲在坟墓上的鬣狗。想象一下这个情景，一位态度安详、举止优雅的绅士坐在椅子上，双脚放在壁炉旁的脚凳上，娓娓道来地讲述他的过去。我多想成为那样的一个人！对于曾经的自己我缺少特别的感触，我并不想将这种缺失感归咎于什么外部因素或者恐怖的经历。这种缺失感仅仅是由于我的天性，由于我的性格，由于我所具有的伦理学上称之为"疑惧的良心"①的缺点，由于我"思罪之乐"②的倾向，常常沉湎于回忆自己的罪恶当中，无法自拔。我的一生充满快乐与失望、理智与疯狂、罪恶与善良，若非每每刺痛变成伤口，甚至无法愈合，这一生的素材足够写本过得去的自传了。贡布罗维奇③曾经对我说："我看着你，脑海里的画面是，一位立陶宛乡绅，虽然身处在城郊二十英里远乡下的一片泥沼当中，可是却一边拍打着苍蝇，一边思忖着，为什么二十年前妻子给他做了李子馅而非樱桃馅的饺子，并努力想找出其中的含义。"观察真是精准。当一个人身处纷繁的历史恐怖事件当中，忧郁或是急躁的性格都只会给他带来麻烦，带来个体的伤痛和全体的耻辱。

记忆是所有艺术之源④。我个人的体验可以证明，这完全正确。你努力追求完美，或追赶或引诱，却不得其门而入，而当你求索于记忆中的细节时，完美便可获得。磨得发光的木质扶手，透过林间的空隙得以窥见的塔影，某时某地水间跳跃的光影，这些细节里蕴含着完美。那些诗歌中、画作里所呈现出的喜悦之情，如果不是源自于记忆中的细节又能从何而来？真实会被距离所洗涤，被人的意志，被我们渴望权力和财富的欲望所洗涤。如果这种距离感是美之根本的话，那么叔本华，这位默观艺术大师或许会说，距离感存在于回忆的世界当中。此话不错，但反之亦然。瞬间不是运动也非一个过程，实际上恰恰相反。乔尔乔内画作中的男性和女性形象之所以如此栩栩如生，是因为他们是静止的，他们被定格于瞬间。一旦这些人物运动起来，如一帧帧电影胶片一般转动起来，那么这些画作也随即会失去其原有的

---

① 因违背常理的怀疑而引起心中的不安。
② 从和罪有关的思想中获得快乐，参见托马斯·阿奎那的《神学大全》。
③ 维托尔德·贡布罗维奇（1904—1969），波兰小说家、剧作家和散文家，与卡夫卡、穆齐尔、布鲁赫并称为"中欧四杰"。
④ 原文为拉丁语，直译为：记忆女神是众缪斯之母。此句源自希腊神话。

魔力。"过去"于我们而言便是一种运动,一个过程(这既可以是被我们所了解的一个民族、一个大陆或者一个文明的过去,也可以是我们作为个体、某个人亲身经历的过往),是那些曾经鲜活的人所留下的印迹所组成的影子世界。亚述文明或者巴比伦文明的终结篇章在黑格尔笔下只凝结成一页文字,实际上任何一段历史都可以在一页纸上被呈现。有什么力量可以让那些湮没于历史中的影子重获生命?是想象力。在瞬间与运动的战争中,想象力加入进来,并站在瞬间的一边。是想象力从运动的咽喉中攫取出瞬间,并使之重新焕发出生命的光彩。这也说明,任何一个瞬间,哪怕是最短暂的片刻也不会消逝,而那些虚无缥缈的记忆又是如何能让人迷惑。这样说来,或许应当是那些与想象相伴随的,更加生动的记忆才是艺术之源。人们从记忆当中抽丝剥茧,成功的作品会是一幅幅生动的画面;失败的作品则是那些意欲呈现过程的尝试,是感觉、思想以及人物心理变化的描写,这些都是虚构的。如果作者不是一开始就计划要创作童话,那么作品中定会充满乏味和如影子一般苍白的人物。

还是少谈些回忆吧。由于惧怕那些年月的痛苦经历被重新点燃,即便记忆中每个细节都毫无偏差,我的记忆最终还是变成了一个空窍,一片荒芜,甚至都不能让我写出一篇回忆录。带枷前行,心中又充满无数羁绊的我如何能够真正地"敞开心扉"?我并不相信弗洛伊德的理论,也从未试图躺在心理治疗师的长椅上。即便果真对我进行心理分析的话,对于分析师而言,我估计也不会是一个好的研究案例,而于我,这种分析所带来更多的会是伤害而非益处。

第五章

  我和贡布罗维奇，我们两人相似之处甚少，甚至可以说完全不同。我们俩能被划作"一对儿"完全是因为当时的外部环境使然。每个国家的历史都存在着些许秘密，于波兰而言，那些身处国外的波兰人所写下的文字可算是秘密之一。我们这两个远离故土的异乡人，两个饱尝流离苦痛的波兰人最终收获友谊还是在获得了些来自国外以及波兰国内的赞誉之辞以后。第二次世界大战爆发之前，我并不认识贡布罗维奇，我们连一起坐下喝杯咖啡的机会都没有。但是，当他侨居在阿根廷，而我住在法国的时候，我们却由于相互景仰而彼此吸引，并最终成为朋友。实际上，当时我们没有通过信，甚至还在一些问题上意见相左。一九六七年春天的时候，我们都在法国的旺斯。在那里逗留的两个月时间里，每隔几天我们便会见上一面，经常是四人聚会，贡布罗维奇、他的妻子丽塔、我的妻子扬卡和我。至于贡布罗维奇是把我当作一个知识分子还是诗人看待，我并不知晓。我想在他眼里我大概属于前者，因为我们之间从未讨论过诗歌，我甚至不确定，他是否读过我写的诗。贡布罗维奇极力劝说我写小说，为此他几次说到，我已经证明了自己有那个才能。但我的回答却是，我不太了解小说这种体裁，而且也缺少创作小说的才华。贡布罗维奇当时最喜欢的话题就是哲学和他对波兰文学界的不屑，他认为波兰的文学界简直就是思想的荒漠，人们完全没有接受过哲学教育。至于谈话的语言，由于丽塔在场，我们一般都用法语聊天。对此，有一次他说道："真是奇怪，当我们改用波兰语聊天的时候，你整个人都变得有点模糊不清了。"

贡布罗维奇曾经批评我（他最终还是没能忍住攻击我），说我在大学里教授文学是在引诱青年人堕落。什么是文学？世间还有文学这种东西？竟然开始讲波兰文学了？哪里有什么波兰文学？对于波兰文学界的那些或大或小的成就，他几乎不感兴趣。有一次当我提到布热佐夫斯基①名字的时候，他的反应却是："你说的是谁？根本就没有这么一个人！"可以说，对于贡布罗维奇而言，认可波兰文学界的成绩并非易事，他更乐意对于波兰浪漫主义诗人缺乏思想性这个问题展示他的轻蔑，他总是语含讥讽，对于波兰文学所表现出来的嘲弄态度也并非只是出于玩笑。贡布罗维奇曾经向我建议，为了弥补我的过失，关于波兰文学的课程我只能讲一个人，就是贡布罗维奇，这是展现波兰文学之荣耀的最佳方式，因为他才是"最波兰"的作家。这种说法也有一定道理，因为如果一个波兰作家的文章没有英译本，在美国又该如何讲述他的作品？如此说来，能系统讲述的也只有贡布罗维奇和维特凯维奇②了。

我曾经有一次微笑着向贡布罗维奇谈起，我编辑出版了英文版的《波兰当代诗选》，而且我还计划出版《波兰文学史》。对此，他不以为然。"你也在为这种无聊的事情浪费时间？你能想象尼采会编辑什么文学选集吗？"他这样说。他断言，编撰教材这种事倒还可以接受，但只能是为了钱才那么做。我编辑出版那些书难道是为了赚钱吗？就当是吧（遗憾的是，这完全不是事实）。

---

① 斯坦尼斯瓦夫·布热佐夫斯基（1878—1911），波兰作家、哲学家、评论家。布热佐夫斯基是19世纪末到20世纪初的"青年波兰"时期的代表人物，并且被广泛认为是波兰最重要的哲学家。

② 斯坦尼斯瓦夫·伊格纳齐·维特凯维奇（1885—1939），笔名维特卡奇，波兰剧作家、小说家、哲学家、艺术理论家和画家，代表作有《告别秋天》《永不餍足》。《永不餍足》是"灾变论"的经典小说，对米沃什影响很大，《被禁锢的头脑》第一章着重讨论了其中提出的"穆尔提－丙"药丸。

贡布罗维奇临终前几天收到了我所编撰的《波兰文学史》。他并不懂英文，但我听说，他还是躺在床上翻看了这本书，并且十分高兴。这部印刷精美的大部头里有很多照片，他的照片整整占满了一页。这照片昭示了永远长不大的、搞笑的贡布罗维奇已经置身于最重要的波兰文学家之列。未来的平科教授①也一定会喜欢这些作家，因为他们每个人都"曾经是预言家"。

贡布罗维奇非常敏感，对于友谊这回事也心知肚明。因此，在感受到我对于他由衷的，发乎于内心的尊敬的同时，他也同样能够感觉到我们之间性格上的差异，尽管我并未对他表露出来。我性格中隐藏的那些固执，也许还有些粗暴、残酷的特质连我自己也不太喜欢。我并不认为，贡布罗维奇可以将友谊仅视为一种油然而发的感情并接受下来。我注意到，他在与人交往的过程中总是带有些许自恋。贡布罗维奇并不隐藏他的自恋，甚至可以说这种特质与他相得益彰，因此这种自恋非但不会影响他人对他的好感，反而会让一个人更为勇敢地公开宣称自己是贡布罗维奇这位大师神坛前的守护者。作为一个文学家，贡布罗维奇无疑是出类拔萃的，他的每一部作品都堪称杰作，这足以令人尊敬。然而，我，却宁愿保留一片私人的世界，我并不认为我能够像贡布罗维奇一样，奉献给世人如此完美的作品。或许，贡布罗维奇也察觉到了我的这种克制。

贡布罗维奇是一个非常理智的人，对多数事物都充满理性。与其表面上看起来相反，他的观点都十分冷静。他的文字十分不同，天使般的语调所展现的是原始与狂野，温柔精致的笔触所呈献出的却是嗜血场景。这足令我们感到震惊。但贡布罗维奇本人却极具条理性，其言、其行、其作，相互之间都保持统一，绝不矛盾。可以想象，他必定是经历了长久的训练才获得了如此的统一性。贡布罗维奇所具有的这种优点，我认为是他的巨大财富。生命中所经受的那些痛苦、屈辱

---

① 贡布罗维奇的小说《费尔迪杜凯》中的滑稽式人物。

与磨难,都成了他背负的十字架,而也正因如此才将其从"作为人的贡布罗维奇"塑造成"作为艺术家的贡布罗维奇"。那些苦难经历如今看起来已不似原来那般沉重,我也仅能凭借想象才能还原其当初情景,凭借想象也让我们获得一个更为统一的贡布罗维奇的画像。

对于他人拥有,而自身又缺少的才能,我们总会心生羡慕。理性是"癫狂的贡布罗维奇"所拥有的力量,对于这种理性我从来不敢有些许的奢求。同样,我性格中的各个层面也很难相互保持协调和统一。要知道,我是那个在童话海岸边被螃蟹、游鱼和天鹅所吸引的人。

第六章

　　下面的话有些跑题。很多年以前，波兰文学家协会维尔纽斯分会在当地大教堂的附近拥有一间办公室。而且，如果文献记录无误的话，其中的一条走廊旁正是关押当年"非罗玛斯会"①成员的牢房。里面当然也有曾关押过密茨凯维奇②的囚室，我们则把它叫作"康拉德囚室"。正是在那里，定期会举办"文学星期三"活动。这类似于文学之夜，来自维尔纽斯以及其他城市，甚至是国外的文学家聚在一起，朗读并讨论文学作品。大约是一九三三年的某一天，这里迎来了我们的文学组织"扎加里"③之夜。听众席的第一排坐着两名《言辞》杂志的编辑：柯萨瓦利·普鲁申斯基和耶日·维硕米尔斯基（正因为依靠这本杂志出色的编辑——斯坦尼斯瓦夫·马茨凯维奇，《言辞》杂志成为波兰最好的期刊之一，而且我们的文学组织"扎加里"也与其颇有交集）。

　　柯萨瓦利·普鲁申斯基并非维尔纽斯本地人，而我和他慢慢熟识起来也还是战后的事情。普鲁申斯基有着一副哥萨克人的面孔，绿色

---

　　① 又译爱学社，是密茨凯维奇等人在维尔纽斯帝国大学就读期间秘密创立的进步学生组织。后其成员遭沙俄政府逮捕。密茨凯维奇在《先人祭》中表现了这些青年人的形象，并塑造了康拉德这位诗人——革命者为主人公。
　　② 亚当·密茨凯维奇（1798—1855），波兰浪漫主义的代表诗人，革命家。在波兰被尊为民族诗人和最伟大的诗人。其代表作有诗集《歌谣和传奇》、诗剧《先人祭》、民族史诗《塔杜施先生》、叙事诗《格拉席娜》《康拉德·华伦洛德》等。
　　③ 维尔纽斯的左翼诗歌组织，属于"第二先锋派"，由米沃什和其他"灾变论"诗人创立于1931年。

的眼睛，眉毛略斜，长着蒙古人般的颧骨。他的一生多舛且短暂，他的死亡也是扑朔迷离，如同那个年代许多迷雾般的事情一样。一九五〇年，普鲁申斯基担任波兰人民共和国驻海牙代表的时候，在独自驾车经德国返回华沙的途中与一辆卡车相撞而亡。就在启程前不久，普鲁申斯基曾经得到过华沙方面的消息，说有人指控他在西班牙采访期间曾与波兰的情报部门合作。来自华沙某个高层的消息十分明确，他们想以这种方式警告他不要返回华沙，否则会遭遇"事故"。

维硕米尔斯基个子小小的，戴眼镜，有些神经质。他对自己十分苛求，仅出版了一部诗集——《祭献》。这位《言辞》杂志的首席文学评论家几乎每晚都流连于维尔纽斯的一个个小酒馆当中，啜饮着，神情忧郁。维硕米尔斯基大约是出生于某个边防重镇，一个沙皇军队里的军官家庭，而他的举手投足，完全像是个来自十九世纪的人。大战结束后，他在罗兹定居，靠翻译俄语作品为生，并且做得相当出色。一九五五年，维硕米尔斯基结束了自己的生命，他终于还是没能挺下去。

那晚，在我朗诵我的作品的时候，普鲁申斯基和维硕米尔斯基两个人就坐在最前排，面朝着我。其间，普鲁申斯基曾把头侧向维硕米尔斯基与他低语，我立刻竖起耳朵，听到他们说了句俄语。没错，他们说的是我！瞬间我变得十分沮丧。我当时并不十分明白这句俄语的本意实际是"命运的宠儿"。我对于这句话的负面含义过于敏感，以为他们的意思是：命运的玩偶，我这个被命运欺骗、玩弄于掌心的人偶。当时那沮丧的心情此后很长一段时间都萦绕在我心里，挥之不去。两个貌似"看透人生"的家伙，以好奇的眼光看着我这个才华横溢，相貌也颇清秀的年轻人。他们都被表象欺骗了，如同所有其他人一样，只是惊异于我如何能轻而易举地获得如此这般成就，妒忌我所获得的名誉与金钱。事实上，命运赐予了我太多的苦痛。普鲁申斯基和维硕米尔斯基这两位文友对于我是欣赏的，但我却体会到，那是伴随着怜悯之情的欣赏，这也是日后我误解他人时经常套用的模式。

实际上，我内心当时只感受到了他们的怜悯，觉得面对命运的捉弄我是如此毫无防备。

我的目的并非是描绘一下我当时的心理状态。因为我不想误导读者，所以我便使用了第一人称。而且，我觉得若要剖析自己，最好如此。这样一来，如果读者想要批驳我的观点时，也会更容易选择。再者，引导我的还有内在的原因，就是我从未改变的叛逆个性。对此，贡布罗维奇十分赞赏，因为他觉得至少在这一点上我们有共通之处。"我们必须杀死现在的自己，以便成为明天的那个自己。"贡布罗维奇认为我也遵循着这一原则，因此尚在阿根廷的时候便有了这样一段独白：

> 我是我必须成为的米沃什
> 我是我不想成为的米沃什
> 我要杀死那个米沃什
> 如此，我才更加米沃什

这是贡布罗维奇式的最精炼的描述，而且可以稍稍改头换面，适应不同的情形。例如针对他关于"波兰民族性"的讨论，只需改动其中一个词：

> 我是我必须成为的波兰人
> 我是我不想成为的波兰人
> 我要杀死那个波兰人
> 如此，我才更加波兰

按照贡布罗维奇的这一思维模式，下面这段话可以道出我与诗歌之间的关系：

我是我必须成为的诗人
我是我不想成为的诗人
我要杀死那个诗人
如此，我才更加诗人

第七章

与我同时代的作家当中，只有一个人让我感到妒忌。这个人就是诗人尤连·普日波希①。令我妒忌的并非他的诗作，而是他的角色，他所赋予自己的角色。对此，普日波希从未有任何的犹豫和动摇。普日波希年轻时曾在克拉科夫的大学里学习波兰语言文学，当时的他崇拜科学技术、社会进步，崇拜二十世纪、"大都会、群众和机械化"。秉承着所谓的文学唯物主义，他不断趋向先锋派的理论，这在其诗作中表现无遗。时代验证了普日波希所描写的一切。二十世纪的现实是：人们不再尊崇自然；汽车与飞机数量不断增长；医学进步延长人类的生命、降低婴儿的死亡率。下层人民努力追求向上，他们从农村涌向城市，学习读书、写字，世世代代面朝黄土的人们如今变成了这样一群"大众"：他们渴望电影、科技产品、娱乐和亮丽的衣衫。此外，由于社会主义的目标是实现人类的梦想（如同很久以前社会进步人士所宣称的那样），因此，他们的丰功伟绩也成为当时波兰希望寄托之所在。普日波希儿时的家乡也在发生着变化，这也正是他所渴望的，而且普日波希还断言，这种变化是所有"朝着幸福进发"的诗人都渴望的。这是伴随诗人一生的变化，要知道，当普日波希还是个乡间牧羊少年的时候，我们的人类就已经开启了普罗米修斯式的星际探险。而于诗歌，尽管华沙的咖啡馆里飘荡着轻浮的笑声；尽管有人预言，那种内容轻松、韵律优美、不太强调遣词造句的诗歌作品将

---

① 尤连·普日波希（1901—1970），波兰先锋派诗人（第一先锋派）。

会更取悦于大众文化，但事实上，普日波希代表的诗歌流派最终获得了胜利。如拼图般需要解读的用词，结构错综复杂的句式，这些都成了人们注意的焦点。也正因为普日波希无论对于做人还是自己的诗歌流派都始终不弃，认真如一，所以当诗人晚年的时候，他的执着最终赢来了肯定和赞誉。关于他的文章、研究和专题论文不断出现于各种媒介，而他的作品也一版再版。诗人也经常主持大型会议、讲座以及电视节目。诗人普日波希的整个生命都奉献给了诗歌，他的死也同样如此。在担任某个诗歌比赛评委的时候，普日波希突然从椅子上跌落，就那样结束了生命。

对于贡布罗维奇而言，普日波希是众多先锋派诗人中的一员，他们的作品除了新潮少女①之外再也不会有什么其他人有兴趣阅读。贡布罗维奇同样还预言了先锋派的结局："你们的力量已经是强弩之末，现代派神秘的手指在你们无聊的殿堂中描画出你们注定悲剧的终结。② 空虚向你们张开臂膀。空洞、虚无，最纯粹的虚无已经像一只蹑手蹑脚，伺机而动的猫一样，准备着吞噬你们制造隐喻的工厂和你们承载思想的马车。"

普日波希是幸运的。设想一下，即便他读过贡布罗维奇的《反对诗人》，他也未必能确信自己能够知晓该如何理解"蹑手蹑脚的虚无"。痛苦是不幸的，同样不幸的还有意识到痛苦。贡布罗维奇知道每一次躲避现实所付出的代价，因此他并不应该被妒忌。再者，意识到哲学的浩瀚无涯也是痛苦的。科学与技术也正是在哲学的基础上，而且仅仅是由于哲学才得以建立自己脆弱的殿堂。于哲学而言，贡布罗维奇同样不应当被妒忌。况且，即便对于自己的作品，贡布罗维奇

---

① 贡布罗维奇的小说《费尔迪杜凯》中的一位名叫祖塔的花季少女，其姓氏音译为姆沃齐亚库夫娜，即"新潮少女"。

② 原文直译：弥尼，提客勒，乌法珥新。来自《圣经》故事：伯沙撒王用圣殿器皿宴饮，有神秘人用手指在墙上写字，预言其国度的覆灭。

也保持着怀疑的态度。

如果不是特意要指出贡布罗维奇与普日波希之不同的话，那么说这两位作家在波兰文学史上当属同一章节。在一个天主教国家当中，思想、精神的独立总是与无神论并肩而行，因此，将贡布罗维奇贵族式的无神论与普日波希农民式的无神论相类比可算是一个极妙的讨论话题。同样，将之与波兰其他的无神论者相比较也颇有益。阿波罗·考热尼奥夫斯基的儿子约瑟夫·康拉德，这位出生在一个极为虔诚家庭的作家会说："满天繁星在上，道德伦常于心。"对于他而言，世俗的道德规范并不需要康德，有塞内加便足够了。但是，后世的维特凯维奇、普日波希、贡布罗维奇则会说："满天繁星在上，道德伦常无于心。"因为伴随着社会秩序的变化，伦理道德已经被他们抛弃，剩下的只有艺术，虽然"艺术"这个词尚未被他们神化。自雪莱开始，十九世纪的西欧美学的发展是贯穿如一的。一八二一年，雪莱创作了《阿多尼》。在为济慈之死失声痛哭的同时，雪莱实际成了现代美学的开创者和奠基人。这位诗人当时写道：人死后万事成空，一切皆不会留存。若能捕捉到一闪即逝的"美"，才会留些许在人间。维特凯维奇、贡布罗维奇以及普日波希对于艺术，各自有着自己不同的见解。对于普日波希来说，艺术是"制造隐喻的工厂"，而于贡布罗维奇，则通过具有稀奇古怪情节的喜剧来呈现。但是，这三位作家都摒弃了基督教，仿佛神的圣水从未洒向过波兰。他们如同跳行列舞一般，随意相互靠近，再结伴离开。贡布罗维奇对于人类生存的担忧并不亚于维特凯维奇，对于历史恶魔般的力量也有着同样的敏感。一九三九年的夏天，他预感到了人类将堕入怎样的深渊，他也仅是出于机缘巧合才得以逃脱。对于未来，维特凯维奇抱有末世论观点，贡布罗维奇在这一点上与他不同。他对于社会的巨大变革以及民众的躁动所带来的一切，对于青年人、下层人民以及凡俗琐事不但怀着极大的兴趣，同时还希望能够提前捕捉到人类新的需求和情感诉求。（就让新的乐声奏响吧！）一些人对这一百年间所发生的，以前从未有过的暴虐和恶行感到恐惧，认为世界就要灭亡。对此，贡布罗维奇提醒说："不要忘记过去。"他指出，瘟疫、灾荒、夭折、肮脏、迷信以及蒙昧，不久前还与人类如影随形。对于人类未来的命运，他并未做出判决。诚然会有天灾与人祸，但是人类终将找到解决的办法。保守、清醒，面对汹涌的大潮总是耸耸肩膀，一笑而过的贡布罗维奇，通过他的作品，通过与我们的对话指出：人类世界不会变得更糟，未来将会更好。这并非指物质意义上的幸福生活，而是指人类的观念会不断拓展、前进。"进步者"普日波希至少在这一点上与贡布罗维奇的观点更为接近，而不是同末世论者维特凯维奇趋同。

第八章

　　一旦"投身文学"就意味着过上了四处乞讨的日子（这层意味不要也罢），而贡布罗维奇在此方面也屡屡蒙羞，特别是他在阿根廷生活的那二十多年。那段日子，他主要的工作和绝大多数书信的内容都只有一个目的，就是获得生活最基本的开销（好在他的生活要求并不高）以及推销自己的作品。长期的坚持终有所报，虽然稍显迟晚，但贡布罗维奇终于获得了金钱和世界级的声望。

　　贡布罗维奇真的获得过世界级的声望吗？他真的在乎过那些声望和自己的文学天分吗？他在海外文坛上的成功让我感到既欣慰又惊讶。抛开他一直所主张的要用低俗的形式来吸引读者的论调不谈，我一直认为贡布罗维奇的作品称得上精致、高雅。贡布罗维奇——世界知名作家？他能够凭借什么在文学市场上立足？贡布罗维奇之于市场，就如同一名仗剑持节的贵族被抛入手拿棍棒和卡宾枪的黑帮当中，那里充斥的是色情与谋杀。要知道，在出版《洛丽塔》之前，纳博科夫不名一文。正是在这本书大获成功之后，出版商们才开始注意到他以前创作的作品。贡布罗维奇的作品从未遇到纳博科夫所经受过的冷遇，但是他作品的知名度也从未达到过哪怕是后者的四分之一，何况还有那么一些自命不凡的小群体总是大力推崇纳博科夫。但事实上，那些无论是法国、英国还是美国的文学期刊上所刊载的有关贡布罗维奇作品的评论，都只是表现出评论者的愚蠢。对于他的作品，那些温文尔雅的评论家们完全不明所以。更为糟糕的是，他的小说作品销量并不好，剧作《婚礼》太过晦涩难懂；《轻歌剧》对于舞台设计的要求极高。再有，贡布罗维奇的很多作品过于"波兰化"，如《横渡大西洋》，或者太过庞杂，如《日记》。也正是由于某些舞台剧作品，贡布罗维奇才在人生的某一刻突然之间在金钱方面有所收获，但是在晚年，他重又陷入生活的窘迫当中，而这一切并非因为贡布罗维奇有什么不当的奢侈开销。

对于介绍贡布罗维奇的作品，我可谓不遗余力，在开设了几堂有关其作品的课之后也确实取得了不错的效果，因为一些美国的年轻读者开始喜欢起他的作品，虽然这是在我解释了其作品背后的深刻含义之后。对于外国人而言，贡布罗维奇作品的结构和情节显得有些难以理解，这也使得评论变得相当困难。考虑到这些，我开始对于他是否真称得上一个国际化的作家感到怀疑，这并非因为贡布罗维奇过于"波兰化"，因而不是那么具有"世界性"。贡布罗维奇一直在努力摆脱自身所具有的波兰气息，而从他作品中的历史渊源以及幽默且戏谑、精致而内敛的笔触来看，贡布罗维奇完全不逊于任何国际级作家，但是面对其目标性读者，他的作品却显得有些高深。此外，贡布罗维奇所主张的"西方至上"的观点，主要源于波兰自身文化的不成熟和自卑感，在这方面贡布罗维奇走得有些太远了。无论如何，由于贡布罗维奇的出现，波兰文化的全貌，无论是其中的下里巴人还是阳春白雪才都能够在美国的书店中得以展现。但在这个出版有专门为旅美波侨阅读的杂志的国度，波兰文化中雅与俗的比例却呈现出一种奇异的状态。

他自己的未来如何？一个国际化作家的未来如何？对此，贡布罗维奇认为完全取决于人类发展的方向。但人类将走向何方？对于此命题的答案如同轮盘赌一般，无法预知。贡布罗维奇认为，不能排除未来将会是一个"完美科学世界"，人文世界走向终结，而他自己的创作，或许还包括所有文学创作都变得毫无价值。贡布罗维奇当然希望这不会发生。再者，在他的《与多米尼克·德鲁的对话》[①] 中贡布罗

[①] 法国评论家多米尼克·德鲁对贡布罗维奇的采访文集。多米尼克·德鲁（1935—1977），法国作家，出版商。

维奇谈及了他试图让读者理解其作品的努力，从中可以感觉到，他对于外国评论家对其作品能够做出深刻解读并不十分期待。天知道贡布罗维奇是否暗中采取迂回战术，其真正目的是在波兰文学界取得永恒的地位呢？这似乎有些矛盾，但是纵观波兰文学界，也只有贡布罗维奇的作品值得全部一读（这其中也包括他的《日记》），而也只有在波兰的土地上，贡布罗维奇的作品才可以被恰当地解读。

我之所以尽我所能介绍贡布罗维奇，部分也是出于羞愧之情。这正如一个曾经的二流艺术家，如今从事着或医生或律师的职业，当他看到自己的侄子如今竟然在追寻艺术，就会不由生出一种感觉，那家伙定然是在孤注一掷。我曾经觉得贡布罗维奇有些可怜，对于他的文学作品我也有同样的感觉。除了努力"追名逐誉"之外，他似乎再无他事可做，这真是既可悲又可怜。我从未刻意推销自己的作品，实际上并非由于我没有野心，而的确是没有什么可以出版的，可称之为小说的作品，我只写过一部——《伊萨谷》（这是一部真正意义上的小说，而非什么"童年回忆"），戏剧作品则一部没有，事实上我创作的只有诗歌和散文。对于一个来自于斯拉夫国家的诗人，除了在有限的几所大学内赢得些许赞美之辞之外，还能指望他获得怎样的承认和声誉？我们都心怀幻想，但是这幻想不应过度超越理性的界限。

那么，我到底如何评价贡布罗维奇呢？我认为，他的作品当然是出类拔萃的，但仅限于在乌尔罗之国①，那里是其作品之源。至于何谓"乌尔罗"，我将在下面的章节中细细道来。

---

① "乌尔罗"一词是英国诗人威廉·布莱克的创造，出自其长诗《耶路撒冷——大阿尔比翁的流溢》。详见本书第28至30章。

第九章

　　清晨八点的时候,我常常在家附近的格里兹利山峰大道上散步(街名可意译为灰熊峰大道),我这里所写下的文字很多便形成于这每日的散步途中。这是一片典型的居住区,街边是一栋栋木制的房屋,风格和样式都不尽相同。山的一侧很陡,因此不少房屋的底部都有柱子支撑。从山顶向下望去,各家各户的花园可尽收眼底,那是一座座种满杜鹃、山茶、月桂和长成大树的桃金娘的院落。沿着脚下的路,一直向西而行便可以抵达北美大陆的最西岸。对此,任何人都不会有疑问,因为由此下山,穿过伯克利城,穿过海湾,再穿过金门大桥就是孤寂的太平洋了。从山上向四周望去,风景每日不同。当大雾弥漫,所有景物都被浓雾笼罩,这时仅可以看到海的一角。及至雾薄时分,透过层层的雾气,可以眺望到旧金山城内时隐时现的高楼。而当云开雾散,水汽仅在远处塔玛佩斯山那边堆成飘浮的云朵,此时浮现在眼前的则是另一番壮丽景象:蔚蓝色的海水连接着太平洋,三座大桥穿越其间,旧金山城就在我的脚下。

　　在这样一番景色描写练习之后,似乎应该开启一段福楼拜式的浪漫故事,但我还是谈谈缺憾吧,这样可以不必让他人对于这美景心生妒忌,诚然这只是世上万千胜景中的一斑。在这条路上所感受到的愤怒和绝望,我记忆犹新。无论是追逐梦想与希冀,还是生机勃勃的生活,抑或是聚会谈天,一旦身处在这与世隔绝之地,那一切便都与你无缘。于我而言,有些人的命运就像一场噩梦。画家诺布林和他的妻子、演员列娜在旧金山结束了自己的生命,而莱德尼茨基经常在几条街之外散步，陪伴他的只有一只小狗。我思念昔日的朋友、兄弟，好也罢，坏也罢，都让我想念。我也想念故乡的孩子们，就像维克塔说的："渴望和他们一起玩泥巴。"每当我试图写些什么，笔下描绘出的却是卡夫卡式的阴郁画面：独自被囚禁在孤岛上，岛上小镇的街道上见不到一个行人。当透过房屋的窗户朝里望去，看到的却只有动物布偶，它们纽扣做的眼睛闪闪发亮。这是多么阴森的情景，甚至有些邪恶，还是不写罢了。曾经有一次在圣迭戈朋友的家中，我遇到了赫伯特·马尔库塞[①]（德国马克思主义者，六十年代以学生运动理论闻名），他站在窗前说："这是一座动物聚居的城市。"我十分明白他对于那些缺乏思想的人类的鄙夷之情，他们仅仅是行尸走肉。但马尔库塞那鄙夷的态度、知识分子的傲慢也让我反省，我内心当中是否也隐藏着类似的刻薄。

"我踩住了愤怒的喉咙。"这是俄罗斯诗人马雅可夫斯基式的宣言。现在我知道，这诗句正适合于我。你不喜欢这个世界？无论是这里，还是别处都无法忍受？好吧，我们为你找个不同的地方：在云端之上，大海之外，这样你就可以随心所欲了。但是要注意，这可是最后一次，你或许能干出点什么，或许不能，但是你绝对不能再挑剔了。是的，当然在这里大地也将走到尽头。

于是，我开始工作。首先我要努力避免成为分裂的两个人，一个是赚着微薄薪水的大学教书匠，另一个则是缪斯女神的垂青者。后者在闲暇时分，仰望天空中的云朵，便可以创作出杰作，就如同贡布罗维奇在阿根廷所做的一样。教书与写作实际上可以互有裨益、相得益彰。不容否认，我的大学执教生涯可算相当不错。当然，在此不能不提及，我在这方面还是颇有些优势的。我上的中学相当不错，比多数

[①] 赫伯特·马尔库塞（1898—1979），极有影响力的左派哲学家。20世纪60年代法国"五月风暴"时马尔库塞与马克思、毛泽东并称为"3M"。其著作有《单向度的人——发达工业社会意识形态与研究》《爱欲与文明》等。

美国的文科生毕业的中学都要好。另外，我所就读的大学也算是出类拔萃。大学时期两位年轻的教授，维克多·苏金尼茨基（法律哲学教授）和斯坦尼斯拉夫·斯瓦涅维奇（经济学教授）至今依然健在。苏金尼茨基多年以后依然记得我毕业考试的情景，认为我的表现非常出色。他甚至还记得自己当时非常惊讶，因为我竟然对十八世纪的英国哲学家熟捻于胸。但是我对那次考试却全无印象，教授所提及的那些人名我也一个都不记得了。如同被训练好跳圈本领的马戏团小狗患了失忆症，我大学里习得的其他技能也都不见了踪迹。我在大学中收获的最重要的不是知识，而是历史观。这种历史观一方面通过学习获得，而另一方面来自于当时发生的历史性事件。在美国，这种历史感的缺失对于部分在大学里授课的美国人来说是一种缺憾和障碍，然而也正因如此，那些具有历史观的人便具有了某种优势。我必须利用这一优势来弥补自身的一个严重不足，即没有专业学位。我那个学位算个什么，不过是个硕士，而且还是法学专业。

　　同他人聊天聚会，影响别人，同时也被他人影响，只有如此我才能从一个异乡人的愁绪中逃离。这本书实现了我的某些愿望，至少部分实现了。这是一本连接过去与现在的书，但其指向的却是未来，即便不是我的未来，也将会是他人的未来。对于我的讲课对象，这些二十多岁的年轻人，我始终抱有怀疑。面对这些或是出于天生愚钝，或是缺乏后天学习的大学生，我的讲述能引起多少反响？哪怕他们当中只有十分之一可以领会些什么，我就已经十分幸运了，对此可要事先做好心理准备。几乎每次开始新的课程，我都会有种失败的预感，我什么也改变不了，他们的"电视大脑"不会有任何改变。每当顺利结束课程，我的欣喜就像成功地从高筒礼帽里变出兔子的魔术师，但是我完全不知道，下次变魔术的时候能否成功。当我在维尔纽斯大学念书的时候，一些教授完全不在意和学生之间的交流。他们只是在讲台上，摸着下巴，低声念着讲义。要知道，那时还没有麦克风，而在坐满两三百人的教室里只有前两排的学生能够听到老师的声音。莱德尼茨基教授（当我来到伯克利的时候，他已经退休了）当年曾经将他们称之为"坐听课监的学生"，无论抱怨也罢、恼火也罢，但还是不得不在教室里坐着。莱德尼茨基这种居高临下的态度以及与学生之间的隔膜让我感到既同情又有些不悦。但转念一想，这同他居高临下的态度无关。我们太过执着于期望看别人的反应了，实际上我们真实的目的是完善自己的知识，即便我们真需要听众的话（事实上听众寥寥无几），也只是通过他们关注度的高低来判断哪些知识具有生命力，哪些知识又已经死去。莱德尼茨基所教授的是自己耳熟能详的知识，他从未试图去更新它们，同样他也从未期待自己真正的思想能与那几小时的课堂时间产生些许的交集与共鸣。这令我十分沮丧，因为类似的处境也会让我变得同他一样。

我尚在齐格蒙特国王中学念书的时候，学校的墙壁上曾题有这样的古代箴言：祷而作①；日描一线②。这意味着要如古希腊画师阿佩莱斯一般，强迫自己每天必须创作，哪怕只有一行。仅凭一时的意志并不能让人前进太远，重要的是要遵从心灵而非勉强行动。要遵循十六岁时脑海中首次闪现的思想火花，要有意识地去实现这些起初并不十分清晰的灵感。青春期与成熟之间是一座巨大的拱桥，换言之，我们的思想的发展也正如一块块零散的拼图，只能一步步、慢慢地被拼凑完整。只有这样我们才能同自己的激情达成协议，只有遵从这股激情，漫长的工作才能显得轻松一些。在伯克利度过的岁月于我而言是一个自我学习的过程，而学习的领域在我年轻时就已经注定。伯克利的讲堂当然为我提供了灵感，但对我有益的也仅限于我私人所需要的和学习的领域。

---

① 原文为拉丁语，祈祷和工作。来自《圣本笃训诫》，反映了修道院生活训诫的基本思想。
② 原文为拉丁语，又译为每日一画。来自老普林尼的《自然史》，相传为古希腊画家阿佩莱斯的箴言。

我们会犹疑、困惑、绝望且不断尝试，但最终的思想会比我们当初所预计的要更有逻辑性。我的课程安排当主要围绕着三个主题，或者说三个轴心。第一个是：恶之源头①。这是一个古老而庞杂的问题，回答它意味着回答：我们的世界是否出自一个邪恶的艺术家之手。关于这一主题，从我们普通学校里使用的有关宗教历史的课本讲起，然后扩展至教义理论和历史，最终，在经过数年的讲授之后课程将涉及摩尼教②。这部分内容最终与斯拉夫文学课程安排在一起，因为在一些俄罗斯作家的作品当中涉及了波格米勒派③，俄罗斯宗派主义以及摩尼教的问题，但实际上这一课程将追本溯源到公元二世纪亚历山大帝国以及罗马帝国时期的诺斯替主义④。不容否认，我之所以阅读大量陀思妥耶夫斯基的作品以及有关他的研究文章也正与上文中所提到的问题有关，而且由此也产生了我所教课程的新主题：十九世纪思想史。换句话讲，是想探究陀思妥耶夫斯基和尼采的思想从何而

---

① 这一表述来自于德国数学家、神学家莱布尼茨1710年的著作《神义论》。神义论是一个神学和哲学的分支学科，主要探究上帝内在或基本的至善（或称全善）、全知和全能的性质与罪恶普遍存在的矛盾关系，这个术语来源于希腊语"上帝"和"正义"，由莱布尼茨提出。

② 3世纪时波斯人摩尼糅合古代波斯的祆教及基督教、佛教思想而成立的哲学体系，属于典型的波斯体系诺斯替二元论。摩尼教认为，在太初时，存在着两种互相对立的世界，即光明世界与黑暗世界。初际时，光明与黑暗对峙，互不侵犯。中际时，黑暗侵入光明，二者发生大战，人类世界因此产生。后际时，恢复到初际时相互对立的状态，但黑暗已被永远囚禁。物质是黑暗的产物，精神则是光明的产物，因此摩尼教否定物质世界，希望利用虔诚的信仰和严格的戒律获得灵知，回归光明世界。摩尼教传入中国后称为"明教"。

③ 10世纪时成立于保加利亚第一帝国的诺斯替主义教派，主要流行于马其顿与波斯尼亚地区。

④ 又称诺斯底主义、灵知派、灵智派，"诺斯替"一词来源于希腊语，意为"具有知识"。这种知识（或译"真知"、"灵知"）不是普通的，而是关于世界本源、神的本来面目、人的终极拯救的。所谓诺斯替主义者并没有统一的组织机构，但是都相信通过拥有"灵知"可以脱离无知及现世。诺斯替主义于公元的前几个世纪流行于地中海周围至中亚地区，分为赛特派、圣多马派、瓦伦廷派、摩尼教等。后期的诺斯替主义有10世纪保加利亚的波格米勒派和12世纪法国的清洁派等。

来，他们为何如先知一般如此具有预见性。答案并不难寻，就在启蒙主义与浪漫主义时期搜寻钥匙便可。因此，我课程的第二个主题便围绕陀思妥耶夫斯基，而最后一个主题则是波兰文学。其中波兰文学概论是必备的部分，但这部分内容与其说是关于波兰文学，毋宁称之为"波兰文化史"。此外，课程还包括波兰当代文学。对于这种安排，无论是波兰的诗人们还是贡布罗维奇都应该不会抱怨。这便是我工作的大致情况。

我所从事的工作促使我内心发生了改变，成为我兴趣转变的连接桥梁，对此，我的确没有预料到，正如我也没预料到，贡布罗维奇可以让我寻找到自己的定位。于我们而言，贡布罗维奇不正扮演了这一角色吗？多幸运能够坚持用波兰语写作，如若用英文写作的话，光是这些人名的缩写就足够我受的了。

第十章

我六岁的时候,母亲曾经在市场上给我买过一个木制的小松鼠,那是在多尔帕特城,如今的塔尔图。事实上,这只是个用胶合板做成,两面平平,被漆成深棕色的廉价玩具,但是从中我却领略到了爱神厄洛斯的魔力。这股力量是如此强烈,倘若不是后来目睹过美丽女子姣好的面容,内心又被那些或模糊或清晰的欲望所折磨,我今天定然会为这个木头松鼠——强大的爱神唱诵赞歌。是的,我当时坠入爱河,且充满情欲。至今想起,我依然认为这爱欲极其认真,而我对这个似乎有些可笑的小松鼠的感情容不得丝毫戏谑之意。

这有些让人迷惑,但也绝非不可理解,因为现代文明所传授的科学真理从未令我完全信服。与万能的神相比,与面对人类思索不无嘲弄之意的神相比,性之驱力,这种原始的力量及其衍生出的所有的变形又算得了什么!好似一条宽阔的河流,汹涌奔腾,不断冲刷出新的河床,但是其中的一条支流却被认为是所有其他分支的源头所在。与一只木头松鼠坠入爱河!难道我后来没有同样地爱上过书中的插图;爱上一只鸟;爱上一位诗人;再或是爱上一行韵文?甚至可以说,当我将热情转向人类的时候,我的爱神厄洛斯也心生妒忌,他并不希望如此,他希望把我变成绝对的奴仆,热爱世间万物,相互独立又有着千丝万缕联系的万物,就像爱上被波德莱尔赞誉有加的"现代风俗画大师"贡斯当丹·居伊一样。

回到家乡内韦日斯河①谷之后，我曾在一本祷书里发现了许多圣经故事插图。记不清那本书是女管家巴巴拉的，还是厨师阿努夏的，但其中一幅画如同丘比特之箭一般射中了我。那是一幅圣母的画像，她身着蓝色长袍，上面缀满金色的星星，给人以温暖的感觉。这本祷书来自何方无从得知，但我想可能是锡耶纳画派②的某位画师画作的仿品，因为摹本的价格并不贵，但也有可能这干脆就是锡耶纳圣母像的模仿之作。

这种感觉再度被唤起已是多年以后，在"人生转折点"到来之时。在战时的华沙，我学会了英文。虽然不太好，但我已开始能阅读英文诗歌作品。当偶然间在一本诗集当中读到威廉·布莱克③作品的时候，我意识到，他的诗作同当年我所看到的圣母画像似心有灵犀，其中的意味是如此的琴瑟相和。我当时并未见过任何布莱克的绘画作品，实际上也不可能看到，因为他的画作被复制出版乃是之后的事情。如今，当我亲眼见到布莱克画作复制品的时候，我必须承认，我当年的直觉是何等准确。在战时的华沙，在世界充满戾气的年代，在童年时遇见奇妙的事情而产生的崇敬之心被扼杀的年代，是布莱克重燃了我的灵感。或许，这也是我真爱的源泉。

最初接触布莱克的作品完全是出于感性。当我还在揣摩他诗作字里行间的意义时，当然我当时还无法理解其作品的真正内涵，即便如此，布莱克作品中呈现出的与我诗歌完全不同的神秘感已经让我着

---

① 立陶宛的河流，属于尼曼河的右支流，河道全长209公里，是全国第六长河流。米沃什出生在立陶宛维尔纽斯，因此称为家乡。

② 13世纪晚期到14世纪，意大利锡耶纳地区的美术流派，一度与佛罗伦萨画派分庭抗礼。锡耶纳画派的作品具有色彩艳丽、装饰丰富的特色，其代表为《宝座中的圣母》《受胎告知》等圣母画像。

③ 威廉·布莱克（1757—1827），英国第一位重要的浪漫主义诗人、版画家，英国文学史上最重要的伟大诗人之一，虔诚的基督教徒。主要诗作有诗集《天真之歌》《经验之歌》等。早期作品简洁明快，中后期作品趋向玄妙深沉，充满神秘色彩。威廉·布莱克是本书着重介绍的人物之一，详见第28至30章。

迷。此后，我曾几度尝试真正解读布莱克的作品，但若要说能够做到一二还是近些年的事情。来到美国之后，我同一些布莱克研究者进行过交流，这是一个专门研究那些高深莫测、不为外人所知领域的小圈子。在此之后，我坚信，在研究、解读威廉·布莱克方面我已经达到了中等水平（事实上，大概也没有什么人能够达到高级水平）。当然，此间我也阅读了大量有关布莱克诗歌和绘画作品的研究文章，虽然很多相互矛盾，但从中我已经可以慢慢分辨出孰是孰非。童年时心中的厄洛斯让我结识了布莱克，我对他可谓情有独钟，所以此刻我宁愿暂时将其放到一旁，因为在此后的章节里我还会屡次谈及布莱克的作品。我想提及的仅有一点，将布莱克同其他英国浪漫主义诗人相提并论是错误的，因为布莱克是千禧年末代时期最不凡的几个人物之一，所以不能仅局限在文学研究的角度探讨。艺术史学家、宗教学家、神学家、心理学家以及文化史学家也都将布莱克作为研究的对象，且成绩斐然。当然，也有人会提出质疑，如果福斯特·戴蒙①所作的，洋洋五百页的《布莱克辞典》都不足以解码布莱克的那些符号与象征，那么又到底应当将其归为哪一类诗人呢？要想回答这个问题，则需要懂得作家与艺术家使命的异同。

"乌尔罗"一词源自布莱克笔下。"乌尔罗地"是灵魂饱受煎熬之所，在那片土地上，残损的人类将承受也必须承受心灵的困苦。布莱克并不属于那片土地，但是与他同时代的学者、牛顿经典物理的推崇者、哲学家以及几乎所有的画家和诗人都居住于此。不仅如此，他们在十九世纪、二十世纪以及未来的后继者们也都将尽赴乌尔罗之地。

---

① 福斯特·戴蒙（1893—1971），美国学者，布莱克研究者。著有《布莱克辞典》（1965）。

第十一章

布利克斯（在此我使用了他的化名）是伯克利大学的学生，他正在撰写有关贡布罗维奇的博士论文，而我借给他提供建议之机也正好可以列举一下有关这位波兰作家的各家之言。布利克斯试图溯源贡布罗维奇世界观中的哲学基础，这可以说颇有见地，因为后者的确非常重视哲学。在对贡布罗维奇产生影响的哲学家当中，布利克斯将叔本华置于首位，这大概也算正确。由于各种重大的政治事件的影响，波兰的文学史也被划分为更为短暂的时期。其中波兰现代文学，即"青年波兰"[①] 时期结束于一九一八年，此后是一九一九年至一九三九年两次世界大战之间的二十年以及其他文学时期。尽管有这种琐细的划分，但波兰文学的某些重要流派实际上超越了上述文学时期的分割，并发生了更加深入的演变。波兰现代文学时期的真正危机在于实证主义[②]以及生物演化论[③]在波兰的传播过程中遭遇的曲解（生物演化论在波兰被实证主义者的道德说教和日渐消弭的宗教狂热所弱化）。可以说，由于缺乏思想基础以及波兰语翻译的欠缺，在莱希米

[①] 波兰文学、艺术、音乐的现代主义时期，大约从1890年持续至1918年。"青年波兰"时期提倡的是新浪漫主义、象征主义、新艺术运动等，源自于对此前在波兰盛行的实证主义思想的反对。

[②] 强调感觉经验、排斥形而上学传统的西方哲学派别。又称实证哲学。它产生于19世纪30—40年代的法国和英国，由法国哲学家、社会学始祖孔德等提出。

[③] 通俗说法叫作进化论，考虑到生物演化的方向不仅是"进化"，也有"退化"，所以也有一些人使用"生物演化论"一词。

安、舒尔茨①、斯塔尼斯拉夫·维特凯维奇以及贡布罗维奇走上文坛之前，实证主义和生物演化论没有能够在波兰得到很好的诠释，当然上述作家也无一人可以被"正式"纳入波兰现代文学时期。在这一时期，恰恰是叔本华，这位在自己祖国也长期被忽视的哲学家契合了波兰现代文学时期作家的绝望之情，此外叔本华有关自然演化的观点对于波兰文学界而言也充满先锋的色彩（自然演化论早在达尔文之前就已经产生，达尔文不过是将各种观点重新归纳总结）。叔本华在《作为意志和表象的世界》这一著作中所讲述的无外乎这个世界上仅有两种存在：捕猎者和被猎者。在贡布罗维奇笔下，人是意志和痛苦的体现，是一个个意欲掌控别人的孤独个体。每个个体与他人之间的关联无外乎争夺，以牺牲他人的存在来保证自己的存在。叔本华则认为，意志是一个由诞生通向被毁灭和死亡的过程，只有艺术和神性能够超越。艺术通过距离感洗涤意志，而高尚的神性则让人无私地放弃主宰他人的欲望。对于后者贡布罗维奇并不认可，而仅承认艺术的力量，但这一点并不纯粹，因为在其作品当中也依然可以看到其他波兰现代文学时期的诗人所吟诵的"我们的玛丽亚，我们的圣母中保"②一般的诗句。贡布罗维奇认为艺术具有两面性，一方面艺术家通过艺术战胜他人、主宰他人、屈服他人；而另一方面，由于距离感，艺术家也会压制自己贪婪的欲望。因此，文学家在追寻艺术的道路上已经不是那么纯洁而高尚，虽然内心相当挣扎但是却也做得出诋毁他人之事，且表现得相当具有进攻性。

很明显，我想通过强调这些争夺指出，贡布罗维奇完全不是一个自然主义作家，同样他笔下的那些人物也并非孤立存在，而是相互之

---

① 布鲁诺·舒尔茨（1892—1942），波兰籍犹太作家，作品有小说集《肉桂色铺子》（英文译本《鳄鱼街》）、《用沙漏做招牌的疗养院》等。

② 诗句来自《圣母庇佑颂》，为迄今最早的圣母颂歌，通常在童贞圣母瞻礼主日颂唱。中保：指圣母以慈母的心肠，关怀所有的人，她在天主，尤其在圣子耶稣前不断为人祈求必要的恩惠。

间有着内在的联系。除此之外，贡布罗维奇所描写的那些争夺的情节都是通过表情、举止和眼神来呈现的，屈服的眼神也意味着意志上的被征服。再者，贡布罗维奇作品中生物演化以及自然科学的因素同样不容忽视，这可谓波兰现代文学时期的作家们真正钟情之所在，这些因素可以说在贡布罗维奇的作品当中一直存在。

在认真研读了贡布罗维奇的作品之后，对其大家笔法充满景仰之情的布利克斯得出了这样一个结论：在那些令人称奇的情节、引人的幽默以及轻松的风格背后隐藏的是作者阴郁的目光，对于世间万物的嘲讽，对于我们作为人类所能拥有的一切以及构成维持人类社会运转的一切因素，如仁慈、兄弟之情、友谊、无私奉献等带有深深恶意的嘲弄。布利克斯认为，贯串贡布罗维奇所有作品的一个主题是对人类所怀有的厌恶之情。在作品当中贡布罗维奇故意的模仿、嘲弄那些所谓神圣的风俗和意识，特别是天主教礼拜仪式，他实际上想踏着宗教的废墟建立起"人与人的教会"①。其作品《婚礼》开场的布景让人联想起废弃的教堂，而神父所拥有让他人缔结婚姻的权利最终演变成了独裁的王权，这些安排都并非出于偶然。在贡布罗维奇早期的作品当中同样有对弥撒的戏谑和嘲讽，人们共同分享的圣餐实际上是为他们牺牲之人的尸体。例如在考忒乌比伯爵夫人的盛宴上，那些名流贵族们所享用的花椰菜实际上是因饥饿死去的卡拉斐奥尔家男孩的尸身②。同样，在《伊沃娜，勃艮第公主》一剧当中，也是宴会让宫廷成员们联合起来，因为这一次的"牺牲者"伊沃娜如他们所愿被鱼刺卡喉，而伊沃娜的"牺牲"正可以将他们从各种羞愧中解救出来。在长篇小说《色》当中，对于不敬神的神父弗里德里克，一场共同

---

① 与之相对的是基督教或任何其他宗教的"人与神的教会"，但是贡布罗维奇的"宗教"不需要神。

② 详见贡布罗维奇的短篇小说《考忒乌比伯爵夫人的盛宴》。花椰菜在波兰语当中发音为卡拉斐奥尔，这和死去小男孩的名字卡拉斐奥尔相同。

谋杀是促使两个年轻人结合的唯一办法。在小说的开始,弗里德里克"破坏"弥撒,随后他又在信仰上征服了虔诚的阿梅莉娅,这位将获得旁人认可视作美德的天主教徒在临死之前凝视着弗雷德里克,最终通过了"考试",因为只有人才能成为人类的神明。贡布罗维奇最后一部小说《宇宙》同样与宗教仪式有关,布利克斯认为,在这部书中自慰成了一种仪式,而这一仪式的主导神父则是女店主的丈夫莱昂。布利克斯还认为,贡布罗维奇的作品中常常出现如下内容,例如任性、恣意的残忍;仅仅为满足"自己的趣味"而制造的谋杀;抑或性格决然冷漠而又孤独的主人公。此外,贡布罗维奇并不能创造出独立而又不尽相同的人物形象,因为那些人物实际上都是作者本人的化身。从这些特点当中都可以看出贡布罗维奇对于人类所怀有的厌恶之情。此外,贡布罗维奇一直竭力尝试证明的哲学观点:对于这个世界我们一无所知,甚至无法真正知道这个世界存在与否,因为我们仅能通过自己的感知来了解世界。对于此种论调的道德瑕疵我们也应当持有戒心,因为这实际上将自己视为感知的中心,并且在借此提升自己存在感的同时,减低他人的存在感。

对于布利克斯的发现我毫不惊讶。贡布罗维奇所谓人文主义的论调不过是空谈而已,对此我已经屡次领教。在基督纪元一八四一年,路德维希·费尔巴哈①宣称:"一个人对于他人来说可以是个神。"这话太妙了。按照这个套路,我们换个说法"一个人对于他人来说可以是只狼",这话怎么样?如此,对他人而言,人到底是神,还是狼呢?要是贡布罗维奇见到意见相左的两人,一个留着胡须,另一个却下巴光光,那么他定然会大喊一声:"你们还在等什么,赶快

---

① 路德维希·安德列斯·费尔巴哈(1804—1872),德国哲学家。费尔巴哈的思想对卡尔·马克思的影响很大,而《路德维希·费尔巴哈和德国古典哲学的终结》(简称《费尔巴哈论》),是马克思主义的基本著作之一,是马克思主义哲学的经典文献。

来场决斗吧。"贡布罗维奇并非一个乐观的思想者,因此当布利克斯在其论文中指出,陀思妥耶夫斯基对于贡布罗维奇有巨大的影响时,我们禁不住要大叫:"近了!近了!越来越近了!"要知道,这位波兰小说家应当属于"意志"以及"自我意志"的伟大吟诵者,在他的一侧是叔本华和他的弟子尼采,而另一侧就是陀思妥耶夫斯基。虽然后者与前面二人并无传承,但是思想却如出一辙。年轻时代的陀思妥耶夫斯基曾相信人类,感动于崇高的理想。那时他是个傅立叶主义者①,期待着普世幸福很快能够实现。但当在鄂木斯克②的劳改营当中度过了四年的时光,在目睹了众多因小过被关押的农民以及残忍的暴徒之后,那段经历最终确定了其一生中最重要作品的主题。彼时的陀思妥耶夫斯基不禁问自己:人们真的能够爱自己的同类吗?在其作品《地下室手记》③当中,作家对这一问题给出了答案:不能。这部作品的主人公公开宣称,他人的命运于己毫无关系,为了能够安静的享用自己的香茗,哪怕整个人类都消失不见也没有关系。实际上,《地下室手记》给出了一道超级哲学难题,出题者甚至不想留下任何解决这一难题的方法和空间。在《地下室手记》之后的小说作品当中,陀思妥耶夫斯基虽然绝望,但却尝试着解决这一哲学问题,可最终只能求助于宗教信仰。《地下室手记》这一作品当中大量的思考要比存在主义分析早数十年。这部书与二十世纪二十年代巴赫金所著的研究陀思妥耶夫斯基的论文都展示了"感知辩证法"④,其中主体(我)能够将他人改变成客体,这一理论随后又衍生出思想家萨特和艺术家贡布罗维奇。虽然当时他们相互之间并不认识,但是这种

---

① 即空想社会主义。
② 西伯利亚的城市。
③ 俄国作家陀思妥耶夫斯基创作的中篇小说,作主要讲述了主人公"地下室人"的内心思想活动。
④ 这个词是切斯瓦夫·米沃什自己创造的,所指的就是后半句说的"主体能够将他人改变成客体"的辩证法。

与作品《地下室手记》之间的内在联系已经足以反映出其中的恶意……

下文开始已经不是布利克斯的观点,而是我的理解,但这也可以支持布利克斯的看法。他的看法并不让我感到惊讶,令我惊讶的是其中所表达出的强烈指责。这让我立即陷入思索,为什么他,一个美国自由主义者会感受到道德上的伤害,而我却完全没有感觉。难道我们波兰人已经习得了某种传统,虽然目睹断头台、绞刑架和利刃,我们依然能够微笑着缓缓而行?难道这种可怖的幽默感已经让我们变得麻木?倘若果真如此,这种麻木从何而来?是源自巴洛克的传统?历史的梦魇?还是由于读着显克维奇①作品长大的人们所具有的幼稚与轻率?或许,若要一个人失却道德判断力,大可不必让他像布利克斯的同代人一样,将他们置身于充满暴力的电影和电视节目的成长环境当中?

这并不完全准确。事实上应当指出二者间存在的根本矛盾。布利克斯是一个人文主义者,是进步青年,他相信人性本善。如果要想使人类这种善良的本性逃脱罪恶社会的污染,那么它必须成为所有道德伦理的基础,完全脱离于宗教的道德伦理的基础。不能说布利克斯与一百多年之前的车尔尼雪夫斯基,那位高尚的理想主义者完全相同。车尔尼雪夫斯基企盼着人类光明的未来,憧憬着人类居住于水晶宫殿之中,而对此,陀思妥耶夫斯基在《地下室手记》一书当中已然给予了嘲弄。倘若陀思妥耶夫斯基能皈依宗教,那么他的悲观厌世应当可被宽恕。然而,他却是个无神论者,他以蔑视的目光看着芸芸众生,人们之间的相互依存在其笔下却是相互攻击的呈现。这些事实撞

---

① 亨利克·显克维奇(1846—1916),又译显克微支,波兰作家。主要作品有历史小说"卫国三部曲"《火与剑》《洪流》《伏沃迪约夫斯基骑士》及《十字军骑士》等,主要反映的是17世纪时波兰人民反抗外国入侵的故事。1896年他又完成了反映古罗马暴君尼禄覆灭的长篇历史小说《你往何处去》,1905年他因这部作品"史诗一般的作品表现出的卓越成就"荣获诺贝尔文学奖。

击着陀思妥耶夫斯基隐藏的梦想,想成为一个教区牧师的梦想。现实让陀思妥耶夫斯基最终背叛了暗存的希望,而这种希望于布利克斯而言却似乎是天性使然。

如此,为何贡布罗维奇并不让我感觉受到伤害,其中的原因应当很简单吧?如果布利克斯认为贡布罗维奇是阴暗的,那么我岂不更加阴暗?贡布罗维奇在《日记》一书当中提到了我。在其笔下,我因为怀有特定的价值信仰,而被历史剥夺了一切,赤裸地生活在世界上。我们所具有的可怖的幽默感难道不也是产生于我们的被剥夺与被驱逐?向历史这架绞肉机寻求答案并不能令我完全信服。对于世界,我的悲观主义实际上在十五岁时就已经形成。如果要问,为什么我对于贡布罗维奇作品中的源自叔本华的灵感如此敏感,那么只是因为幼年时在阅读希拉罗维奇①有关达尔文、有关自然选择的书籍过程中,我就已经领教了大自然的绝对冷静与无情。我还想补充的是,我早年对于摩尼教理论的研究也并非出于偶然。

极度的悲观伴随着狂喜的赞颂与喜悦的圣歌,这该如何解释?谁又能够知道,这完全矛盾的两面不是本书的主题呢?从任何层面讲,我与二十世纪的"黑暗文学"之间都存在着对立。那些讽刺、挖苦与咒骂,或许还带有些许淫邪的文字同我们所知的撒旦之力量相比不过是些小把戏而已,况且在那亵渎与邪恶之中我还能发现奴颜婢膝的顺从。然而,这也不能解释,到底为何贡布罗维奇的文字并不能让我感觉受到伤害。他原本应该如此,如同被亚历山大·瓦特②称之为"脱衣舞文学"③对于我的伤害一样。

---

① 约瑟夫·努斯鲍姆 - 希拉罗维奇(1859—1917),波兰动物学家、科普作家。

② 亚历山大·瓦特(1900—1967),波兰著名诗人,作家,艺术理论家,20年代倡导未来主义的先行者。

③ 瓦特在其回忆录《我的世纪》中将不断剥除一切具体的人类历史、传统、信仰等等,直至无可剥除、完全"裸露"的文学称为"脱衣舞文学"。在他看来,贝克特、贡布罗维奇、让·热内、萨特等人的作品均属此类。

或许，我以及其他人之所以被贡布罗维奇所吸引，所左右，不过是因为其作品外部所包裹的皇帝新装，而实际上他的作品也仅仅是人云亦云，是那些畅销却空虚之作的另一个陈腐翻版而已。再或者，对于其作品的喜爱不过是出于我的伪善，是因为在面对同样远离故乡同胞的不理解时，我也只能和贡布罗维奇抱团取暖吧。

第十二章

但布利克斯还是错了。我提醒他这样做只会将自己引向死胡同。将贡布罗维奇的哲学思想从其作品中剥离出来加以分析就像将柠檬榨成汁，然后倒入杯中呈现给我们。味道又酸又苦，是吧？当然，汁液是柠檬的一部分，但是当枝头的果实逐渐成熟，当在墨绿色的树叶间看到圆润的浅黄色果实时，我们很难立刻联想到柠檬被榨成汁液后的实用价值。同样，难道贡布罗维奇的思想能够与其作品的形式，同其中的戏谑、捉弄和讥讽剥离吗？于是我问布利克斯，他如何理解喜剧的本质？他又能列举出几部对于他心目中"崇高的"人类尊严未加以伤害的喜剧作品？塞万提斯在其作品中对于那个疯狂骑士的捉弄如何？抑或果戈理笔下对于阿卡基·阿卡基耶维奇，那个心理变态、疯狂痴迷于外套的可怜人的嘲笑又如何？或许我们应该同意波德莱尔的表述，他在《笑的本质》[①]当中这样定义"笑"：人类的笑和残忍之间有着天然的联结，之所以"笑"是因为有了"高人一等"的感觉。即便是孩童的笑容也不同于动物满足的表情，因为他们都是刚出生的小撒旦。波德莱尔对于笑的定义绝对可以说服布利克斯这个博士生，对此我丝毫不会怀疑。这位法国诗人称，笑同时属于魔鬼和人类。此论断基于这样一种前提：与"纯粹之存在"相比，人类是极其卑微的；但当面对它类动物，人类又具有绝对的优越感。作为最高形式的、最为纯粹的喜剧——荒诞喜剧并非出于个人之凌驾于他人的优越

---

① 全称《论笑的本质并泛论造型艺术中的滑稽》，出自其文集《美学珍玩》。

感,而是出于人类面对自然产生的优越感(同样也是出于针对肉身主体的优越感)。波德莱尔将喜剧的诞生归结于一种分裂的矛盾:人类一方面无限憧憬自身的完美形象,另一方面又意识到自己不过是粗鄙的肉眼凡胎之辈。对于喜剧的源头,波德莱尔认为,直到基督教产生之后才出现了真正的喜剧作品。

我曾经说过,我不会过度拘泥于某一个方面,所以我们将讨论扩展开来。当我们研究贡布罗维奇的时候,有一个人绝对无法忽略,这就是拉伯雷。贡布罗维奇应该是早年读过塔杜施·伯伊-热兰斯基①翻译的拉伯雷的作品。之所以无法忽略这位大师对于贡布罗维奇的影响,一方面是因为后者曾经极力赞颂拉伯雷,称其为能够随心所欲、自由创作的作家之典范,他在创作中就像躲在树后撒尿的顽童那样无所拘束。另一方面,拉伯雷,这位现代人反抗中世纪的代言者无疑是几百年间最伟大的喜剧大师,至少米哈伊尔·巴赫金这样认为。他有关拉伯雷评论的英译本我也推荐给了布利克斯。按照中世纪的思想,人应当从腰部划分为截然的两半,且一个人愈追求上半身所代表的精神和思想,便愈加会嘲笑下半身的功能和作用。中世纪的喜剧因而是粗俗的,充满了有关吃喝拉撒以及交媾的描写。从此意义上讲,拉伯雷笔下的那个撒尿冲毁城市的人物确信是源自于中世纪的产物。在那个讲究宗教礼制的年代,因狂欢的场景和粗俗的表演而发出的纵声大笑实际上是能量的宣泄口。在狂欢的四旬节②期间,人们甚至可以表现得更为放肆,对于弥撒、婚礼、加冕典礼都可以任意嘲笑,这些都远超过今人的想象。在这种狂欢当中,神圣与庄重感丝毫没有减弱,反而被滑稽的模仿反衬得更加庄严。这正如同一个人也需要两张面

---

① 塔杜施·伯伊-热兰斯基(1874—1941),波兰剧作家、诗人、翻译家、医生。
② 复活节之前的40天按教会年历是封斋期,在整个封斋期的40天里,禁止天主教徒食肉、娱乐、婚配等一切喜庆活动。为此,人们趁封斋节到来之前尽情享乐。

具,一张肃穆,另一张戏谑。就连中世纪作品中的恶魔也表现出这种双重性。它们的角、尾,愚蠢和恶毒都被描绘得十分滑稽古怪,但这并不影响福音书中魔鬼所代表的恶灵本质。我曾经思忖,也许正因如此,我的罗马正教之心对于贡布罗维奇那些亵渎神灵之作才并不感觉受到些许的冒犯。但更有可能的是,贡布罗维奇本身并未有冒犯神灵之意。婚礼也罢、宴会也罢,这些场景之所以经常出现于他的作品当中,只不过是因为其成长环境使然,那些优雅的庆典是其故乡文化和习俗的一部分。我对布利克斯建议,要更多地关注贡布罗维奇作品的情节设计以及语言所给人带来的愉悦,因为虽然作者在不少方面都显示出不足,但在令人产生阅读快感方面的确算是一个高手。另外,我还建议布利克斯要始终记得,贡布罗维奇是一个二十世纪的作家,要思索与其同时代的作家相比,无论亲疏,贡布罗维奇到底有何不同于他人之处。

二十世纪,这正是我要说的。当说出"二十世纪"这个词,我的皮肤都会感到阵阵发紧。沉默的二十世纪。尽管世界充满言语的喧嚣,尽管每分钟都有数以亿计的词语奔涌而出,尽管莫名的小事被媒体、电影和电视放大,但是对于它们的解读,对于事件真相的揭示却是如此不足,甚至逊于前一个世纪。我知道自己在说什么。某些历史事件、某些人、某些城市甚至是某些国家消失于历史当中,毫无踪迹可寻,那些对此深有感触的人也能理解我指的是什么。同许多作者一样,我感到非常遗憾,因为对于曾经亲身经历的那些事情我们只能了解很少的真相。由此带来的困境(如今似乎已经根深蒂固)让小说不再是"路旁的反光镜",人们也不再通过阅读"现实主义"小说去了解真实,因为这些小说由于自身的虚构已经快要拒绝呈现真实。我们不得不转而投向寓言、诗歌、隐喻,再或者干脆抛弃文学和艺术,去阅读历史文献和日记。

在这种困境当中,一个作家作品的质量便取决于他腾空跳跃的能力,取决于跳板给他的反弹力量。贡布罗维奇成长于一九一八年至一九三九年之间，恰逢两次大战的间隙，对他而言，倘若不是成功的一跃成为"装疯卖癫"（我权且用这么一个词）的作家中的一员，那么估计他依然会在现实主义或者心理描写的泥沼中挖掘。与另一位作家维特凯维奇相似，贡布罗维奇的"装疯卖癫"是趋向于展示现实的，但这现实是被抽离出的、提炼的现实，因此显得不那么真实。再者，对于贡布罗维奇的哲学我并不认同，而且那对于读者来说也相当"晦涩难懂"。但尽管如此，我却承认，这种哲学让作家受益匪浅。若非凭借了这些哲学思想，贡布罗维奇定然无法纵身跃起，只会和其他同时代作家一样，如同被困在捕蝇纸上的苍蝇一般垂死挣扎。然而如果这样分析，我岂不是像布利克斯一样，犯了同样的错误？只不过他是把内容与形式剥离，而我则相反？事实并非如此。贡布罗维奇的作品本身就具有双重性。当作品行文明快，字里行间充满生气时，其主题内容却是阴暗、忧郁的。那么是否可以说，贡布罗维奇是个不属于其所生时代的作家？如果我们将贡布罗维奇与其他或异或同的作家相比较，如卡夫卡、萨缪尔·贝克特、萨特以及欧仁·尤内斯库，我们就会发现其中的不同，因为前者的作品总会带有些许阳光和些许温情。或许，这同贡布罗维奇一直所保有的清醒与内敛不无关系。这也解释了，为什么我更喜欢阅读贡布罗维奇的《日记》，而不是他的小说或者喜剧作品。因为在《日记》一书当中，作家性格中专横与好战的一面展现得最为充分。

如果说写作是思想的呈现，那么贡布罗维奇的思想是黑白分明的。当他是一个颠覆者和讽刺作家的时候，他的表现同其他此类作家数十年来所做的一样，就像个为了惹母亲生气而宁愿冻着耳朵的孩子，但母亲对于他们的行为却无动于衷。贡布罗维奇随后开始反对这种做法，而且我也感觉到，即便在其最危险的思想当中也可以找到除了"憎恶人类"之情以外其他的东西。

贡布罗维奇所谓建立"人与人的教会"的思想源自于这样一种理论，即人的行为并非发乎于内，并非来自于人内心某种神秘莫测的根源，而是在某个特定却又不断变化的体系中对于他人行动的反应。贡布罗维奇认为在二十世纪可以找到许多证据，要知道在相互鼓励、相互煽动的环境当中，不止一次，善良的人们最终变成了刽子手。人类并非独立的个体，因此贡布罗维奇建议我们最好谦逊一些，不要再使用"我断定"或者"我认为"这些字眼，我们应当说"事实让我断定"或者"事实让我认为"。但一个世纪以来，人类一直认为，每个人都拥有独立且不同的灵魂，而灵魂是人类行为的核心，其是善是恶，待到末日审判之日终会揭晓。这样说来，按照贡氏的理论，由于我们都是他人行为的奴隶，人们便无法左右自己的善恶了吗？贡氏的思想反映了行为主义的理论，但很遗憾，正是行为主义者曾经宣称，最佳的社会模式是一个绝对服从，没有自由的社会。在这一社会当中，对于机械存在的人属动物而言，不自由便是最完美的自由。由此，如果试图通过心理语言学来分析贡氏的思想，并由此推及他的其余作品，那么我们获得的最终答案只能要么是陈词滥调，要么是痴人说梦。

有关贡布罗维奇的思考困扰我颇久，直到威廉·布莱克的出现我才似乎找到些答案。在十八、十九世纪之交的英格兰，道德约束的条框如同牛顿物理定律一样严格、刻板，这让布莱克感到恐惧。彼时的基督教已经变成了一套法规体系，它有着自己的分门别类，警告着可怜的世人，如果违反某条便将会遭受何种地狱烈火的惩罚。于布莱克而言，这些宗教法则是一种暴虐的仿效，与监狱的哨警毫无不同。虽然布莱克期望能将人类从种种禁锢（以及暴政）当中拯救出来，但是他与卢梭并不属于同类，因为他并不幻想着能够恢复人类天真的本性。相反，布莱克认为，人自出世便已经被打上了堕落的烙印。常言说得好："你们不要评判人，免得你们被人评判。"① 按此说法，如果

---

① 这句话来自《马太福音》第7章。

每个人都能够承担己责，能够自我惩戒，因此便可被免于惩罚，倘若如此，那么出路又在何方？布莱克试图解决的，即"整体普遍性战胜个体独特性"的问题。直到今天这问题依然存在，而且其深度和广度都有所加强。如果人类只是一朵转瞬即逝的浪涛飞沫，那么人类当然可以很容易被宽恕，因为与海浪相比，飞沫是无足轻重的。但个体的人不是泡沫，而布莱克之所以要猛烈攻击"整体普遍性"正是出于维护"独立个体的存在"，每个作为独立个体存在的人都不应该被抛往地狱。如此，罪为何物？罪是寒热交替、阴晴更迭，上有飞鸟划过的国泽；那里终将遭受审判，并被投以地狱之硫磺烈火。虽然人类世界已然有越来越多的罪恶，但是人类的存在并非罪，每个独特的个体存在并非罪。

通过阅读布莱克的作品，我得以调和贡布罗维奇思想上所呈现出的矛盾。贡布罗维奇认为，共生的人类拥有共性，但他同时又屡屡宣称要维护人类的个性，贡氏自己便是人类个性的祈祷者和最坚定的维护者。贡布罗维奇自己是否将这一矛盾解决，以及如何解决，我不得而知，但其所持有的道德目的显而易见（别把我当作一个卑微的魔鬼）。贡氏希望通过揭示狂热形成的过程来浇灭狂热，并平息人类对于自身及他人之罪的严厉裁判。对于贡布罗维奇而言，世间一切都有着程式之规，是某一部分人群按照自己的程式准则建立的王国。虽然我本人对于贡氏笔下人物所遵行的程式规则并不甚有所触动，但是对于贡氏的这种努力和尝试，即将人呈现为某种程式之规的产物，我却由衷赞同。按照贡布罗维奇的思想，最早出现的是"智人"，然后是"工匠人"，而我们当今的世界则是"仪式人"的社会[①]。

[①] 智人是生物学上人这种动物的学名。"工匠人"源自于（一些学者认为的）人有别于动物，具有制器工具的能力。"仪式人"指人总是生活在仪式之规中。这句话的意思是，人首先是生物学意义上的个体，然后是物质的生产者，最终也必须成为有组织的社会活动的参与者。

第十三章

　　第一部吸引我、令我着迷，并让我领略到诗歌这种富于咒语般魔力的作品是一首长诗，虽然我已然记不住其中的任何一句，但诗中所描绘的情、景却至今在记忆中挥之不去。那大约是在一九一六年的俄罗斯，我当时只有五岁。如果我没有记错的话，别人给我朗读的那本书是基辅伊基考夫斯基书店出版的，是个大部头。其作者约莫是某个处于流亡之中的诗人，为了挣几个卢布并借以谋生而写下的作品（颤抖吧，那些自以为肩扛重任，视笔为生命的作家们）。这部诗歌体作品所描写的是一个孤儿回到了自己童年时的村庄，但那里已是荒芜一片。在荆棘和荒草丛中，他寻找着母亲的坟墓，但一切只是徒然。突然间，田野里黑莓的枝条缠住了他，使他不能继续前行，他知道，那里便是母亲的坟墓所在，是坟墓中的母亲要把他留下。我感到喉头哽咽，而此情此景也成了一个长期的意象，在我日后的写作中可以屡屡见到它的踪影。总体而言，我早期所接受的文学教育绝对是在黑暗中摸索，只是偶尔在此处或者彼处显现出些许光亮。黑暗，甚至是实际意义上的黑暗。

　　立陶宛的漫漫冬日，在蜡烛微光的闪烁下，一个八九岁的男孩阅读着他能够读到的一切，墙角硕大的蟑螂发出窸窸窣窣的声响。那时我能够找到的不外乎父母或者祖父辈们所留下的古董书刊，其中包括一些年刊，如：《儿童之友》《拾穗集》《家庭之夜》以及《文学聚会》等。家里唯一一张地图是十九世纪中叶绘制的，地图上非洲的位置还是一大片空白。那时的阅读完全没有章法，二流的爱情小说、为妇女和儿童编纂的经典文学改编本或者缩写本以及带有插图的书籍都是我触及的内容。在这些读物当中最为吸引我的是一本一八四〇年的杂志（记不清是波兰语还是法语的了）。吸引我的原因是杂志当中有很多彩色的木刻插图，展现的是遥远国度里生长的奇花异草和珍奇动物，此外还有或赤身裸体或身着衣裙的野人，裸体上的文身是如此绚丽，他们的衣裙也似出自时尚杂志一般。回想当时的感觉就像当我拉开面前的窗帘，却发现面前却又是另一层窗帘，其背后依然是朦胧一片，似隐含着某种巨大的秘密。之所以有这种奇异的感觉是因为在目睹那些绘有彩色条纹的黑人躯体、天蓝色裙摆以及淡粉色缎带的同时，我嗅到的是书本散发出的、因时代久远而发霉的气息，手触到的是书页上斑斑旧迹，对于这一切所带给我的感觉是什么，无法描绘。如同斯特鲁米沃所著的《北方园艺》、吉日茨克的《珍稀植物经济与实用大全》以及密茨凯维奇的《歌谣和传奇》①首版一样，这些书如今都已算得上是珍品（今天这已经毫无疑问了），而也正是从触摸这些古老图书书脊上印着的书名开始，我开始接触文学。当然，如今站在回顾的角度还可以说出诸多对我产生影响的人，例如菲尼莫尔·库珀②、梅恩·里德③，再或是波兰浪漫主义的诗歌作品，凡此种种，因而这种列举和总结在此也就无甚必要了。对我有影响的其实还有斯沃瓦茨基④的作品《片刻遐思》，但如今我已经记不太清，在维尔纽斯度过的青少年时代，我仅仅是《片刻遐思》的一个阅读者，还是

---

① 密茨凯维奇根据民间歌谣和故事写成的一部诗集。诗集反对当时在波兰文坛占统治地位的伪古典主义的传统，其序诗《浪漫》意义尤为重大，标志着波兰浪漫主义文学的诞生。本书第22章对这首诗有更多论述。
② 詹姆斯·菲尼莫尔·库珀（1789—1851），美国通俗作家。
③ 托马斯·梅恩·里德（1818—1883），美国小说家，擅长探险类题材。
④ 尤利乌什·斯沃瓦茨基（1809—1849），波兰诗人、剧作家，与密茨凯维奇和克拉辛斯基一起被视为波兰浪漫主义时期的三巨匠。斯沃瓦茨基的作品常具有斯拉夫神话、波兰历史、神秘主义和东方元素。他的主要作品是戏剧，被后世尊为波兰现代戏剧之父，但他也创作抒情诗。

如同其中的某个人物一样生活。要知道,那时我常常乘坐马车从森林里的一栋红色的房屋出发前往雅束内的火车站,那红色的房子就位于立陶宛的马里扬珀列与白俄罗斯的切尔尼察之间。当然,我现在已然是《片刻遐思》中的一员,但为何如此,为何我自认为是当代的斯沃瓦茨基,那个意欲"在斯威登堡①的巨著上建造大厦"的,维尔纽斯的理想家,还有其他更为深层的原因。

与他人相比,有一些人更富于读书与写作的热情,并将其视为道,道家所谓之"道"。于他们而言,尽管现实如此苦痛,且又纷扰混乱、无法掌握,但是他们依然不断尝试着将其梳理并诉溢于语言。当然,这一群体的产生与印刷的发明没有丝毫联系。念诵圣诗和祷文、吟唱格里高利圣咏②以及每日的祷课和修习圣人行述,这些无论对于神职人员,还是世俗之人来说都提供了某种教导和滋养,我将之称为"节律"。在那些神父和修士之中定会有些迫不得已之人,尘世的生活其实能让他们更为自在,但尽管如此,现实却让他们无法改变自身的处境。在我们的世纪,研究这类群体需要独自下一番工夫,而且,眼下虽然有关修炼瑜伽的图书随处可见,但是要找到一本用于指导自身独立修行的书籍却十分不易。如今,我将自己全部有意识的人生视为对于压制的反抗。但这种反抗最终让我回到了更为严苛的、清教徒式的规律修行。我想提醒的是,按照我的定义,用语言施展魔力的群体并不适用于艺术心理学的解释,同时也并不等同于"诗人"或者"艺术家"群体。

---

① 伊曼纽尔·斯威登堡(1688—1772),又译史威登堡,著名瑞典科学家、哲学家、新教的神学家和神秘主义者。斯威登堡晚年时主要研究神学,声称可以用特殊的类似"灵魂出窍"的方式往来"灵界"(即灵体的世界),并且极为详细地记述了自己的"灵界"见闻。斯威登堡的想象力和宗教思想一直是许多杰出的作家的灵感源泉,米沃什也受其影响颇深。本书的第26、27章即是介绍斯威登堡的。

② 西方教会单声圣歌的主要传统,是一种单声部、无伴奏的罗马天主教宗教音乐。

——在混迹于国外数十年之后,我的耳朵对于我的母语——波兰语非但没有变得迟钝,反而更加敏感。至于所阅读过的外文书籍是否可以影响我们已有的内在语言韵律,我并不得而知,但可以肯定的是,我的波兰语一直在受到我所能够听到的,其他语言的影响,甚至可以说,或许我语言风格的形成正是抵御外来语言影响的结果。我童年时所使用的波兰语,由于受到了立陶宛语和白俄罗斯语的影响,因此无论在词汇还是音调方面都十分特别。至于俄语,如何习得这种语言始终是个谜,因为我从未刻意地学习过它。此外,我还在中学学习过七年拉丁语。这两种语言,无论俄语还是拉丁语都相当清晰而有力,都能够用严谨的句法和古典主义倾向催人奋进。在中学的最后阶段,我还学习了一些法语。学习法语的目的原本出于获取知识,但实际上我却是从体律入门(就我目前还记住的而言,我学得相当不错),因为最初有关体律的练习便是从阅读约阿希姆·杜·贝莱①的作品开始。顺便补充一句,在多民族混居的地区,无论是乡间还是城市,人们使用的口语通常都不会太合乎标准,这一现象也迫使我的波兰语出现"拉丁化"。

　　当我学会英文的时候,二战已经开始,那时我内在的语言风格、音律节奏已经形成,即便偶尔可以借用一些曾读过的英文诗歌,其程度也颇为有限。我后来曾经有机会将这些诗作翻译成波兰语,于是便有评论认定,我的创作与这些英文作品之间有某种联系,但实际上并不存在。我一直认为,阅读外文作品对一个人产生的影响应该仅仅是思维和精神上的,当我们阅读外文作品时,连眼镜上的镜片都要保持绝对的纯净。

　　通晓几国语言也让我感到一种语言的欠缺与不足,并时常为此暗自感到悲哀。因为,当我对于从波兰语中选用哪一个词举棋不定时,记忆经常会从其他语言当中找出一个更为恰当和贴切的词。于是我生

---

① 约阿希姆·杜·贝莱(1522—1560),法国诗人,七星诗社的成员。

出一种渴望,渴望一种并不存在的、综合了各种语言的、自己的文字。但随即又生出一种担心,担心会迷失于这种渴望,因此,充分掌握自己母语的需要就更为强烈。

我自童年便接触密茨凯维奇的作品,此后又在诸多浪漫主义的鳞爪中浸染多年,我想,与其他人相比,我更为同意斯坦尼斯瓦夫·布热佐夫斯基在其著作《欧洲文化之转折或危机》[①]中的观点。他认为,从十八世纪末一直到现代主义出现均可统称为"浪漫主义"。如今,在观察战后文学界种种现象之后,我认为,这种已持续了两百年的"转折或危机"依然未见其终结之日。倘若就这种转折自何时而起进行研究,那么我的外语终于可派上用场了。

至于诗歌作品又当如何?亦是亦非。对比法文、英文、波兰文以及俄文的诗歌原作便会发现,在每一种语言当中"浪漫主义"的含义都不尽相同。当一个儿童首次接触为成年人而作的诗歌作品,会感觉这些作品是那么不自然,只是无意义的语言堆砌,甚至啰唆。及至后来,他们才学会应当如何欣赏诗歌。对于每一种文学语言,都存在有相应的语言艺术水准评判标准。语言的字面之意同其蕴含之隐意愈接近,其艺术水准也愈低。同样,倘若诗歌作品的语言不能远远超越平日所使用的普通言辞,其水准也就可见普通。反之,二者之间的距离愈远,其艺术水平也就愈高。当然也存在例外,但只有像密茨凯维奇一般的诗人才懂得运用日常的"普通语言"。至于斯沃瓦茨基,曾经很长一段时间我都认为他过于玩笑,可实际上,虽然有很多地方我们不得不容忍,但斯沃瓦茨基确乎相当具有文学性。但需要注意的是,对于斯沃瓦茨基的这类文学作品,几代人都像被遮住了眼睛,完全没有触及。出于各种原因,我并不想就艺术水平来比较斯沃瓦茨基与雪莱的作品孰高孰低,同样我也不想将其与柯勒律治、济慈抑或是更加"自然"的华兹华斯一较高下。在斯拉夫语言国家当中备受推

---

① 标题全称为《黉夜呼声:欧洲文化之浪漫主义的转折或危机》。

崇的拜伦当然可以继续他的传奇,但条件是,其作品的译文要相当出色。法国文学,由于继承了古典主义传统,因此显得略有不同,但其艺术水准也丝毫不见逊色,无论是维克多·雨果、拉马丁、缪塞还是阿尔弗雷·德·维尼①都如此。语言的艺术,若已然失去魔力,便会将年轻一代读者拒之门外,更毋宁说对于外国读者。很遗憾,阅读诗歌已经成为一种恼人的劳作,一种强迫。

需要再度强调一下我对于外来影响的抵御。首先是想让任何人都不再怀疑,对于我来说,影响最大的是波兰语创作的诗歌作品;其次,我之所以无法抵御威廉·布莱克只是一个例外,而这种"脆弱"完全是出于文学之外的动机。

---

① 阿尔弗雷·德·维尼(1797—1863),法国诗人,法国浪漫主义的早期先锋。

第十四章

在亚特兰大举行的斯拉夫语言文学研究大会上，我们曾经就陀思妥耶夫斯基的宗教思想进行过讨论，而我也为此准备了一篇小论文。现在我忽然想起这篇文章，觉得有必要把它从英文翻译成波兰语，并将其纳入到我正在写的这本书中。在这里也顺便提一下我的用意：我希望在这幅尚未完成的马赛克拼图上面不断添加一些新的石子，直至某一刻，当它最终呈现在人们的面前，你便会发现每一章的意义何在。由于论文针对的是专业学者，因此其缺陷也显而易见，论文当中有很多思想都是精炼而缩略的，但或许在其后的文字中我多少可以做出更为清晰的解释。

陀思妥耶夫斯基及西方宗教想象

（一）

在我们整个星球上只有一个文明曾经遍及每个角落，而陀思妥耶夫斯基的宗教思想便同这一文明发展史上的关键时刻有关。这一文明最初的起源仅局限于西欧的某个半岛，随后通过修改基督教的理论思想逐渐形成了自己的哲学和科学体系。从十八世纪开始，这一文明开始公开地反对其基督教的本源。

（二）

虽然不能认为，十九世纪的俄罗斯已经完全融入这一文明，但是俄罗斯文学、知识分子的著作都是西方文学的变体。陀思妥耶夫斯基通过小说这一形式展示了现代人类所具有的根本矛盾，在这一点上无论是法国、英国或是德国的小说家，都无人能及。由此也产生了一个问题，亦即：中心和边缘地区各自扮演了怎样的文化角色？

（三）

由于自身所具有的特殊社会结构，俄罗斯的知识阶层在短短数十年间迅速接受了西方经过漫长的两百年才逐渐成熟的思想。这种变化也为俄罗斯带来了选择的困境：要么选择哲学与科学，要么选择宗教。就像某种疾病对于一个部族或许无关痛痒，但对于外族之人便可能是致命之灾一样，二择一的选择困境对于俄罗斯的思想界正如同一剂毒药。当发现尼采惊人大胆的思想可以解释，或者至少部分解释自身所经历的孤立和无法治愈的身体疾痛时，陀思妥耶夫斯基感到终于发现与之相适应的文化模式。在此之上，俄罗斯农民普遍信仰东正教的现实又为此种文化模式增加了诸多变数。

（四）

令人感到奇怪的是，在陀思妥耶夫斯基去世一百多年后的今天，一位获得过诺贝尔奖的基因学家，雅克·莫诺①，这位完全没有任何宗教信仰的科学家对于前者当年所探索的核心问题重新进行了论述。

---

① 雅克·莫诺（1910—1976），法国生物学家，他与弗朗索瓦·雅各布共同发现了乳糖操纵子，两人因此与安德烈·利沃夫共同获得了1965年的诺贝尔生理学或医学奖。他同时也是一位科学哲学作家与音乐家。

在其所著的《偶然性与必然性》①一书当中雅克·莫诺写道：

从没有任何一个社会像我们今天的社会一样被如此巨大的矛盾所困扰。无论是原始社会，还是古典主义时期的文明，其所有的知识以及价值观都出自同源，即万物有灵的思想。而我们当今的文明，在绝望地拥附着万物有灵这一精神，并期许借此捍卫自己价值观的同时，却否定万物有灵之思想是一切知识和真理的源泉。

作者还写道："按照生物进化的理论，一个物种最初之选择将决定其以后的整个发展过程。与此相仿，科学之选择，这一人类无意识的决定也将文明带上了一条不可回头之路。十九世纪的科学主义者们原以为，这条路无疑会将人类引向发展的顶峰，至高的天堂，但时至今日，我们眼前所见却依然是无尽的黑暗深渊。"

（五）

陀思妥耶夫斯基曾经在一八七五年这样写道："在吾等生活的世纪，科学摧毁了我们迄今为止所信仰的一切。你所有的欲念，所有的罪都源自于未被满足之需要，这种需要与生俱来，因此，满足它是极其自然的事情。这对于基督教及由此衍生而出的伦理道德是终极的背叛。耶稣并不懂得科学。"②

在此之前，一八五四年在致范维金娜③的信中陀思妥耶夫斯基这样写道，倘若要在耶稣基督和真理之间做出选择的话，我宁愿选择耶

---

① 雅克·莫诺于1970年出版的一部自然哲学论著，在70年代极为畅销。其中文版由上海人民出版社于1977年出版。
② 《未知的陀思妥耶夫斯基》，莫斯科，1971年，第446页。
③ 纳塔莉亚·范维金娜是十二月党人范维金的妻子，作为"完美的俄罗斯妇女的原型"，她对普希金、托尔斯泰、陀思妥耶夫斯基均有影响。

稣基督。这言辞之间透出绝望，但又语意深远。我以为，在陀思妥耶夫斯基的宗教思想当中浓缩了十七和十八世纪西方社会中的根本矛盾。当时的西方社会，以客观真理之名发起的对于宗教的攻击主要呈现为三种形式：否定原罪；否定道成肉身①；以世俗的末世论替代天主教的末世论。在竭力抵御这种攻击的过程中，西方天主教的保卫者运用了与陀思妥耶夫斯基相类似的手段。

（六）

为了摒弃原罪这一概念，反对者着眼于人性中的善与理智。与之相反，基督教的保卫者则反复强调人类无尽的痛苦，同时将伊甸园之堕落归咎于自我之恋，称其为人类一切痛苦之源。布莱兹·帕斯卡②是这一论调的支持者（他曾经说："自我最为可恨"）。及至十八世纪，两位伟大的预言家，伊曼纽尔·斯威登堡和威廉·布莱克同样继承了这一观点。于斯威登堡而言，万恶之源，源自自我；布莱克则表示，恶是堕落的结果，而自私具有"幽灵"一般的特质。再以后，陀思妥耶夫斯基在《地下室手记》中将这种观点发展到了极致。

（七）

上帝化身为凡人，这一现象仅可以通过象征或者神话来表现。一旦试图通过语言来阐述这一原本被认作是无须证明的事实，那么上帝的道成肉身也就变得完全无法理解；一旦获知宇宙中存在着无数颗孤

---

① 道成肉身，基督教术语。正统基督教信仰认为，耶稣基督是三位一体中的第二个位格，即是圣子或道，他在降世之前与圣父同体，称为"道"。后来这个"道"以肉身的形式降世成人，便是耶稣。所以耶稣就是道成肉身，既是完全的神又是完全的人。这一信条在《尼西亚信经》中被确认，是基督教基本教义之一。

② 布莱兹·帕斯卡（1623—1662），法国数学家、物理学家、宗教哲学家。1654年末一次神秘主义经历后，他离开数学和物理学，专注于沉思和哲学与神学写作。他是坚定的冉森教派信徒，人文思想大受蒙田影响。宗教论战之作《乡巴佬书信》被奉为法文写作的典范，身后其笔记本被编为《思想录》。

寂旋转的行星,那么有关地球是上帝唯一赋予特权之星球的自信也受到了挑战;一旦天父被转变为一个抽象的形象,并尝试"理智"地解释基督教,那么耶稣基督也就变成了一个布道者,至多是一个伦理道德的偶像。这也说明了为什么持人本理论的基督教追随者多少年来一直在努力探索新的论点来反对无神论者的理论,后者认为人即为神,人应当成为自己的救世主。及至十八世纪,出现了一种不同以往的理论,这一理论或许与卡巴拉主义者①提出的亚当神人②,即原初的、宇宙前的人之概念不无关系。斯威登堡认为,位居天堂之中的上帝具有人形,因此耶稣基督之人形也正是其神性的完美体现。威廉·布莱克自斯威登堡那里借鉴、继承了"人形之神"以及道成肉身之上帝等概念。这两种基本的概念——"人即为神"和"神化身为人"在某一时期曾相当接近,因而至今依然有人错误地将威廉·布莱克誉为"诗界的黑格尔"。

至于陀思妥耶夫斯基,由于被剥夺了上帝,他唯一的希望就是紧紧地守住耶稣基督。"人即为神"和"神化身为人"这二者之间的矛盾无论在其作品里还是传记当中都有充分的呈现。当他属于彼得拉舍夫斯基③文学会中的一员时,陀思妥耶夫斯基相信"人即为神",但此后随着时间的推移他转而信仰"神化身为人"。但观其一生,这位俄罗斯文学家始终没有解决这两种概念之间的矛盾,也未曾在耶稣基

---

① 卡巴拉(字面意思是"对应"或"传承")是一种源自犹太教的神秘主义传统,包括其特定的经典、操练方法和哲学思想,与犹太教哲学形成犹太教神学的两大面向。卡巴拉主要致力于解释永恒的造物主与有限的宇宙之间的关系,它并不是一种宗派。在大众文化中,卡巴拉常被"庸俗化"为占星、命理等。
② 亚当神人(又译亚当·卡德蒙、原人亚当)是犹太教卡巴拉的术语,指的是神的无限光第一次收缩时产生人的形态的世界。详见本书34章。
③ 彼得拉舍夫斯基派,指俄国彼得堡以彼得拉舍夫斯基为首的平民知识分子社团。出现于19世纪40年代后半期。目的是在民主主义原则和空想社会主义思想的基础上,进行反对沙皇制度的斗争。起初主要通过自修和聚会讨论理论问题。自由派以达尼列夫斯基、别克列米舍夫、陀思妥耶夫斯基等为代表。他们主张和平宣传,要求从上层进行改革。

督与真理之间做出选择。

（八）

按照《圣经》所述，人类历史分为三个阶段：自伊甸园堕落之前；从伊甸园堕落之后；天国复返和谐。十八世纪的哲学家借鉴了这种说法并加以转化，然后创造出人类历史处于内在的、不断运动发展过程中的理论。"三"这个数字也被保存了下来。这种动态发展的理论反过来又启发了新的基督教历史哲学思想的演变。自十八世纪末到十九世纪上半叶止，这段时期出现了众多的宗教派别，它们都强调末日审判，并宣示着人类历史的第三个阶段，灵魂世纪即将到来。陀思妥耶夫斯基同样相信三个阶段的理论，即未有文明之前；文明世纪——过度发展阶段；后文明世纪——终极和谐的实现（见《未知的陀思妥耶夫斯基》）。临近的未来令作家感到恐惧。陀思妥耶夫斯基在日记中曾经写道："一切都将取决于下个世纪。"对此我们应当以严肃的目光看待。同样应当严肃看待的还有波金考夫斯卡的证词。这位在一八七三年曾与陀思妥耶夫斯基在《公民》杂志共事的女同事写道："他用拳头捶打着桌子，这让我吓了一跳。他就像宣礼塔里的毛拉一样高声说：假冒基督①的人就要来了！他们就要来了！世界末日近了，比我们预想的还要近了。"

（九）

娜杰日达·曼德尔施塔姆在《弃绝之希望》② 中曾经写道，安娜·阿赫玛托娃称陀思妥耶夫斯基为"异教徒"。阿赫玛托娃何出此

---

① 又译作伪基督、敌基督，按照基督教末世论的说法，世界末日来临之际，会有假冒基督的人大量出现。

② 娜杰日达·曼德尔施塔姆（1899—1980），俄罗斯著名诗人曼德尔施塔姆的妻子，作家、翻译家。《弃绝之希望》是《曼德施塔姆夫人回忆录》的续篇。

言？陀思妥耶夫斯基的"异端邪说"源自他对于俄罗斯的热爱以及对基督教未来的忧虑。俄罗斯的知识分子在短短的数十年间就完成了西欧几个世纪才完成的转变，而且似乎走得更远，他们借陀思妥耶夫斯基之口揭示了人类所面临的尴尬境地，而西方世界直到很久以后才发现这一事实。这种尴尬表现在，社会的公正要以恐吓、谎言以及奴役为代价；自由是无法忍受的，因为如同《宗教大法官的传说》①所写，这出自于未现身的上帝以及不作为的耶稣的要求。陀思妥耶夫斯基坚信，整个西方社会选择相信人类能成为自身的救赎者，这种选择也终将使其陷入被禁锢的境地。难道不正是陀思妥耶夫斯基把教皇称之为共产主义的头领吗？但与此同时，陀思妥耶夫斯基也观察到了欧化的俄罗斯知识分子阶层对于基督教的抵抗。他已经被逼到了墙角，但却依然寻找着出路，尽管他自己知道已然没有出路。陀思妥耶夫斯基沉浸在对末世论的狂热中，并将俄罗斯农民中的基督信徒视为人类的唯一希望。陀思妥耶夫斯基所提出的有关"俄罗斯自己的耶稣基督"的异教之说意味着，尽管他抵御住了其他所有的诱惑，可以使其人生处境如意一些的诱惑，但他却无法抵抗民族弥赛亚主义②的召唤。

（十）

尽管时至今日已经过去百年，但是我们不能将陀思妥耶夫斯基的宗教思想仅仅视为历史遗存。科学同价值观世界之间的矛盾及由此产生的危险后果证明了陀思妥耶夫斯基依然适用于当今世界。在其所生活时代被认为是客观科学真理的理论当中，有相当部分已经揭开了其

---

① 《宗教大法官的传说》（或称《宗教大法官》）是《卡拉马佐夫兄弟》这部小说里的角色二哥伊凡所写的一部诗剧，出现在小说的第二部第五卷第五章。
② 弥赛亚主义（意译救世主义）是亚伯拉罕宗教中关于救主即将到来的信念。俄罗斯东正教传统中的"弥赛亚主义"称，俄罗斯民族遭受深重的苦难，是为了救赎全世界。

背后所隐藏的超自然假设。此外，当前的文明世界所面临的已经不是在信仰与理智之间做出选择，而是在两种价值观之间做出选择，其中一个仍在遮遮掩掩，而另外一个已经褪去伪装。雅克·莫诺曾经提出假设，"万物有灵之传统"已经写入了我们的基因图谱。或许这一论点走得有些太远，但即便我们忘却基因之说，二十世纪所发生的一切已经证实了陀思妥耶夫斯基在《宗教大法官的传说》中所列等式的正确性。真是悲哀。这一等式的结果就是：纵使人类可以努力选择，但可供选择却已不多，你只能要么选择上帝，要么选择魔鬼。

第十五章

上一章所引用的这篇论文其内容是非常简练而浓缩的,因而几乎每一句都需要额外做出解释。在此,我将仅就几点展开论述。在文章中我引用了雅克·莫诺这位因发现DNA而获得诺贝尔奖的科学家的文章。这么做的目的并非是想给读者这样一种印象,即我所研究的领域已经触及到了基因分子学或者相关的学科。我之所以引用他的文章,是因为很少有科学家像雅克·莫诺一样,如此极端地反对一切没有科学根据的理论。对于"万物有灵",虽然我们会产生一种"人乃万物之灵的幻象",但雅克·莫诺却认为,人类的设计,无论是神经系统的运转还是人体的需要以及内在秩序都由大自然所决定,而在那里偶然性与必然性是绝对的主宰。此外,所有的宗教以及所有以"机缘巧合"的演化论为承载的学说,无论是辩证唯物主义还是泰雅尔派①都可归入"万物有灵之传统"。陀思妥耶夫斯基是唯物主义理论坚决的反对者,而雅克·莫诺却曾经是绝对坚定的支持者。但在我们上文中所提到的《偶然性和必然性》一书的最后一章里,雅克·莫诺转变成一个科学道德主义者,并开始旗帜鲜明地反对自己的理论。此外,或许并非有意,但雅克·莫诺还是指出,对于价值观的需要已然写入了

---

① 皮埃尔·泰雅尔·德·夏尔丹(1881—1955),汉名德日进,法国哲学家,神学家,古生物学家,天主教耶稣会神父。泰雅尔派即德日进开创的将进化论和基督教神秘主义结合的学派。此外,德日进在中国工作多年,是中国旧石器时代考古学的开拓者和奠基人之一。

我们的基因图谱,而这已经不属于我想在此讨论的问题。

难道陀思妥耶夫斯基必须在耶稣基督与真理之间做出抉择吗?这种全然一新的对立与几个世纪以来一直存在的信仰与理性之间的争夺完全不同。一些人赋予理性以魔鬼的品质,他们选择信仰,因为信仰是真理之所在(见《约翰福音》14:6,"我就是道路、真理和生命")。当然,另外一些人(如西蒙娜·韦伊①)的观点也不容忽视。他们认为:(倘若理性具有绝对诚实之特性,即热爱真理)信仰耶稣基督与理性探寻发现之间便应该不会产生冲突。陀思妥耶夫斯基所反对的"真理"是雅克·莫诺所支持的"科学真理"。他认为,科学真理,这种天地间"伟大的恩赐"或早或晚,终将被证明只是虚幻一场,而具有心灵需要的人类,孤独的人类,无论如何呐喊拒绝,终将会被变为毫无感情的机器,如同一架适用于一切万物众生的蒸汽机。陀思妥耶夫斯基经常会在作品中把人类比作机器,这让人们不由想到雅克·莫诺同样把生物器官比作具有生命的机器。这是由于借助了基因指示,机器能够进行自身复制。当陀思妥耶夫斯基在巴塞尔看到小汉斯·霍尔拜因的画作《墓中基督》时,他感到非常震惊,因为画家真实地将坟墓中的耶稣基督表现为一具普通的尸体。在陀思妥耶夫斯基的笔下,《白痴》中的伊波利特和《群魔》中的基里洛夫是知识分子的代言人,他们非常着迷于描述大自然如何战胜世间至高的存在,如果墓中的耶稣基督所言的死后重生仅仅能够迷惑他自己,那么这个世界也只能是群魔乱舞的表演,任何价值都不存在。

我之所以提及《地下室手记》和《宗教大法官的传说》这两部作品,是因为他们不但汇集了陀思妥耶夫斯基的思想精华,而且也可算作有史以来最伟大的哲学著作之一。《地下室手记》中作者试图向人们提供这样一种真理,它既如数学一般的精准(就像二乘二等于

---

① 西蒙娜·韦伊(1909—1943),备受尊崇的法国哲学家,神秘主义者、宗教思想家和社会活动家。其兄为法国数学家安德烈·韦伊。

四一样），又冷酷无情。陀思妥耶夫斯基对于社会主义者（例如车尔尼雪夫斯基）进行了嘲讽，因为后者坚信并且鼓吹，在满足最广泛人类利益的基础上，"水晶宫殿"是可以建立起来的。这种嘲讽也让人们想起一百多年以后，雅克·莫诺式的讽刺。后者从生物学的角度对于所谓的"人类美好命运天生注定"这种论调提出了质疑。陀思妥耶夫斯基认为，无论是个体意志（自私之心）还是希想独断特权，都是毁灭的力量，都带有意欲与他人相残相杀的倾向。每个个体都希望有存在感，可一旦扑向真理，承认虽然"人生如此艰难，但二乘二的确等于四"，人们也必须承认自己并不存在。这便是双向思维的痛苦所在："我思，故我在"变为了"我思，故我不在"。这意味着，我已经意识到，我的存在仅仅是一个统计数字，可被替换的统计数字。因此，虽然陀思妥耶夫斯基对于普世秩序大喊着"不"，但是他手中却不曾拥有反抗的武器，所以《地下室手记》最终也只能成为"真理"的背书。陀思妥耶夫斯基曾经在某个章节当中试图平衡一下这种论点，但最终被监管机构删除。这一章最终被遗失，没有出现在正式出版的图书当中，因此我们也无法得知其具体内容，我们知道的仅是在这遗失的一章当中作者从一个基督徒的角度进行了论述。

  《地下室手记》承载了多个主题，因而仅仅围绕其中一个核心问题论述难免让人觉得有些过于随意和武断。但是这样做在此也未尝不可，因为这个主题实在是极为核心的命题。同样，在《宗教大法官的传说》当中也引出了这样一个问题，道理站在哪一边？是被引诱者耶稣基督那边还是引诱者那边？伊凡创作的长诗《宗教大法官》给出了答案：道理掌握在引诱者手中，在这个世界的王[①]手中，在尘世的灵魂手中（需要在《卡拉马佐夫兄弟》的背景下理解这一故事）。我们要注意到，对于伊凡而言，并不存在护佑众生的上帝主宰，因为自然和机器都是按照自己的需求进行运转，而这在道德上是不可接受

[①] "这个世界的王"是福音书里对魔鬼撒旦的称呼。

的。如果耶稣基督果真是上帝之子，那么只有他可以改变自然的进程。但是耶稣拒绝将石头变成面包，由此他也象征性地将哺育饥饿之人的责任让给了地上王国的统治者。耶稣同样拒绝了为了显示自己神迹而从塔顶跳下，由此也否定了作为一个人肉身将毁的必然结果。最后，耶稣拒绝了统治地上的王国，尽管他知道如何令世人受益。伊凡·卡拉马佐夫的长诗中显示了一些摩尼教的因素：上帝应当为世间生命所遭受的痛苦受到指责，因此他只是个二流的造物大师，所以他的存在或者不存在都无关紧要。光明之神由此降临世上，但非常遗憾，他也拒绝接受权杖。宗教大法官因此合理地建设了一个孩童社会，一个需要谎言欺骗的社会（这是伊凡，这个俄罗斯知识分子的一个梦，梦中他自己成了独裁者）。"宗教大法官"同样有着自己秘密的不为人知的痛苦：选择与魔鬼合作是经过深思熟虑的，这是出于仁慈的考虑，因为"客观"真理站在魔鬼的一边。

为什么"客观"真理——科学真理，雅克·莫诺及其科学前辈认为的唯一真理对于陀思妥耶夫斯基而言却具有魔鬼般的品质？身处地下室之人对于科学家们所夸耀的完美真实嗤之以鼻，而且虽然他知道"二乘以二等于四"，但他却依然说：这非我所要。因为按照人类的标准，将真实标榜为人类不可或缺的必需品，这种论调是不可以接受的。我们所拥有的一切与"生存即是苦痛"的论调，与死亡都是对抗的。虽然身处地下室之人十分愤世嫉俗且以自我为中心，但在这一点上伊凡·卡拉马佐夫，这位对幼童的痛苦感同身受的知识分子与其相比毫不逊色。前者（地下室人）所坚称的"反对二乘以二等于四"与伊凡·卡拉马佐夫所说的"我交还我的门票"可谓同出一辙。一旦不再认为，这个世界的诞生出自一个仁慈的上帝之手，那么摆在我们面前的选择也就寥寥无几，要么只能躲在地下室中啃食自己的指甲，要么成为一个宗教大法官去组建更为美好的社会。

在陀思妥耶夫斯基的《卡拉马佐夫兄弟》一书当中，尽管作者尝试努力，但是在阐述伊凡的思想时并没有做到十分平衡。并非我一个人持此观点,伟大的思想家列夫·舍斯托夫①同样也这样认为,而且在我的解读当中有相当部分源自于这位俄罗斯的思想家。我认为,陀思妥耶夫斯基有关宗教政治的"异端邪说"对于其最后一部伟大的作品,确切地说仅仅是对于第一卷产生了相当的损害。这似乎已经是斯拉夫式的传统,弥赛亚主义,也就是共同的救世主最终胜利,然而当初正是弥赛亚主义者宣判了耶稣基督的死刑("一个人替百姓死,免得通国灭亡,就是你们的益处。"《约翰福音》11∶50)。

纵观十七、十八世纪西方宗教思想的发展,最重要的并非理论,反而是人们探索发现的茫茫宇宙,这也是为什么在此我宁愿使用"宗教想象"一词。科学在宗教想象中的参与度是巨大的,相较之下特伦托会议②之后的天主教反而显得无足轻重。在此,身为天主教信徒的帕斯卡算是一个恰当的例子。在启蒙时代,在宗教想象与科学想象相互争夺的地带,具有代表性的是非宗教的宗教变体以及诸如"神秘会"或者"伏尔泰会"③等流派。对于整个这一运动,法国学者奥古斯都·维亚特④称之为"浪漫主义的隐秘源泉"。斯威登堡以及威廉·布莱克的名字也都在其中占有一席之地。

我还想再补充一点,"神之人性"对于斯威登堡以及威廉·布莱克都至关重要,仅在不久之前,这一说法才从基督教的概念中被剥离出去。在沙特尔⑤,在展现亚当如何诞生的雕塑上面,上帝与耶稣的容貌相同,而上帝也是依照自己的容貌和身体用泥土创造了亚当。

---

① 列夫·舍斯托夫(1866—1938),俄罗斯著名思想家,存在主义哲学家。其重要作品有《雅典和耶路撒冷》《在约伯的天平上》等。
② 指天主教会于1545年至1563年间在北意大利的特伦托与波隆那召开的大公会议,是天主教会最重要的大公会议。在会议中天主教会对马丁·路德的宗教改革作出了回应,并澄清了自身的教义和教导。
③ "神秘会""伏尔泰会"是奥古斯特·维亚特的书里定义的。
④ 奥古斯特·维亚特(1901—1993),加拿大 - 法国学者,主要研究法语文学。
⑤ 法国城市,中世纪时依托其大教堂产生了当时极有影响力的沙特尔学派,兴旺于11到12世纪。

第十六章

至此,本书开篇的这几章都可算是铺陈背景,而从本章起我才准备展开正题。我所要讲述的是一个人在旷野发现宝藏,但却只能选择将其继续深埋地下,因为他无法将这宝藏发掘出来并使其物尽其用。这个发现宝藏的人便是我,而宝藏则属于我的一个远房亲戚,奥斯卡·米沃什①,至于他的作品都署名为 O. V. de L. 米沃什。他出生于一八七七年,去世于一九三九年,但我并不想从他的生平开始来讲述,我首先要谈的是这位米沃什如今在法国文学界的地位。通过研究他的作品以及研究他的评论著作可以发现,即便他尚在世的时候,对其仰慕不已的人也相当可观。一九三九年当这位作家去世的时候,几乎所有的文学期刊都登载了有关他的文章,这其中也包括里昂出版发行的《诗刊》。这可以证明他在法国文学界的影响力。要知道那个时期对于文学而言并非是一个有利的时间点,因为战争已经爆发。至于推崇这位作家的人,应该说质量要高于数量,因为对其仰慕者也都是颇为勤奋之人。在其仰慕者当中,瑞士银行家阿曼德·高德伊②算是其中一位。高德伊不但是这位法国诗人的资助者,同时自己也创作诗

---

① 全名奥斯卡·弗拉迪斯拉斯·德·卢比茨·米沃什(1877—1939),立陶宛裔法国籍诗人,剧作家,外交家。本书作者切斯瓦夫·米沃什非常推崇这位法国的远方亲戚。为了与本书作者相区分,后文统一写作奥斯卡·米沃什。关于这位米沃什的更多介绍可见本书第32至37章。

② 阿曼德·高德伊(1880—1964),古巴裔法国象征主义诗人,收藏家。(事实上他既非银行家,也非瑞士人。应是作者笔误。)

歌，此外第一部有关奥斯卡·米沃什的研究著作《米沃什——爱的诗人》也出自于他之手。二战期间高德伊还在洛桑主导编纂他诗坛偶像的作品集，虽然当时没有完成，但其中却包含了奥斯卡·米沃什所有重要的作品（编撰工作最终由巴黎出版商安德烈·席勒瓦埃完成）。但奇怪的是，虽然当时巴黎文学界重量级人物对奥斯卡·米沃什都相当推崇，这其中包括与诗人从青年时期就成为挚友的让·卡索①；虽然这位同叫米沃什的诗人不但是巴尼②沙龙里的常客，而且其逸闻趣事也被巴黎文学界津津乐道，但每当他即将声名鹊起的时刻，都会发生某些事情，将其打回平淡。起起落落，这种现象循环往复，似乎冥冥之中存在着某种力量压制着诗人使他无法获得更高的声望。他既不属于那些乘坐"政治电梯"登上名誉顶峰的人，同样也不属于那些以名字为筹码来换取某个"风潮"或者某一"流派"的领军人物之类。即便寂寞如圣-琼·佩斯③一样的作家多少也会引起些共鸣，但是人们对于我这位亲戚有何评论却一无所知。

五十年代末的时候，我曾目睹了一次他声名再起的过程。当时巴黎评论家安德烈·布朗歇④曾撰写了这样一篇文章（《练习曲》，一九五八年），这不应该被当是一桩小事。

> 一九三九年——仅仅二十年之前，在枫丹白露的墓地安葬了一位默默无闻的人，他属于最为纯粹的、最高水平的诗人中的一员，无论对于法语诗歌界，还是他国诗坛都是如此。其诗文虽然高明，但人生却可谓完败。然而这失败却可以同内瓦尔或者波德

---

① 让·卡索（1897—1986），法国作家、诗人、文学评论家。
② 娜塔莉·克利福德·巴尼（1876—1972），美国剧作家，诗人和小说家，侨居巴黎。其代表作品有《寂寞之井》等。
③ 圣-琼·佩斯（1887—1975），法国诗人和剧作家。他于1960年获得诺贝尔文学奖。
④ 安德烈·布朗歇（1899—1973），法国作家、文学评论家，天主教神职人员。

莱尔、阿蒂尔·兰波或者保尔·魏尔伦之败相媲美,同凡·高之败相媲美。请原谅我们,米沃什!在法国,一些诗人直至生命的最后一息都不被他人所了解,只是在去世后他们的作品才获得赞誉,此外更有一些人完全被我们所漠视。你无疑是那些生前被忽略的一员,在世时悄然无声,但离世后名字却被不断提起。

也就是在那年左右,在香榭丽舍剧院上演了一出奥斯卡·米沃什所创作的神秘剧《米格尔·马纳拉》①。虽然这部剧当时演出了几十场,也颇算成功,但实际上演出也证明了,二十世纪的巴黎的确不是应该属于这位诗人的地方。舞台布景相当前卫,但是喧闹、浅薄的表演如同一出偶像剧,这不仅让人怀疑演出对于原著的忠实度,至少从我们这个世纪对于忠实原著的标准来看,确实如此。与之相比,战前维尔纽斯电台所播出的"想象剧场"系列中,塔杜施·贝尔斯基②所导演的版本,以及一九三九年春天前后,奥斯特瓦③在华沙所录制的,名为《马纳拉》的版本都相当不错。相反,在巴黎所呈现的演出,演员的台词相当脱节,给人的感觉是这位笔触精致的法语作家似乎在用某种似是而非的语言写作,表面看起来是法语,但实际上却是僧侣们所使用的拉丁文。从这当中也可以看出,对于作者所使用的语言技巧及如何表达其真正内涵,很少有演员能够真正驾驭。因此在巴黎的演出中,演员对于剧本的诠释要么是混沌不清的呢喃,要么是歇斯底里的大喊。其诗歌作品的遭遇也大多类此,至少我从法语电台、电视台或者其作品录制的唱片中所得出的感受如此。如果有人据此来评价他的诗歌,那么绝对不会将其纳入佳作之列。

虽然有两位作曲家为《米格尔·马纳拉》创作了歌剧音乐;虽

---

① 一种说法是,这位塞维利亚人(1627—1679)是唐璜的原型。
② 塔杜施·贝尔斯基(1906—1987),波兰戏剧导演,空中剧院的实践先锋。
③ 尤利乌什·奥斯特瓦(1885—1947),波兰演员,著名的先锋派戏剧导演。

然他创作的小说《爱之启蒙》①再版获得了商业成功；虽然他的诗歌作品被翻译成多种文字，但奥斯卡·米沃什始终是这样一个作家：既不声名显赫，也非全然默默无闻，一如其去世之时的境遇。这一现象相当特别。虽然存在不少有关他的研究，而且在巴黎设有米沃什协会专门出版有关他的刊物，甚至连枫丹白露的一个小广场也以他的名字命名，但是奥斯卡·米沃什的名声却始终局限于一个小圈子，而且即便这个圈子内的人对于如何评价他也缺乏一致的观点。奥斯卡·米沃什之所以被长期忽视，其中原因很多，但很重要的一点是其作品形式和体裁非常庞杂。他的早期作品当然有推崇者，但他被列入不仅仅是二十世纪，而且是有史以来最伟大的法国诗人之一的行列，主要是根据他成熟时期的作品，而此后米沃什便"销声匿迹"了。在其作品当中包括一部小说，一部舞台诗剧《米格尔·马纳拉》，此外还有两部诗歌形式的剧作，但能否称之为诗剧尚存疑问。他在世的最后十几年当中，写下了大量散文体作品，作者自己将之称为"形而上学的诗"。这些作品极其艰涩，但又的确超凡，其中对于《圣经》的探讨和解读甚至会让人猜测，他的精神是否出现了问题。这些"超现实哲学诗歌"是学者研究其思想的主要素材。一些人认为他是"伟大的天主教诗人"，但如果这一评价正确，那么为什么他的名字并未出现在《天主教大百科》当中，反而是《犹太百科全书》②却用相当长的篇幅介绍他？他是卡巴拉主义者（犹太神秘主义）还是天主教信徒？奥斯卡·米沃什到底是何人？

奥斯卡·米沃什去世后，与其版权相关的事情进展也颇不顺畅。由于作家是因为心脏病突然去世，所以并未留下任何遗嘱。我有理由

---

① 讲述了18世纪时一位威尼斯贵族疯狂地追求爱而不得，最终顿悟而得到更高之爱的故事。更多介绍见本书第18章。

② 犹太人和犹太教的英语百科全书，共分26册。内容涵盖了犹太世界、文明、犹太人的历史、文化、犹太教节日、希伯来文、摩西五经、哈拉卡等等。

相信，如果他留下遗嘱的话，那么其遗嘱的委托人应当或者是我，或者是他在法国的朋友。由于没有遗嘱，因此其法定继承人仅剩下居住在华沙的亲戚，亚当·米沃什和艾米莉娅·米沃什。他们属于家族中来自德鲁亚地区①的文系，生前同奥斯卡·米沃什并没有联系，但他们却是合法的继承人，世界就是如此荒谬。二战结束之后，我曾经向他们提出建议授权予我来处理相关事情，但是他们对于来自萨莫吉希亚②这文的人总是怀有敌意和怀疑，尤其对于我这个左翼人士，所以他们宁愿以自己的方式来处理此事。最终某个居住在巴黎的波兰人获得了继承权。事实上，就物质意义上的财产而言，奥斯卡·米沃什的遗产可谓微不足道，因为仅有枫丹白露的一栋房子和藏书，但重要的是作品的版权如何处理。至于这一系列事情最终对于奥斯卡·米沃什作品的命运有何影响，我在此不便多说，因为那样要再度复述从法国文学出版界传出的种种不满和指责。如果他们所说的话属实，那么这影响绝对是糟糕透顶。

将奥斯卡·米沃什作为文学课题进行研究的学生最终肯定会得出这样一个结论（不仅在法国有人把奥斯卡·米沃什当作博士论文的选题，在美国一些大学的法文系也有博士将其作为研究对象），倘若命运如此竭尽全力地打压这位作家的作品，那么只能是因为想将其从一个时代抹去，因为他与那个时代格格不入。尽管如此，但奥斯卡·米沃什之所以被边缘化，还是由于他自己的选择。他没有像纪尧姆·阿波利奈尔③、安德烈·布勒东④，再或是亨利·米肖⑤那样，反而

---

① 今属白俄罗斯，在白俄罗斯与拉脱维亚边境。
② 立陶宛五大历史地区之一，位于立陶宛西北部。
③ 纪尧姆·阿波利奈尔（1880—1918），法国诗人，剧作家，艺术评论家。其诗歌和戏剧在表达形式上多有创新，是超现实主义的先驱之一。代表作有《醇酒集》等。
④ 安德烈·布勒东（1896—1966），法国作家及诗人，超现实主义的创始人之一。代表作有《超现实主义宣言》《娜嘉》等。
⑤ 亨利·米肖（1899—1984），法国诗人，画家。代表作有《厄瓜多尔》等。

从一开始就拒绝了成为"时代象征"的可能。声名不曾远播并不意味着学术界对其缺乏研究兴趣，实际上相关文学课题研究的成果颇丰。其中不但有关于他的研究文章、发表的信件、未完成的作品、诗歌片断，此外还有传记素材以及多部专著。

第一次阅读奥斯卡·米沃什作品的时候，我大约刚十三岁。当时在维尔纽斯的家中发现了一本他的诗选，是一九一九年发行的波兰文版，由布罗尼斯瓦娃·奥斯特洛夫斯卡①翻译而成。这部诗集当中便收录有诗剧《米格尔·马纳拉》。与斯沃瓦茨基的剧作不同，这是第一部没有令我发笑的剧作，而在此前只有《先人祭》②给我这种感觉。也正是从那时起的几十年间，我与奥斯卡·米沃什慢慢熟识，这种熟悉不但涉及他的作品，也包括他的个人性格。虽然他早已作古，但是这种接触并非仅属于过去，因为我不但在过去，而且现在也同样关注一切与"奥斯卡·米沃什研究"有关的著作和文章。有关于奥斯卡·米沃什本人以及我们之间对话的回忆至今依然在我的脑海中鲜活生动，而对于西方文学研究者很少涉足的，例如有关他故乡的事情我也有所了解。可以说，我完全可以从文学史的角度写一部有关于他的研究著作，但是我却没有欲望提笔。

在我到加利福尼亚任教之后，出现了两本不错的有关奥斯卡·米沃什的专著。其中之一是年轻的文学研究者雅克·布格在巴黎索邦大学时的博士论文。一九六三年，这部专著得以出版，其标题为《米沃

---

① 布罗尼斯瓦娃·奥斯特洛夫斯卡（1881—1928），"青年波兰"时期的诗人，法语翻译，儿童文学作家。

② 先人祭是立陶宛、普鲁士和库尔兰（现属拉脱维亚）许多乡镇的乡民在每年11月1日万灵节期间纪念死者的祭奠仪式，仪式中亡灵会回到活人中间，与他们交流。（这一习俗起源于异教时期，流传至今。）诗剧《先人祭》是密茨凯维奇的代表作，由四部分以及序诗和附诗构成。主人公浪漫的青年古斯塔夫，因为失恋而背井离乡。后来他投身于反抗沙皇压迫的革命活动，遭到逮捕。在狱中，古斯塔夫改名为康拉德，并进行大段独白，斥责上帝为沙皇（第三部第一幕第二场"即兴"，这也是全剧的高潮部分）。康拉德最终被流放，而他的灵魂则返回故乡，出现于先人祭中（第四部）。

什——求索神性之路》。其波兰语的译本不尽如人意，因为在波兰语当中找不到与求索和神性①这两个词切合的单词。此外，前辈学者安德烈·勒布瓦②于一九六〇年出版过一本题为《米沃什作品》的专著。曾经有一段时间，我一直在寻找美国人斯坦利·吉斯用法语写作的有关奥斯卡·米沃什的博士论文，但一直未果，因为这部论文并未正式发表，而我也无从获得影印件。但终于有一天机会来临，利用在巴黎度假的机会我坐在索邦大学图书馆的一个角落（楼梯吱吱作响，堆积的灰尘足有三百岁），从头到尾将《米沃什补遗》读了一遍。这部论文主要收录了奥斯卡·米沃什未曾发表的信件以及他在私人收藏的诗集上所写的阅读心得。这些有关二十世纪诗人作品的藏书原本属于杜塞图书馆③收藏，之后被捐献给了巴黎圣吉纳维夫图书馆。

移居美国之后，长期以来我一直所坚持的，有关这位同叫米沃什的亲戚的精神遗产的研究并未减弱，反而让我获得了些新的灵感，并由此开始理解其人生中的一些事件，对于以前不甚明白的观点也有所领悟。同时我也无法再拒绝为"米沃什研究"做出些贡献。我回忆起奥斯卡·米沃什与克雷斯蒂安·高斯④是不错的朋友，后者曾经是普林斯顿大学的一位系主任。他不但是相当知名的教授，闲暇时也创作诗歌。这个发现最终让我在普林斯顿大学图书馆里找到了一九〇〇年至一九三〇年期间奥斯卡·米沃什写给高斯的十九封信件（大学图书馆保存了历任系主任的文件档案资料）。学生时代的二人曾在一八八九年的巴黎街头相遇，而这些信件也为我们呈现了一个虽然生活在巴黎的"美好年代"⑤，但却如此郁郁寡

---

① 原文为波兰语。
② 安德烈·勒布瓦（1915—1978），法国作家，文学评论家。
③ 巴黎大学的一座图书馆，以法国人雅克·杜塞命名。
④ 克雷斯蒂安·高斯（1878—1951），美国学者、文学评论家、文学教授。
⑤ "美好年代"是欧洲社会史上的一段时期，从 19 世纪末开始，至第一次世界大战爆发而结束。

欢的人。

既然已经写到这里，我还是承认吧。我翻译了奥斯卡·米沃什的一些作品，这同时也是作家本人认为最重要的作品。但我并没有将其翻译成波兰文，而是英文。我出于何种目的翻译了他的作品？为什么没有译成波兰文？到底为什么我会对于这个作家如此执着？是因为我们的姓氏都是米沃什？因为某种情感使然，还是出于家族的优越感？对此我在下文当中将作一一解答。

第十七章

在大学读书的时候,同学经常会拿诸如"巴黎的叔叔"这种字眼来开玩笑,甚至在学生们排演的耶稣诞生剧里也会安排一个模仿我的玩偶,高声唱着"奥斯卡叔叔真慷慨,随身带着支票簿"。或许,由于我这个亲戚(虽然是远房亲戚)来自巴黎,一个长期以来一直被人们习惯称之为"世界文化之都"的城市,于是便具有了某种光环,而我也由此拥有了些神气活现的资本。萨尔马提亚人①,无论是波兰民族还是俄罗斯民族长久以来对于西方世界的一切都心怀仰慕,但这种仰慕细分之下还略有不同。对于波兰人而言,德国民族刻板迂腐的性格,或者说整个民族性都显得有些可笑,所以意大利以及之后的法国便成了波兰人展现对于西方世界之热爱的最佳对象。因此,当从老师那里得知,在巴黎诞生了一位最伟大的波兰诗人,我们都认为这是理所当然的事情。平心而论,维尔纽斯只是一个位于内陆的偏远之地,那里依然保留着十九世纪的风俗和传统。因此出于对地方狭隘意识的反抗,我在所有方面都竭力心向"新世界"。一个来自小城市的"时尚青年"所具有的"浅薄与势利"一直困扰着我,即便是华沙已经让我崇敬不已,但是这"敬"又伴随着"畏",一如巴比伦带给我的恐惧之情。这种"浅薄与势利"最终令我遭受到了无情的惩罚,自从青年时期离开维尔纽斯之后,我几乎一生都流离在外,命运

---

① 公元前三四世纪时南俄草原及巴尔干东部地区的居民,属东伊朗人种。波兰人自认为是萨尔马提亚人的后裔。

驱使我越来越远离故土,直至抵达"野蛮的西部"。

除此之外还存在着另外一种"浅薄与势利",而我之所以有此发现依然要感谢贡布罗维奇。要想了解波兰文化首先需要了解一下这个国家的阶级划分,这一"阶级"并不完全同于我们今天所理解的概念。密茨凯维奇所撰写的《塔杜施先生》① 以贵族社会为背景描绘了这种阶级划分,在其后的一百多年当中,这种划分发生了极为复杂的变化。不同民族间的冲突,贵族的没落,这一切都使《塔杜施先生》中所呈现的立陶宛更为故步自封。在库亚维②或者桑多梅日③,地主阶级与企业主以及城市业主之间的关系比较密切,而与城市知识白领阶层的融合度则相对较差,而在我的家乡立陶宛情况却不尽相同。贡布罗维奇出生于更好的家庭,至少比我高两个等级,他教养良好、举止得体,在上流社会中自在惬意,而我却只是个"乡下的粗鄙之人"。

贡布罗维奇对于我源自血统出身的浅薄与势利进行了嘲讽,但这嘲讽似在掩藏其真实意图,掩藏对于自己因没有更高"出身"而产生的浅薄与势利,更或者是由此生出的某种遗憾。在此应该明确"出生"与"出身"之间的区别,即便这两个概念经常被混淆。在贡布罗维奇所成长的环境存在着"非常命好"的概念,被称作"非常命好"也就意味着拥有更好的血统来源。对于这种概念,我此前却一无所知,因为在立陶宛并没有类似的说法,虽然我们并不忽视对祖先的纪念。这种现象应该具有某种社会学的意义。作为一个民主派人士,我实际上对于自己的贵族出身是感到有些羞愧的(人民的吸血

---

① 《塔杜施先生》是密茨凯维奇的代表诗作。长诗围绕霍雷什科和索普利查两个家族两代人的悲欢离合,以拿破仑1812年进攻俄国的前夕作为背景,描绘出各个阶级、各个阶层众多人物在时代变化中的经历和心态。这部史诗中有很大的篇幅描写乡绅的日常生活和立陶宛民间的传统风习,尤其是描写了乡绅的田园生活和游猎生活。关于《塔杜施先生》的讨论,亦见于本书第24章。

② 波兰中北部地区。

③ 波兰东南部城镇,靠近维斯瓦河左岸。

鬼)。至于说更高的社会地位？从家庭当中我获得这样一种信念，我生自如此的家庭，这已经足够，更高的社会地位也并不太需要。对于来自德鲁亚和切莱亚①，后来又移居到白俄罗斯的米沃什家族，这种贵族气息从未远离，而他们也总为此遭到玩笑，被形容是撞上了天大的好运。

没错，我的确认为自己的出身要比贡布罗维奇好些。原因很简单，他出生于一个不入流的国家②。有一次在旺斯，我曾经对他说，他可是来自波兰的内地。这话如同一记重击。贡布罗维奇像一位骑士，面对这一击几乎从马上跌落下来，但在最后一刹那终于避开。他说，这并不属实，他的家族实际上祖居萨莫吉希亚，在内日韦斯河的另一岸，直到他祖父这辈，也就是一八六三年之后才离开那里。

假如贡布罗维奇能有幸亲眼见到内韦日斯河谷，他定然会更为其祖先感到自豪。十九世纪前半叶，路德维克·尤采维奇③妙笔描绘了她的风光，对于这篇文章，每一个立陶宛的学生都不会感到陌生（实际上立陶宛学校课本上的这篇文章是从波兰语翻译而来）。内韦日斯河谷位于立陶宛的腹地，如果说她拥有立陶宛最为旖旎的风光，应当名副其实。但我已与那里再无缘分，我再也不会看到那风光有怎样的改变。每当夏天来临，坡度时缓时急的内韦日斯河两岸便呈现满眼郁郁葱葱的景色。沿着河谷每隔几公里便有一座白色的庄园，园中生长的参天古树，有菩提，有白蜡，有杉树。有时两座庄园恰巧也会隔河相望，恰如从我所出生之地，塞特尼埃庄园④向对岸望去，可以

---

① 历史悠久的乡村，米沃什姓氏郡望，现属白俄罗斯。
② 作者认为，从在知识阶层的地位而言，贡布罗维奇家族高于自己，但从历史和政治角度，自己却高于贡布罗维奇。原因很简单，贡布罗维奇来自波兰这个"不入流"的国家。
③ 路德维克·尤采维奇（1813—1846），萨莫吉希亚贵族，神职人员，作家，历史学家。曾书写过多卷立陶宛历史和传说。
④ 内韦日斯河左岸的村庄。如今此地已建起米沃什文化中心。

看到一战前曾属于俄罗斯名臣斯托雷平①的卡乌诺贝热庄园（斯托雷平相当喜爱帝国的这片美丽土地，对此我毫不惊讶）。

我还是权且放下对于"出生"与"出身"这两个不同概念间的纠结，而将笔墨奉献给内韦日斯河畔的庄园吧。我所要讲述的这座庄园不但在我家乡的小镇，甚至在更大的范围之内都算是这一地区典型的传统之作。大约是在一九二五年，我曾在那里度过了一个夏天，那时庄园的主人是沃伊诺夫斯基家的三兄弟。在老母亲，沃伊诺夫斯卡夫人过世之后，庄园里的一切也都日见颓败起来。瘸腿的椅子、年久失修的房屋、屋前随意停放的四轮马车和犁具，"庄园"与"农庄"的界限在这里已经模糊，一切似乎都验证着庄园的衰落。老夫人的三个儿子都已经年纪不小，但却没有一个人成家。其中的一个有些疯癫，像是个误入歧途的骑士，看起来如同堂吉诃德一般。但在内韦日斯河谷，人们一向追求特立独行，因此没有谁对此感到奇怪。第二个兄弟性格温和，长了双牛一样的眼睛。他经营农场，但由于立陶宛农村改革的原因，其规模并不足道。第三个身材魁梧，是个多情公子。实话说，我并不知道他到底在做什么，只是他经常出没于首都考纳斯，主要是同政府里的各种办事机构争吵。由于家务并不是太多，因此园子里只有一个姑娘负责打理。这位姑娘倒是有时间经常结交各色男子，对他们发号施令，因为家务活主要就是摆摆残缺不全的杯盘和刀叉。在我记忆中，庄园的主人沃伊诺夫斯基兄弟之一后来娶了位精力充沛的贵族小姐，从此家境才慢慢好转。在这件事上，倘若不是沃伊诺夫斯基兄弟的出身血统与贡布罗维奇相比毫不逊色的话，也就不会成为桑多梅日贵族所选择的联姻对象了。在我的想象中，贡布罗维

---

① 彼得·阿尔卡季耶维奇·斯托雷平（1862—1905），俄罗斯帝国政治家，曾任俄罗斯内务大臣和帝国大臣会议主席。斯托雷平的任期以镇压革命势力和土地改革而著称。

奇出生的环境与热罗姆斯基笔下的纳伏沃奇庄园①类似，而那对于我来说却是一个完全陌生的所在。

内韦日斯河谷的风光不但令人陶醉，亦可唤起人们无限遐思。显克微奇在《洪流》一书当中将这里称之为理想的"绅士之乡"。这让我对他陡生好感，虽然在此之前我并不太喜爱他的作品。小时候我曾经不止一次爬上谷仓，在那儿透过最高的窗户可以远远望见凯代尼艾教区②的尖塔。看起来，沿着内韦日斯河向凯代尼艾进发，来一场旅行同样会令人着迷。

多年以后的一天，二战已经结束，我坐在巴黎圣吉纳维夫图书馆里，沉浸在这样一场朝圣之旅当中。当时寂静笼罩着耳畔，仅偶尔可以听到地板发出吱吱呀呀的声音。我们来谈谈这场旅行吧。

一九二二年的一个夏日，在从柏林经科尼斯堡开往考纳斯的火车当中坐着三个来自巴黎的人：茅利茨·普罗佐尔伯爵③，他的女儿格蕾塔和奥斯卡·米沃什（我当时读的正是普罗佐尔伯爵女儿的回忆录）。普罗佐尔和米沃什在火车上聊天，用的是法语，他们已经习惯无论在日常生活还是处理公文当中都使用法语。虽然这二人并没有忘记波兰语，但是移民的下一代，例如女儿格蕾塔就已经不太会这种语言了。茅利茨·普罗佐尔伯爵出生于维尔纽斯，但是在法国长大。他曾经将易卜生的作品翻译成法文，而且有关文学的评论文章也写得颇有见地。普罗佐尔伯爵较奥斯卡·米沃什年长很多，但是由于相似的背景，他们成为朋友也是非常自然的事。对于前者，奥斯卡·米沃什应当怀有感激之情，因为在法国文学评论界，再没有第二个人能够像普罗佐尔一样在专著中对他的作品提出真知灼见。请允许我暂时将这

---

① 斯特凡·热罗姆斯基（1864—1925），波兰批判现实主义小说家。纳伏沃奇是他的小说《早春》中的地点。

② 立陶宛城市，位于内韦日斯河畔，小说《洪流》的剧情亦与此地有关。米沃什出生的塞特尼埃归凯代尼艾管辖。

③ 茅利茨·普罗佐尔（1849—1928），外交官、作家、翻译家。

三个人的旅行抛到一边，一起来阅读奥斯卡·米沃什一九二〇年十月二十八日写给普罗佐尔的信件，那时后者关于米沃什的评论著作刚刚问世。

……对于同时身为艺术家、心理学家和评论家的您我怀有尊敬之情，但对此我不再多言。我只想表达对于您所怀有的，来自内心的深深感动，这种感动源自您对我们命运所进行的细腻而准确的分析。两位被放逐的立陶宛艺术家，从历史角度来说，这一放逐已经持续了几个世纪，而从个人角度来说，这种放逐也已经有数十年。为此，我们不得不为自己建立一个心灵的故乡，她属于立陶宛，她属于过去，她也属于未来，但过去与未来之间相距如此遥远，简直如同幻梦一般遥远。您在书中提到了里沃利大街上的某间旅馆，而我也回忆起一八八九年①赫尔德大街的样子，那条街上也曾经有一座旅店。翻开这书页，遥远的童年幻景又浮现在眼前，您思乡的愁绪同样萦绕着我，虽然我期盼未来，但其实我却一直活在过去。这种情感在法国是没有人可以理解的，因为，那些由于社会、民族以及个人境遇的变迁所造成的伤痛对于拉丁民族来说是无法体会的。只有您，有着同样经历的您才可以理解，才能够写出如此令人动容，并深深触动我心灵的文字。尽管准确性还有待商榷，但您将我归于有灵魂的一类，有灵魂的艺术家，对于这种看法我认为极其敏锐。在您的眼中我属于我的祖先，属于那古老的民族，而我的性格也在您的笔下完全呈现，其中某些方面甚至我自己都无法轻易了解。我渴求一个真实存在的祖国，这种渴求也是我创作的主要动力，对此您不但心有戚戚焉而且还赋予了我这样一个归属之地，也正因为您，我的艺术和创作才拥有了一个现实的基础。

---

① 奥斯卡·米沃什于1889年离开立陶宛来到巴黎。

放逐，从历史意义上而言，这一放逐已经有数个世纪……普罗佐尔的家族起源于内韦日斯，但无论是茅利茨·普罗佐尔还是他的女儿格蕾塔都没有到过这个地方。奥斯卡·米沃什出生于白俄罗斯的切莱亚，他也从未见过立陶宛——他祖先居住地的样子。尽管如此，他们却都自认为是立陶宛艺术家。一九一八年立陶宛的名字重又出现在地图上，虽然她那么小，仅仅相当于原立陶宛大主教的属地，但毕竟这是独立的立陶宛。也就在那年，普罗佐尔和奥斯卡·米沃什宣誓效忠这个崭新的国家，而一九二二年的那次旅行便是他们寻访祖先的求索之旅。

对于奥斯卡·米沃什来说，这次旅行也还具有现实的目的，可算是一次公务旅行，因为他几年前就已经开始担任立陶宛驻巴黎和布鲁塞尔的临时代办。一九一八年之前米沃什不但对于立陶宛民族运动一无所知，对于立陶宛语也一窍不通，而他选择成为立陶宛公民完全是出于愤怒。这愤怒来源于他听说，波兰，这个自身也遭受长期压迫的国家竟然拒绝承认立陶宛的独立。在一封写给克雷斯蒂安·高斯的信中奥斯卡·米沃什表达了这样的想法。在信中他还写道，这一决定有其自己的道德动机：他要为自己的同胞们做些贡献，以此来补偿自己迄今为止的冷漠与自私。于他而言，最好的补偿便是为保卫小小的立陶宛而做些外交方面的努力。

在穿过位于德国与立陶宛边境的维尔巴利斯①之后，这三个旅行者发现他们似乎置身于俄罗斯帝国深处的某个城市：一战前的火车、空无一人的站台、马拉有轨车，此外，很多镇子都只有一条较为宽阔，由鹅卵石铺成的马路，这便是考纳斯的景象。令三个人最感兴趣的是这里的警察，"两米的身高让他们看起来就像巨人一样，"格蕾塔·普罗佐尔在书中这样写道。

---

① 立陶宛城市，毗邻与俄罗斯接壤的边境，由马里扬泊列县负责管辖。

抵达考纳斯之后，三个人拜访了普罗佐尔的祖先曾经居住过的地方，随后他们前往拉布纳瓦①。从某一刻起，奥斯卡·米沃什开始使用 O. V. de L. 米沃什这一笔名，而其中的 de L. 正是拉布纳瓦的缩写。这名字的含义是拉布纳瓦的米沃什，因为此前他经常听到，拉布纳瓦是属于他祖先的土地。在拉布纳瓦没有一个人知道他们祖先的故事，因此三个人便拜访了教区牧师。在那里他们受到了友好的接待并彻夜长谈（当然使用的是波兰语，此外他们还能有什么选择呢），但结果还是一无所获。

一位来自城里的绅士走近一间农舍，向坐在门前身着破旧衣衫的农夫询问自己祖先，曾经在皮亚斯特和热比哈时代②生活在这里的祖先的情况，而农夫的反应只是挠着脑袋，除了"哦"之外再无其他的话，这确乎是一个有趣的画面。的确，在立陶宛，古老的传统和习俗就如同被凝固在琥珀中的蚊蝇一样，保存得比其他地方要长久。牧师尤采维奇曾经注意到，十九世纪初的时候，在萨莫吉希亚北部的农民家中依然存有在墙上悬挂刀剑与盔甲的习俗，那是他们祖先战斗的遗物（从这一习俗也可以看出，在立陶宛，地方武装并非仅局限于骑士群体，而是具有部族的特性）。严格来说，米沃什家族从未在拉布纳瓦拥有土地，但这只是由于名称的问题。因为这块不大不小，历史上曾被哈努瑟维奇和塞尔比纳统领的土地仅是与拉布纳瓦紧紧相邻，因此也就使用了相同的名字。有关家族的档案最早仅能够溯源到十六世纪的巴托里时代③为止，另外米沃什家族中我们这一支对于寻

---

① 位于凯代尼艾东南部的村庄。
② "车轮匠"皮亚斯特是传说中的波兰部族领袖，生活于公元九世纪。后世的皮亚斯特王朝即得名于他。热比哈是他的妻子。"无名氏高卢人"的历史著作和《波兰编年史》中曾提到他们。
③ 斯特凡·巴托里（1533—1586），来自特兰西瓦尼亚，后来当选波兰国王（1576—1586）和立陶宛大公（1576—1586）。他是匈牙利贵族家族巴托里家族的一员。

根问祖这回事一向不以为然。同样，有关家族起源于卢萨蒂亚①的传说也有诸多可疑的地方，或许这是真的，因为那里存在着属于塞尔比纳家族的墓地，但这种起源说也并不能完全确定。为什么这出生于白俄罗斯深处的，来自米沃什家族的人会对探祖寻根如此痴迷？或许最终奥斯卡·米沃什能够寻找到证据，证明他的祖先来自于拉布纳瓦的某个庄园或者是卢萨蒂亚的某位贵族。即便如此，我个人也不会认为他的寻找是怪异疯癫之举，我反而认为他的这种"浅薄与势利"有着自己实际的原因，因为这是当奥斯卡·米沃什在法国与周围的拉丁民族关系日渐龃龉时所仅能使用的自卫武器。有多个波兰人曾经在自己的姓氏前加上"de"这个单词呢！难道纪尧姆·阿波利奈尔不曾在其作品上署名威廉·考斯特罗维茨基吗②？奥斯卡·米沃什使用O. V. de L. 米沃什这一笔名还使我的这位远房亲戚在法国人面前增加了些神秘感。实际上，奥斯卡·米沃什在一战的时候才开始使用这个笔名，时间并不早。最初他只是在写给朋友的信中使用这个笔名，略带玩笑之意。他早先的作品以及第一次世界大战前所写的信件都署名O. W. 米沃什。改名的另一个动机是他突然发现了自己的"立陶宛属性"，但是由于法语的规则，他的名字米沃什无法改成立陶宛文的拼法。名字中这个大写的"L"后来转而代表了卢比茨③。这是米沃什家族的族徽，奥斯卡·米沃什私人书房中的藏书都有印着这个图案的藏书票。

对于这些多少令人感到羞愧的历史细节，我觉得应当将其置于一个恰当的背景下来看待，即从二十世纪的角度进行分析。去国无家，这一对二十世纪来说相当普遍的现象在奥斯卡·米沃什所生活的年代

---

① 位于欧洲大陆中部，其地域横跨德国、波兰及捷克三国的疆界。
② 阿波利奈尔之母是波兰女贵族。
③ 按照波兰的贵族制度，贵族家族具有对应的徽章。米沃什家族和其他数以百计的小贵族家族都佩戴卢比茨徽章（蓝底的蹄铁和金十字）。

并不普遍。奥斯卡·米沃什的命运,从今天的视角来看,从我,一个旅居美国的波兰人的角度来看,也并非特别之事。可以说,奥斯卡·米沃什的命运预示了未来世界将成为一个巨大的熔炉。这位法国诗人,生于被俄罗斯帝国占领的白俄罗斯,祖母纳塔丽娅·塔希斯特罗给了他四分之一的意大利血统,母亲玛丽娅·罗森泰尔给了他一半的犹太血统。奥斯卡·米沃什对于这种"混血"并不抵触,在这点上他与今天很多"世界公民"不尽相同。或许,从其努力探寻父亲家族根源的努力中尚可发现些"伪装"的目的,但是对于自己的犹太血统,奥斯卡·米沃什一直没有躲闪,虽然这给他带来了不少麻烦与痛苦。正如奥斯卡·米沃什自己所说,他不但一直学习希伯来语,而且在晚年开始研究卡巴拉教。此外,他还恳请克雷斯蒂安·高斯去拜访移居美国的母亲的亲戚。对于身体中的意大利血液,奥斯卡·米沃什同样没有忽略,这一点从他的作品中屡次出现"韦尔切利①过世的妇人"可以得知。我们注意到,通过思考自己的人生经历,奥斯卡·米沃什将祖先和自己的思想象征性地联结在一起。家族和地理意义上的"无家可依"恰恰呼应了现代人精神上的"无家可依"。由此,这种对于故国、具体化故乡的寻找也具有了双重意义。对于神话和传说中所出现的祖国,我们应当将其理解为密茨凯维奇笔下《塔杜施先生》的再创作,虽然矛盾,但仅仅可以从社会学或者小说层面来解读。还是在中学读书时,我就发现《塔杜施先生》中很多有关于立陶宛自然风光的描写都与现实出入很大,最终我明白,那只是被作者"现实化"的神话。对于奥斯卡·米沃什而言,寻找"现实之祖国"的整个过程中也暗示了诗人自己也在创作着某种神话。也正由此诗人所编写的两部立陶宛神话作品集中才充满了迷人意味,对此,人们也不应感到惊讶。实际上神话和传说中讲述的并非荒唐之语,茅利茨·普罗佐尔将自己和奥斯卡·米沃什都称为"几个世纪

---

① 意大利北部皮埃蒙特大区韦尔切利省城市。

的放逐者"也非妄言。

并非所有的"去国无家"之人都喜欢这种状态,在当今的世界我们对于自己小小故国的思念之情更是与日俱增,无论是在威尔士、布列塔尼还是奥克西坦(普罗旺斯)都是如此。而在卡尔卡松①,那些用奥克语进行创作的人对于他们作品中所带有的神话色彩应该不会假意不知。我能够理解他们,因为我被放逐的人生与奥斯卡·米沃什的经历在诸多方面都有类似之处。再者,早在维尔纽斯读中学的时候,我就对于那些"眷恋故土"之人怀有好感,我知道,祖国不但是一种需要,也是我们想象的产物。

奥斯卡·米沃什称自己是永远生活在过去之人。下面这段引自其作品的文章可以说是这种宣称的最好证明:

> 音乐是爱情的呼喊;诗歌是爱情的思想……当沉醉于其中时,她们中的一个会高唱:"我活着且爱着。"而另一个却屈服于回忆的力量,即使表达最为真切、最为长久的爱情也只会说:"我活过且爱过……"也正因如此,这对情操高尚的姊妹最初为艺术而结合在一起,但最终却随着时间的流逝而分手。

或许可以称之为遗憾,思想将诗歌引诱到了自己的一边。诗人从一开始就知道,生命中的每一刻都将成为过去,也都可以成为其创作的素材,因此诗人让其语言与世界(无论是内心世界还是外部世界)之间保持着一种距离感。对此,浪漫主义诗人不止一次听到讥讽的声音——"你们也为戏剧创作诗歌"。但就像在这"戏如人生之世界"中总会需要观众,世界这出大戏的舞台上也同样需要诗人,尽管他们自己也如同小小的玩偶,但是却命中注定要去扮演净化世界的角色。西蒙娜·韦伊曾经说过:"距离乃美之灵魂。"对此,普鲁斯特是最

---

① 法国南部城市,奥德省首府。

好的践行者,而他正是位回忆的诗人。当然,这也并不意味着仅沉醉于过往便可探寻到诗歌的奥秘。每个人都期待更为丰富的人生体验,一个人也完全可以放弃文学转向音乐,因此,坚持的意义也就此显现。这种坚持的质与量不尽相同,它取决于特定时期。至于奥斯卡·米沃什,这位竭力向往过去的诗人,我虽然不太欣赏他作品中的忧伤与愁绪,但是我却总会因为这流露出的神伤而原谅他。

第十八章

　　站在阴暗的山坡上面可以看到山脚下深深的壕沟，那是农奴时代的遗迹。颓败的庄园像鬼屋一般，令人联想起鹳鸟，斯拉夫土地的守护之神，在有着数百年树龄的古木上搭建的坚固窠臼。在距离山坡较远的地方有望不到尽头的小道，连接着通向维尔纽斯的大路，小道两旁的杨柳闪着银色的光芒。从这些小路望去，那山坡就像是一个阴森的土丘，一动不动地伫立着。慢慢走近白屋庄园，人迹罕至的原始森林逐渐褪去，出现在眼前的是一座英式庭院。这园林必定是每隔两三周便会被修剪一番，那些杂草和蔓枝被除去，才得以保持得如此整饬。身处山丘的脚下，便可以看到庄园里的老屋，高耸的、灰绿色的屋顶被青苔覆盖，经历过百年雨水冲刷的窗户在阳光下闪烁着忧郁的色彩。锈迹斑斑的大门打开，对到访的客人发出一声幽怨的哀叹，门后小路两边的垂柳也似乎在神秘地叹息。地上白色石板铺成的甬道上刻有巨大的鹰爪，三个锋利的脚趾下面本来还抓着倒霉的蝙蝠，但由于岁月的消磨已经化为了尘土。

　　似阴森的墓室之门被草草地刷成白色，后面是一道同样阴暗的门廊，来访者只要踏进一只脚，喉间便会充满腐烂发霉的气息。蛛网密布的墙上挂着无数幅褪色的画像，上面是兹博罗夫斯基家族先祖们。画像中的人物有的穿着传统的旧式波兰长袍，年代近一些的则戴着假发，装扮也是一副法国派头。正前方是一扇对开的木门，门板已经有些斑驳。穿过木门，后边是一间漂亮的套房，窗户非常高大，天花板却很低，屋子里充满了神秘、肃穆的气氛。当身处房间之内时，你的眼睛一定会被屋中摆放的、数量惊人的牌桌所吸引，尤其是那些牌桌的颜色，那是被红茶、伏特加、葡萄酒以及蜂蜜浸过、泡过的颜色，那些深浅不一的绿色简直是极尽世间所有可能，超乎你的想象。只要对那些被无数次纸牌游戏蹂躏过的牌桌看上一眼，你便马上会联想到这个国家令人伤感的历史，这绝对不会有错。在这间荡漾着金粉气息的屋里，在闪闪发亮的玻璃窗前，在觥筹交错的牌戏之中，在法式的祝酒词之间有多少代曾经的英勇、强壮的贵族挥霍着他们的时间、财富和健康。

令我感到惊讶的，在那些波兰国王和立陶宛大公的画像旁边还挂有不少法兰西国王以及显赫人物的画像。站在这些画像旁边所生出的感触，远比任何一本有关亨利三世①、扬·索别斯基三世②、莱什钦斯基③或者波尼亚托夫斯基④的历史课本所带给我们的感慨都更为生动，从中可看出斯拉夫人对于拉丁民族的崇尚之情是如此真挚。有一点很特别，这些画像一定曾经被某个瑞典或者俄罗斯帝国的入侵者当作射击游戏的靶子，因为在他们英武的眉间和宽阔的胸膛上布满了各种口径的弹孔，这些空洞如今成了爬虫的天下，不时有金色的飞蛾、蜈蚣，还有散发着不祥的、

---

① 亨利三世（1551—1589），法国瓦卢瓦王朝国王（1574—1589）在位。亨利二世第四子，母为凯瑟琳·德·美第奇。亨利三世1573年获选为波兰国王，但他只在波兰待了6个月；在1574年其兄查理九世去世后，他就放弃让他感到不自在的波兰王位，回国即位为法国国王。
② 扬·索别斯基三世（1629—1696），从1674年开始同时担任波兰国王及立陶宛大公，直到1696年离世，是波兰立-陶宛联邦最后一个强有力的国王。
③ 斯坦尼斯瓦夫·莱什钦斯基（1677—1766），曾是波兰立陶宛联邦国王。他的女儿玛丽后来成为法国国王路易十五的妻子。
④ 斯坦尼斯瓦夫·奥古斯特·波尼亚托夫斯基（1732—1798），波兰-立陶宛联邦末代国王与大公（1764—1795）。

钻石般光芒的硕大蜘蛛出没其中。到处是阴暗的角落和布满尘土的房间，有的地方安置着巨大的陶瓷壁炉，张着大口，似乎能吞下整整一车的木材；有的地方则放置着顶天立地的衣橱，伫立于装饰华丽的镶嵌地板与绘画已斑驳不清的天花板之间，透过衣柜的玻璃门可以看到里面挂满昔日的锦衣华服。

宽大的家具上面堆满了各式各样的杂物，这种奇特的凌乱让人忍俊不禁，但是那空气中充满的被遗忘和死寂的气息又让人无法笑出来。这是怎样的一番情景：一捆已经生锈的毛瑟枪上套着假花做成的花环；一个日式钟楼形状的盒子里塞满了各种文件，上等的羊皮纸上面是某个显要人物的签名和厚重的蜡封；一只红腹灰雀，先祖中某位夫人的喜爱之物，如今站在一个神情庄严又略显颓废之人发亮的额头之上；一面曾经目睹过无数灿烂而自信笑容的镜子现在对着她的邻居露出嘲讽的表情，那是一具因潮湿而有些发霉的头骨，半隐在莱茵河畔的法兰克福所出版的法文杂志《妇女时尚》当中。某双巧手在镶着金边的牛皮纸上面细心誊写的意大利古老歌剧透露出对特蕾莎的妒忌之情；镶着波兰银色之鹰的军帽、边缘已经磨损的高级肩章、价值不菲的武器以及令人生畏的拐杖诉说着路德维希光辉又令人唏嘘的一生；被老鼠啃食过的、发黄的奇异草药、奇特的工具、盛放有各种黑色药粉的器皿让人联想起某个祖先的秘密，他那在瓦萨①时代为寻找万应灵药或者是贤者之石而经历过的神奇旅行。

上文是奥斯卡·米沃什的小说《长子继承权》中开头的几段，这部小说的原本最早出现于他的圣经剧《米非波设》。在这部剧中，小说的原标题是《一个英国流亡者在俄罗斯的回忆》。但这部小说从

---

① 瓦萨是瑞典贵族家族。瓦萨王朝在1523年至1654年间统治瑞典，由古斯塔夫一世当选国王起至克里斯蒂娜退位止；它也在1587年至1668年间统治波兰和立陶宛。

来没有正式出版,而手稿也遗失了(奥斯卡·米沃什没有保留副本的习惯)。小说仅存的部分只比上面所引用的文字略多而已。小说中的"鬼屋"很容易让人联想起位于切莱亚的庄园,在那巨大的英式花园当中作者度过了孤独的童年,这一意象在奥斯卡·米沃什的诗歌当中也经常出现。对于童年家园的失去,奥斯卡·米沃什怀有深深的遗憾,但从这种遗憾之情当中我们不能认为作者自十一岁随父母移居巴黎之后就再也没有回到过故乡。事实上,他此后曾数次回到过那里,而且成年之后,在一九〇二年至一九〇六年之间奥斯卡·米沃什还断断续续地在那里度过了几年的时光。

对于一战前的生活,至少是在巴黎的那段日子总是伴着诸多甜蜜的回忆,这在他许多日记当中都可以发现,而这也恰恰验证了"美好时代"这一标签。但是若要论及奥斯卡·米沃什当时的精神状态(这从作者当时的作品以及信件当中可以看出),那么连撒哈拉沙漠都可以夸耀自己的富饶了。一九一〇年一月一日深夜十一点,奥斯卡·米沃什极其冷静地将子弹射入自己的心脏,那一刻他嘴上甚至还叼着香烟。巴黎最好的外科医生拒绝给他施以手术,因为他实在是太虚弱了,医生们认为死亡就在片刻之间。他为何自杀?是家族遗传?个人的精神问题?面对美丽而虚幻的新世纪所产生的恐惧感?或者是一直以来存在的孤独感和边缘感?在此我并非为奥斯卡·米沃什作传,因此还是不透露他自杀的真正原因。但无论如何,奥斯卡·米沃什活了下来,这也可以让我们思考一个生命的出现以及消失到底是出于必然还是偶然。如果我选择后者,那么我也必然要承认,正是出于偶然,奥斯卡·米沃什没有死去;出于偶然,他在劫后余生之后写下了那些作品;出于偶然,我与他拥有共同的姓氏,并由此发现了他的作品。而这一系列偶然巧合的最后一环,也就是现在,此地、此刻,正在阅读我这些文字的你,正在阅读我这些文字的读者,正在阅读这些文字的或善、或恶的读者。

在双叟咖啡馆①与切莱亚之间……有关奥斯卡·米沃什在切莱亚的生活我们可以从他在一九〇四年写给克雷斯蒂安·高斯的信中略知一二。在信中奥斯卡·米沃什写道，有些事情将他困在那里：

> 被一些四十年来完全被忽略的事情所困顿，俗世的重担降落到我这个通灵者瘦弱的肩膀上。夏天的时候我会去骑马，同时写下数千行诗句。到了冬天便乘坐雪橇，还会抽着烟斗将康德、叔本华以及柏拉图一读再读。有时我也会跟随我的两位好友去旅行，如若去西班牙就会同堂吉诃德一起，要是去德国就会叫上海涅。我会习惯这世间的一切：要做到这一点，最重要的就是竭尽所能远离这真实的尘世……在那或明或暗的森林之间，在那间三百年的老屋之中，与我的马、我的猫、我的书为伴，过我那孤独的人生。

切莱亚位于莫吉廖夫的谢诺镇，这里曾一度属于萨皮耶哈家族②。奥斯卡·米沃什当时肯定是在处理将土地出售给农民的事宜。至于那座计划邀请高斯来做客的庄园，奥斯卡·米沃什在信中写道：

> 对于先生您，一位外国人来说，这片土地绝对超乎想象。这北方之国是地球上最为荒凉、最为寒冷、最为寂寥的地方，但您这位同样来自北方的诗人或许能够喜欢。很遗憾的是，那间属于我祖先的房屋已年久失修，破败不堪，因为我全家早已搬到巴黎居住。可现在，任务落到了我——这个实际生活技能极度欠缺的

---

① 又译双偶咖啡馆，法国巴黎的著名咖啡馆，位于左岸的圣日耳曼德佩区。它曾经拥有巴黎文学和知识精英聚集地的声誉。这声誉来自于此光顾的超现实主义艺术家、西蒙·波伏娃和萨特等知识分子，和欧内斯特·海明威等年轻作家。加缪和毕加索也是这里的常客。

② 立陶宛王公家族，在波兰-立陶宛联邦时期曾拥有大量土地。

人身上，需要我来把老屋修缮一新。两年之后我这间不大的老屋将焕然一新，到时您一定要到这里来度假，住上几个月。这里的农夫们尚未开化，但这里有宽广的湖泊和广袤的森林，也一定会启发些诗人的灵感。我不太敢邀请法国人来，他们实在是过于刻薄了。但是您，一个同样来自北方的人肯定会对这个北方国度的气候比较容忍。现在我还非常期待能在巴黎与您会面，我们可以到意大利或者其他什么地方去旅行，无论去哪儿，和您一起旅行都会十分惬意。顺便问一句，您是否曾经看过显克维奇的作品？他可是我们国家的荣耀（同样也意味着平庸）。现在巴黎的莎拉·伯恩哈特①的剧院里就在上演他的《火与剑》，这可是显克维奇的又一部"杰作"。

在一九〇四年另外一封同样是在切莱亚写给高斯的信中，奥斯卡·米沃什还提及了自己的写作计划，关于自己计划在巴黎出版的新诗集。此外，信中还说到了他的波兰语写作计划，对此，没有一个研究他的传记作家给予过关注。信中这样写道：

> 在法语作品出版的同时，华沙也将会出版我的波兰语诗歌作品，对此我还是非常满意的，尽管其中的语言还不够纯粹。要知道，在巴黎待了这么久之后，我都变得有些法国味儿了。

但是这部波兰语诗集最终没有能够出版，而且迄今为止也没有人得到过作品的手稿。奥斯卡·米沃什并没有对其他人说起过他的波兰语诗作，至少对我来说如此。

---

① 莎拉·伯恩哈特（约1844—1923），多产而成功的法国舞台剧和电影女演员。她在巴黎指导多座剧院，并将其中一座改名为莎拉·伯恩哈特剧院，直到今天（2005年）这座剧院依然以她命名。

身处切莱亚的时候，奥斯卡·米沃什也会思念巴黎，但他很少回去。对于巴黎文学界朋友之间所充斥的矫揉造作与空洞浮夸，奥斯卡·米沃什甚有怨言，因而他便前往德国、瑞士、意大利，寻找可以躲避之处。奥斯卡·米沃什无比热爱威尼斯，对此，传记作家们除了知道这缘起某位女子之外，其他一无所知。但最终，由于母亲的干涉，二人没能走进婚姻的殿堂。一九〇七年至一九一〇年之间，奥斯卡·米沃什曾经在英国度过了很长一段时光，这段时光也让他的英文水平精进（他十分欣赏英国诗歌）。一九一〇年可以被认作是诗人作品成熟阶段的开始，也正是这一年诞生了他的小说《爱之启蒙》。这部小说实际上包含了我上文中所引用的，奥斯卡·米沃什的作品当中出现的所有主题。譬如对于过往的眷恋和愁绪、充满回忆的诗歌、对二十世纪现实生活的无比厌恶感、间带嘲讽和伤感的幽默以及对意大利的喜爱之情。（一九〇六年，奥斯卡·米沃什在给高斯的信中这样写道：在变卖掉我在立陶宛的土地之后，我想我最终会定居意大利。我的祖母是一位非常具有天分的音乐家，而我和她可以说惊人地相似。我是热那亚一个非常古老家族的最后一代，这一点或许能够帮助解释我为什么会具有如此的思想和情感，或许意大利才应当是我真正的家园。）小说的情节发生于十八世纪的威尼斯，而它的叙事方式有别于典型的"客观描述"，即真实、生活化的叙述。整部小说更像是诗化的独白。小说当中，可怜的萨索罗·西尼巴蒂向年轻的丹麦贵族本杰明讲述他爱上了任性的姑娘克莱丽丝·安娜列娜的故事，而这段爱情故事随后又成了本杰明回忆的一部分（本杰明是克莱丽丝·安娜列娜后来的情人之一）。

这部小说的主题可以理解为：人类的欲壑难填。萨索罗的爱情代表了他对于一切的欲望，而无法如己所愿并完全占有安娜列娜使他意识到自己无尽的贪欲，即使倾世间所有也无法满足的欲望（在陀思妥耶夫斯基的小说《白痴》当中，罗果仁只有通过杀死娜斯塔西娅·菲里波芙娜才能将她全部占有）。怀旧的十八世纪、繁华的威尼斯、回忆之中的回忆、爱情故事的帷幔后隐藏着"另一维度"的主题，这完全是德国浪漫主义作品的做派。奥斯卡·米沃什曾经说过，如果可以选择，他希望能够生活在十八世纪和十九世纪更迭的年代。只要想象一下歌德所作的《威廉·迈斯特的漫游时代》中的某个人物，你就会知道他的样子。事实上，正如奥斯卡·米沃什本人所宣称的那样，只有歌德才称得上是他的"精神导师"，除此之外，别无他人。在《威廉·迈斯特的漫游时代》这本书的留白之处，奥斯卡·米沃什写下了三个词，这概括了迈斯特，同时也是奥斯卡·米沃什本人成长道路上所追求的目标，那就是：尊敬！尊敬！尊敬！此外，奥斯卡·米沃什从歌德那里所继承的思想还有一点：神秘是艺术的本质（在一封致普罗佐尔的信中，奥斯卡·米沃什这样写道：我对于诗歌的热爱被拖向神秘，无法挣脱）。虽然年轻时代的奥斯卡·米沃什认为自己属于新浪漫主义，但是他一直被他人认为是象征主义中的一员。关于他所喜爱的诗人，除了歌德（还有但丁）之外，还有：拜伦、拉马丁和海涅。至于奥斯卡·米沃什应当属于哪一个欧洲时期，他在一九一四年写给高斯的这封信可以消除所有猜疑。我且选择信中的如下片断：

> 说起纯粹的、自由的诗歌，我想向您推荐一位诗人，弗里德里希·荷尔德林。虽然他不太有名，即便在德国也是如此，但他可称得上是当代歌德。两年前，一位德国评论家曾经跟我谈起过他，但是，由于我一向不太相信评论家的话，因此不久就忘了这件事。最近几年我一直住在慕尼黑，一个人，所以也无聊得要命（年轻的时候对于孤独我是那么从容地忍受，但是现在我却感到恐惧。您选择成为一个父亲是多么的明智，这真让我嫉妒！）。为了排解这份孤独，我便开始在慕尼黑，这座迷人城市里的书店中闲逛。在其中的一间书店里，我看到了荷尔德林的作品集，于是我便买了一本，把书夹在腋下，打着哈欠回了家。坐在沙发椅

上，我打开了第一卷《诗作》。我的朋友，这真是太妙了！真是个意外的发现！从那时起的这一年来，荷尔德林就是我的枕边书，你真应该看看这个家伙的作品，看看他的散文小说《许佩里翁》、他的诗歌、他的剧作《恩培多克勒》，还有他翻译的索福克勒斯的作品，多亏了他，我才生平第一次理解了希腊悲剧。我亲爱的高斯，如果你还没看过这家伙的作品，如果你在美国找不到他的作品，那么今年夏天我就从德国给你寄一本去。像您这样的诗人绝对不能错过像荷尔德林这样的前辈的作品。这是完全的诗、纯粹的诗，其意境无法评价也不能忘怀。他比波德莱尔更接近奥林匹亚的灵魂，比歌德更具有人文的情怀；而雪莱如果不是那么娘娘腔，能够像虬髯的荷马一样吟唱，那么或许还能和他媲美；而拜伦只有走下高高在上的王座，与谦逊的人们交往才能同他一较高下。他的诗歌简直就是天成之作。荷林德尔自己的故事也同样不凡，他三十四岁时就已经精神错乱，但他就这样疯癫着一直到七十岁才去世！一句话，他是属于您的诗人、我的诗人、我们的诗人！

在写下这封信之后大约过了半个世纪，文学史学者安德烈·勒布瓦做出了如下评价：“奥斯卡·米沃什是我们法国的荷尔德林，这才是他在世界文学史上应得的地位。”这种类比肯定要比将其认作是另一个克洛岱尔①要恰如其分。但我并不懂德语，因此，对此我不做评价。

---

① 保罗·克洛岱尔（1868—1955），法国著名诗人、剧作家和外交官。克洛岱尔作为法国天主教文艺复兴时期的重要人物，大部分作品都带有浓厚的宗教色彩和神秘感，创作了许多诗剧、诗歌和宗教与文学的评论。

第十九章

下面我要回到自己的领地。按照我之前的承诺,我会针对一些相互关联又错综复杂的问题进行解答,但在此之前,我必须要引入几个概念,这其中也包括"法则",这一被广泛运用的概念。让我们开门见山。首先承认,我相信人性的存在。这一概念已经过时,甚至已经被当作是保守主义丑陋的标记,与人类的进步思想格格不入。探寻人类所拥有的永恒的、本质的特征(有别于"人是他所非"或者"人非他所是"之类的定义),如今已然被当作是"旧时代"的遗存,那时人性被认为是固定的、不变的。虽然个人观点不同,但卡尔·马克思很难被划为保守主义者中的一员。对此,莱舍克·考瓦考夫斯基①在其著作《马克思主义的主流》的第一卷中这样写道:

> 应当注意的是,"回归人类自我"的思想同样与"异化"这一概念有关,而马克思沿此方向做了进一步推进。异化本身就是人类剥夺真实自我,剥夺真实的人之本性的过程。使用这一概念也就意味着我们知道,真实的人类如何有别于异化的人类;人类真实的本性为何物。人类真实的本性在此的含义不是通过经验所习得的一些品质,而是人类作为一个整体所必须拥有的品质,倘若失去,人就无法被称之为人的品质。如果不建立某种标准或者

---

① 莱舍克·考瓦考夫斯基(1927—2009),波兰哲学家、思想史家。他以对马克思主义的批判性分析闻名,代表作有《马克思主义的主流》《柏格森》等。

模型，哪怕是模糊的概念标准，"异化"这一概念就会失去其真正的意义。

在此，我的目的并非列举有关社会科学的论文、不同学者的名号或者各式各样的理论，我只是想说，要相信人性的存在。对此，你只需对人类那些有别于动物的、最真实的需求瞥上一眼，对那些邪恶和低劣的需求瞥上一眼，你就会相信。

第二个概念：等级。在任何与思想或者情感相关联的领域，平等都只是一种虚幻，而不平等才是普遍的法则。在艺术领域，思想与情感的角色尤其重要，这也是为什么艺术家和诗人更为热衷于等级，热衷于抬高或者贬低他人。但是，透过虚荣的名与誉之争、一幕幕世间丑剧（大多数时候都是弱者评价弱者）以及普遍的谬误，人们应当懂得去追求真正的伟大，即使常常会误入歧途。再者，每一个对于人类在哲学、科学以及艺术领域所取得之成就怀有崇敬之情的人，无论其公开的政治主张如何，其内心深处都不会是一个真正的平等的拥护者。既然我们已经提到了荷尔德林的名字，那么就再引用一下他的格言：等级、友情、自由。请注意一下这三个单词的排序。虽然一些政治家会出于自身目的修改这句格言，甚至改得面目全非，但是在科学与艺术的王国里，我们却始终对这句箴言怀有敬意。

与等级划分法则相伴随的是退化和低劣、戏谑模仿的法则。高层次的智慧所产生的灵感、思想以及取得的成就，无法被低层次的智慧或者低层次的"人与人的教会"完全掌握，一定会发生畸变，因而，无法避免相应地失去部分价值和内涵。而在低层次的艺术当中，那些有价值的部分，虽然微弱且朦胧，但必然具有原创性。质量的优劣是层次高低之分的绝对标准之一，因此，尽管原创的实质被稀释，但某些仿作却被划入更高的层次。始于灵感之原创、模仿、模仿之再模仿，这些作品一直在我们周围喧嚣、碰撞。这仿佛所有实质已经被劣等的白蚁从内部侵蚀、挖空。直至某一天，在我们给本质存在套上面具、施以脂粉的同时，也会发现，我们已经成为种种幻象的受害者。那些在德日进、卡尔·马克思以及弗洛伊德的理论废墟上成长起来的人们，若为神父只会徒有其表；若为老师，只能是会读书写字的文盲和伪道学；若为政客，只能实施暴政；如果不幸成为作家或者艺术家，那么只能成为马戏团主的帮凶，在舞台上布置嗜血或者交媾的场景，一如德尔图良笔下的罗马马戏剧院。

第三个概念：胜利者法则。这一概念虽略显乏味，但我却认为对于理解二十世纪的先锋主义尤为重要。如果缺乏对"新"之向往，那么新的"运动"或者流派也将无以为继。如果生命足够长，那么在漫长的人生当中定然会有一个或者一些瞬间让你感到震撼，也许因为某种大胆的配色或者语词组合；也许因为富于创意的解构；还可能是因为颠覆性的语词结构。那种震撼来自于另一种充满幻想之真实的魅力，而在表面形式的背后则隐藏着神秘与深刻的存在。然而飞速运转的二十世纪却使这些作品的存在异常艰难，她将不凡变成平庸、将高尚贬为庸俗、将幻想化作平实；将最具野性的荒诞派作品改为城市白领喜爱的"心灵鸡汤"。这不禁让人联想起童话中夜晚在森林中拾到的金子白天却化为泥土。当然，二十世纪并非所有文学和艺术作品的命运都如此，但幸存者又寥寥。

至于那些昙花一现之作或者伪书的结局，它们或者在时间的洗涤之下，褪尽光华，露出其平庸的本质；或者在美感更为强大、内涵更为丰富的作品对比之下失去其原有的吸引力。内涵苍白的作品并非被评论家和口诛笔伐消灭，而是被内涵丰富的作品所打败。如此，一个新的问题是：如果创作出的诗歌被锁进书桌；如果完成后的画作从未离开过画家的画室，那么这些作品是否还具有同样的力量？我认为，这些不曾谋面的作品具有同样的力量，它们通过无形的参与而产生，而这便是"神奇介入法则"。

第二十章

衰老,是一种奇特的体验。除了偶尔疏懒,不想去处理手头的事情,大多时候我并不经常回想过去,沉湎于回忆曾经是我所担心的事情。过去就像一本厚厚的画册,但里面的事物却变幻无常、依稀不清、捉摸不定且时常让人感到惭愧。回忆并非总意味着失落,而是所得与所失之间的平衡。流逝的岁月赋予我们建筑师一般的感知能力,因此,虽然温热的色彩已经褪去,但是那水晶般线条所勾勒出的澄澈轮廓却愈发清晰。同样,岁月也教会我们懂得放弃,因为纵使我们百般希望,却无法逾越语言与这个世界之间存在的距离。

昔日的你是什么样子?在一张旧照片或是他人述说之中看到昔日的你是何种感觉?我曾经有过这样的经历。那是在一九六九年,我恰好得到一本刚刚在巴黎出版的关于奥斯卡·米沃什的新书——《未公开的七十五封信件》,书中收录的是他写给弗格图一家的信件。在其中一封写于一九三一年十一月十一日的信件当中我读到了这些内容:

> 这个夏天我过得相当愉快,因为我碰到了我曾祖父兄弟的一位后人,按照老的辈分规矩,他应该算是我的侄子。我原本想,这肯定会是个可怕的魔头,就像我其他的亲戚一样,他们不是出身贵族豪门就是骁勇战将,但后来都变成了可怕的小市民。所以,当 个英俊的、十九岁的年轻人站在我面前的时候,我是多么惊讶。他是一位诗人,非常富有激情同时又不失沉着冷静,而对我,由于读过我的作品,他对我相当尊敬。他非常忠于君主、

天主教以及贵族传统中的那些智慧和高尚的方面，同时又有点像共产主义者，而这，对于在我们这个不可思议的时代要想做点实际工作的人也是需要的。总之，一句话，我有一种想把这个年轻人当作自己儿子的感觉。这个年轻人后来回到了维尔纽斯，继续在法律系三年级学习。按照已知的经验和逻辑，你原本以为眼前会出现一个要么退化、要么荒唐进化的人，但是智慧却将他改变，此时你会赞叹智慧是一件多么神奇的事情。虽然这个家族让我十分反感，但我还是很高兴看到这个肯定会给家族带来荣耀的年轻人以及他的弟弟，一个年仅十四岁的少年的存在，由于他们的存在，我们这个源自十三世纪的古老家族才能延续。请您原谅，让您费了很多精力来了解这样一个让人肃然起敬的年轻人。

这一"肖像描写"令我感到十分愉快，应当说我从中看到了奥斯卡·米沃什对我的描述，但这些溢美之词实在是有些言过其实。在此我想添加几句略带戏谑的评论。信中出现的尖刻评价所针对的是来自德鲁亚的家族。我们在家里私下聊天时都把他们称作"那些国家民主党人"①，这个称呼比"小市民"好不了多少。我建议历史学家可以关注一下这个既是政治上的，也是习俗上的细节。

事实上，首次巴黎之行期间所感受到的这种如同父子间心灵相通的感觉在我心中萦绕了许久。如今，当许多年过去之后，对于我当时为何如此折服于他如一个父亲般的权威，我可以做出更为准确的分析。此前，譬如在世界大战之前，我曾经尝试过分析自己，最有可能的原因是，这是出于一种完全自私的动机，出于成为法国诗坛佼佼者的渴望。对此，语言是一个最大的障碍。语言在此有双重的意义，一方面指语言的驾驭，另一方面则是内涵的表达。奥斯卡·米沃什的波兰语同我的水平一样，我从未发现他在用波兰语遣词造句时遇到过什

---

① 以德莫夫斯基为首的民粹主义党派。

么困难。在他私人藏书的留白之处,在那些注解与评论当中,最深刻的、发乎于心的动情表达都是用波兰语写下的。相反,他的法语作品却和波兰语文章截然不同,甚至让我感觉非常难以翻译。但谁又知道,这种语言的晦涩是不是由于奥斯卡·米沃什本身所具有的语言敏感所造成的呢?起初,在童年的时候,通过学习波兰语这种敏感得到了锻炼。此后,屡次辗转的经历使他学习语言的天分进一步得到了加强。奥斯卡·米沃什对于名词的运用十分精当,即使非常抽象的概念也表达得相当细腻,而且具象,这一特点可以说是来自斯拉夫语言的传承。但是在波兰语当中用于表达抽象概念的词汇相当匮乏,因此,如果当某个名词的词性(指单词的阴性、阳性、中性)会影响整个句子细微含义的改变时(在奥斯卡·米沃什的作品中常常会这样),那么译者便没有别的选择,只能直接引用原文了。类似的例子很多,如:L'Affirmation,La Manifestation(其含义并非游行,而是"天启");La Connaissance(含义不是知识,而是"认知");l'orgueil 是一个阳性名词,而非像波兰语中的骄傲或者虚荣一样属于阴性名词;凡此种种,不一而足。由我翻译成波兰语的奥斯卡·米沃什的作品当中只有部分还算成功,而每当我翻译其中较难的文章时,总会感到力不从心。由于波兰语中哲学词汇的欠缺,这类文章的波兰语译文也就变得像一摊烂泥一样模糊不清。

我还存在更大的一个障碍。当我想要向波兰的读者们传递某种情绪,例如我的敬仰之情时,波兰语缺乏具有相应概念的词汇。我不单在翻译奥斯卡·米沃什作品的过程中有如此感受(我只能传递出四分之一的情绪),即便我自己的感受我也不能用波兰语完全表达出来。这种现象在波兰的浪漫主义文学时期被加剧,而到了现代主义文学时期不但愈发变本加厉,而且还美其名曰"神秘主义"。而我由于无法忍受浪漫主义以及现代主义("青年波兰"时期)文学家的这种肆意妄为,我不得不在原本习惯于做减法的地方做起了加法。我不知道哪个波兰人能够帮助我解决这个问题,而且顺着直觉,我还有一个重要的发现：如果不恰当的语言会造成词不达意，与其歪曲本意，不如保持沉默。奥斯卡·米沃什的出现加剧了我这种边缘化的思想，我开始怀疑，整个当代文学，甚至整个当今时代是否都有些不太对劲了。这种事情时有发生：我们无意识地跳上一辆地铁，当已身在地铁列车之上时，我们突然怀疑，这辆地铁的方向是否正确。倘如奥斯卡·米沃什所言正确，那么选择并非由我们在二十世纪做出，实际上选择在很久之前就已经做出，而这一选择最终将把我们引向全球性的灾难。难道奥斯卡·米沃什错了？

奥斯卡·米沃什对于我的影响在不同的时期也不尽相同，而将某个具体的时期打破重建也绝无可能。从现在看来，这种影响仿佛是一个音乐主题，虽然有时会同其他的旋律交叠，甚至完全被湮没，但最终却能够引起最强的共鸣。因此最好应当采取另外一种评价方法：与其讲述评价的发展过程，不如展示我目前成熟的看法，这样会将奥斯卡·米沃什的全貌呈现出来。另外，将奥斯卡·米沃什置于一个特定的环境当中、置于其他众多人物当中进行评价会帮助我们更好地了解其真实的思想。我并不认为自己现在已经可以跨越语言的障碍，但与我年轻的时代相比，某些曾经用波兰语无法表达的概念现在已经有恰当的词汇了。我的文章在很大程度上依赖于波兰语词汇的不断发展，特别是关于某些主题方面的重要发展。

就在不久之前，我曾经偶然听到一段英文对话："有两个米沃什，一个波兰人，一个法国人。那个波兰的米沃什更好些。"对于这种将我同奥斯卡·米沃什进行的比较，我总是感到非常愤怒。在诗歌创作方面，从未将奥斯卡·米沃什视为老师，从未想过模仿他，也从未想过同他一较高下。我知道，每一代人都有自己的文学风格，而不同的文学种类及文学语言都有着自己的法则。奥斯卡·米沃什对于我的影响是间接的，而且仅限于"写作技巧"方面。再者，我认为，仅仅从诗的角度来评价诗人的"高"与"下"对我来说完全不具意义。这种孰优孰劣的评价原则或许在别处适用，但在此处却不尽然。

第二十一章

我们需要回到那样一个年代——人类命运的天平尚能保持平衡的世纪——歌德的时代。对于歌德的作品我所知甚少,但我相信一位研究德国文学的美国大学教授艾里希·海勒[1]所写的文章。这种信任实际上是因为他(出生于一九一一年)的观点与斯坦尼斯瓦夫·布热佐夫斯基(一九一一年去世)在其著作《欧洲文化之浪漫主义的转折或危机》中所述大致相同,虽然海勒对于后者的存在毫不知晓。另外,我的一位已经过世的好友,卡基梅日·维卡[2](布热佐夫斯基的学生)在《波兰的现代主义》一书当中也有着类似的看法。海勒的论文《歌德与科学真理思想》讲述了这位诗人"对牛顿的三十年战争"以及他试图建立一种有别于牛顿物理学之其他科学的尝试。诗人歌德对于色彩学和植物形态学颇有研究。海勒这样写道:

> 不,歌德并不担心《创世纪》那自诞生以来就一成不变的章节被那些地理、生物以及人类学领域享有盛名的学派所质疑。

---

[1] 艾里希·海勒(1911—1990),德裔英国学者,以对德语语言和文学的研究闻名。自20世纪60年代起,海勒任教于美国西北大学。1952年的著作《被剥夺继承权的心灵》使他获得了世界性声誉(本书中的许多观点也来自于这部著作)。在这本关于现代德语文学的著作中,海勒讨论了"客观真理"与艺术的关系:人,曾经默认为万物之灵长,现在逐渐丧失其特殊地位,不再能继承"大地乐园",这种心灵的状态对艺术创作是致命的。《歌德与科学真理思想》是《被剥夺继承权的心灵》的一章。

[2] 卡基梅日·维卡(1910—1975),波兰文学评论家、史学家,1952年—1956年间曾任众议院副议长。

真正让他感到恐惧的是，在回答有关世间万物"如何"产生、演化的问题时；在回答有关确定此、彼和他之间各种可期或不可期之复杂关系的问题时，与机械论哲学①相结合的经验科学表现得如此娴熟和成功。让歌德感到担忧的是，这一现实可能会剥夺人类对于探索此、彼和他到底为何物，以及他们的存在到底有何意义的兴趣。自中世纪经院哲学②在与弗朗西斯·培根的交锋中惨败之后，各种迷信学说滋生蔓延，而达尔文之理论原本是注定会为这些理论提供滋养的。

海勒接受这样一种观点，即世界一分为二，一边是科学法则世界（对于人类的价值观冷酷、无情），一边是人类内心世界。两个世界的分裂在十八世纪末就已经十分明显，而且自那时起就成了浪漫主义衰落的核心内容。歌德认为，之所以如此是因为科学的出现给人类带来不同以往的选择，而且他也预见到了后果。海勒写道："人类的思想王国已经臣服于不断诞生、发展和革命的机械文明，而歌德认为自己在这一王国中是众生的使者。"歌德不惜一切代价希望能够避免这种分裂，因此他竭力探索另一种形态的科学，因为他相信宇宙与人类心灵世界之间存在完美的感应。在歌德所生活的时代已经出现了存在主义意义上的"被剥夺继承权的心灵"。因为内心已然分裂，一方面人类已经意识到在浩瀚而充满敌意的宇宙之中人类是如此微不足道；另一方面，这种被深深伤害的自豪感促使人类努力赋予自身存在更高的意义。也正是在这一背景下开始了"人类自大与自卑之间无休止

---

① 一种在近代科学发展中有着高度影响的自然哲学。它有一个较为复杂和持久的形式：把整个自然都解释成一个运动中的、完全受制于物理学和化学规律的客观存在的体系。这种推理是过于绝对和过分简化了。

② 与宗教（主要指天主教）相结合的思辨哲学，是教会力量占绝对统治地位的欧洲中世纪时期形成、发展的哲学思想流派，由于其主要是天主教在经院中训练神职人员所教授的理论，故名"经院哲学"。

的争战",而整个现代文学也一直伴随着这场征战,从尼采、陀思妥耶夫斯基、卡夫卡到普鲁斯特、萨特,无一例外。

对于歌德所提出的反对将"诗的生活"与"生活的诗"分割的观点,海勒十分赞赏。同时,即使对于歌德在科学研究领域的失败,他也认为值得称颂。海勒写道:

> 无论在其所生活的时代还是当今世界,歌德的科学探索对于科学进步来说都不具有重要意义,同时对于人类在探索自然、掌握自然方面的技术发展也没有影响。但是,歌德却十分精确地揭示了在他所生活的时代科学方法发生危机与革命的根源,而这与二十世纪每一个科学家都有切身的联系。从牛顿到爱因斯坦,在科学发展史上,作为一个科学家的歌德实际上扮演了"灰姑娘"的角色,他不仅反衬出了其他伟大科学家的成就与光辉,同时也暴露出他们在科学探索中所固有的傲慢与自大。或许有一天,歌德,这个"仙杜瑞拉"似的科学家将为自己的童话描写出一个适当的结局,到那一天,全新的科学殿堂将被建立,而最为冷酷的抽象数学与最为炽热的权力渴望将被聚合在一起。

之前已经说过,在有关歌德的批评与研究领域我缺乏相应的能力,我之所以引用海勒的评论,主要是想借用由此衍生出的问题。在此,我必须再次引用海勒的论述,因为这段话是如此契合我的心意:

> 陷入混乱无序的世界最终会变为诗歌的荒漠,人类情感的不毛之所,对此歌德感到十分焦虑。这种焦虑促使歌德开始从事科学研究,并且在很长一段时间极其执着,以至于不但破坏了其诗歌创造力,也令他相当气馁。这正如他所言"从内部榨干了我的能量"。歌德并不知晓威廉·布莱克的存在,但是在反对牛顿的道路上,后者却是与歌德并肩而战的兄弟,而且布莱克发现问

题并非难以解决。与歌德相比,威廉·布莱克就像是一个中世纪的农夫,对于尘世之复杂没有太多认识。于他而言,现代物理的奠基人只不过是邪恶灵魂的同谋,是虚幻的代表,是三位一体的魔鬼,在他的一侧是培根,而另一侧则是洛克。但是威廉·布莱克可以看到苹果树上的天使,而歌德看到的却只有思想。对于歌德而言,没有足够的证据让其断言现代物理是邪恶的;他必须通过经验科学的方法证明现代物理的错误。

海勒将威廉·布莱克称为"中世纪的农夫"显然是错误的。虽然在一九一一年出现这种看法也还情有可原,但是与其同时代的人,譬如布热佐夫斯基,已经察觉到在布莱克如乡村巫师一般展现的奇形幻境背后,隐藏着某些更为复杂和深刻的内容。但是海勒将布莱克与歌德相提并论又是极为正确的,因为他们都反对心灵世界与科学世界的分裂。浪漫主义运动当时已经认识到了这一分裂,而布莱克与歌德的反抗也最终赋予了他们在浪漫主义运动中的独特位置。

第二十二章

让我们借助密茨凯维奇的诗集《歌谣和传奇》中的《浪漫》来继续这一讨论。密茨凯维奇在这首诗中的观点是否正确？如果密茨凯维奇所言正确，如果我们应当相信"爱情与信仰"而不是学者的"镜片与眼睛"①，那么，为什么刚刚还在课堂上沉浸于诗歌的激情，马上又要被逼迫着到自然科学实验室中学习如何使用显微镜？如今，当回首少年时代，我发现当时呈现在我们面前的密茨凯维奇是被各种陈词滥调如棉纸一般包裹的诗人。而类似于《浪漫》一类的诗歌也正契合了这种"包裹"。"爱情故事"发生在一个小村庄，但这并非立陶宛土地上某个真实的村庄，也非某个没落贵族的领地，实际上这个村庄只能存在于格林童话当中。村落里的居民是什么样子？他们又有着怎样的衣着？毫无疑问，他们的装束定然和童话里的人物毫无二致。至于那位理智的代表，那位大喊"这女子已经疯癫"的"老者"肯定不会穿得像个来自维尔纽斯的教授，而更应像个占星师或者炼金术士，戴着尖尖的帽子，一如童话中的人物。这种装束能让读者对诗中的争执保持冷静：哈，这样一个人又能知道什么！在全诗的最后一节，一位恰巧路过的年轻人加入了争论，这个年轻人应当是诗人的化

---

① 《浪漫》一诗讲述的是，女子卡露霞深爱已经过世的恋人亚西，并感到其灵魂依旧与自己相伴，但围观她的人群却不理解。人群中的一位老者表示，鬼魂并不存在，因为它是不能用"镜片与眼睛"看到的。在这首诗的结尾，诗人总结道，应当更相信"爱情与信仰"。这首诗里"镜片"代表科学工具，"眼睛"代表科学方法，诗人通过对诗中老者的否定，表达了自己对实证主义的不赞同。

身。由于诗歌前面几节的铺陈，这个年轻人的出现也同样具有非现实性。因此当他最后说出"触摸你的内心，凝视你的内心"时，这句话同样也应当被理解为寓言式的呼唤。

在此我努力想展示密茨凯维奇在不同的诠释中所呈现的样子，一个是我们在学校中所读到的，另一个则不同于课本中的讲述。当然，人类需要触摸自己的内心，而不能仅仅将自己禁锢在"僵死的真理"之中。人类需要梦想和幻想，需要我们曾经所说的"梦幻"。即使最为清醒冷静的实证主义者也常常说："失却了诗意的想象，人类依然只能是爬行动物。"密茨凯维奇是一位伟大的诗人。与其他诗人相比，密茨凯维奇的卓越之处在于他不但富于激情而且也能读懂大众的心声，那些民间传说故事在他的笔下成了《歌谣和传奇》中的水中仙子和鬼魂，同样，《先人祭》里那一幕幕奇幻的情景也来源于此。在舞台上可以看到，神出鬼没的鬼魂或栖身于木箱里，或蜷伏在枯木上；天使和魔鬼并现；幽灵的歌声一会儿在左，一会儿在右……非常遗憾的是，在完成《塔杜施先生》之后，密茨凯维奇停止了创作，但这种放弃是可以理解的，因为他是为了战斗而停止写作。但是密茨凯维奇对于托维安斯基神秘主义[①]的痴迷却不易被理解。这种沉迷不但让他丢掉了在法兰西公学院的教职，他所教授的斯拉夫文学课程也被取消。幸运的是，这只是一个过渡阶段。密茨凯维奇随后投身于战斗之中，他在意大利组建军团，创办《论坛报》并向着君士坦丁堡进发。

我们是否可以将一位诗人神化，并将其置于纪念碑之上？我们是否可以将一个人同他的思想分离，仅仅是出于大众更渴望一个偶像而非他的思想？上文中的这些描述并不能完全解释密茨凯维奇的一生，

[①] 安杰依·托维安斯基（1799—1878），波兰哲学家、神秘主义者，弥赛亚主义宗派的领袖。托维安斯基相信圣灵指示自己去宣告末日的消息。在巴黎，托维安斯基聚集了一批信众，其中包括密茨凯维奇、斯沃瓦茨基、哥什钦斯基等。

对此学者们不但心知肚明，而且还将这一现象命名为"密茨凯维奇之谜"①。但是，从整体而言，学者们之所以并不急于公开阐明自己的观点，也是出于一种权宜之计。

如果一个诗人在他四五十岁的时候对于自己和他人的作品，对于宗教和历史公开发表观点，我们很难全然忽视这些看法。密茨凯维奇曾经表示，他的诗歌作品从早期到成熟阶段是一脉相承的。在一八四七年同霍奇科②的一次谈话中，密茨凯维奇说："扎莱斯基③是依然在世的旧派诗人当中最伟大的一位。我与其他诗人的不同之处在于，从一开始我们就不在同一个空间。在《浪漫》当中已经蕴含了我后来所有作品的主题，那就是'爱情与信仰'。如同《浪漫》中的那个女子，我一直在找寻着、摸索着。我此后的作品并没有偏离这一轨道，至于《康拉德·华伦洛德》④和《塔杜施先生》，这两部作品仅仅是插曲罢了。"

安杰依·涅莫耶夫斯基⑤所著的名为《密茨凯维奇与传统》的这本书如今相当罕见，也不被重视。但是我认为，这本第一次世界大战后在华沙出版的专著所讨论的问题却颇为清晰，且相当有趣。在巨大的好奇心驱使下，涅莫耶夫斯基将目光置于被其他人所忽视的领域，但是由于专业训练不足，作者在有关宗教理论和人类学领域的思想表述略显业余。尽管如此，写于一九〇一年的一章《密茨凯维奇的哲

---

① 《先人祭》中，彼得神父在幻境中预见了一位救世主（第三部第一幕第五场），一般将"这位救世主究竟是谁"称为"密茨凯维奇之谜"。
② 亚历山大·霍奇科（1804—1891），波兰诗人，斯拉夫语言文化学家，伊朗语言文化学家。霍奇科是密茨凯维奇在维尔纽斯大学时的朋友，同为"爱学社"成员。在密茨凯维奇被辞退后，霍奇科接任法兰西公学院斯拉夫文学课程的教职。
③ 约瑟夫·博丹·扎莱斯基（1802—1886），波兰诗人，密茨凯维奇的朋友。扎莱斯基以其基于乌克兰民谣的历史诗闻名，开创了波兰诗歌的"乌克兰派"。
④ 密茨凯维奇创作的浪漫主义长诗，主人公康拉德·华伦洛德自幼被日耳曼人俘虏的立陶宛人，后成长为英雄，为国牺牲。
⑤ 安杰依·涅莫耶夫斯基（1864—1921），"青年波兰"时期的诗人，社会活动家，理性主义者。

学思想》不但观察敏锐,而且至今依然显得很有见地。涅莫耶夫斯基信仰实证主义,了解这种背景有助于理解他的观点。对于实证主义者而言,密茨凯维奇这位吟游诗人,这位作品中充满了各种超自然现象的诗人令他们感到不安,因此他们努力想证实,密茨凯维奇终究是一位诗人,因此他才可以"虚构"出众多灵魂和鬼魅。另一位学者,赫梅洛夫斯基①却不赞同将密茨凯维奇归为信仰"黑夜的精灵、鬼魅和魔法"的诗人。他写道:"作为一个浪漫主义诗人,密茨凯维奇仅仅是对于自然现象以及人类灵魂更为感兴趣,同时更为重视情感和想象的重要性,事实上能够被毫无疑问地断定的仅此一点而已。"而涅莫耶夫斯基虽然是一个勇敢的自由思想者,但是对于这一点却并不认同。他反驳说,事实完全不像赫梅洛夫斯基所说的那样。密茨凯维奇并不相信理智,而相信黑夜的精灵,因此需要更为准确地重新评价其整个哲学思想体系。涅莫耶夫斯基认为,对于解读密茨凯维奇来说,最根本的错误在于,所有人都是出于自己的偏见而强调某一方面却忽略其他。如果观点被质疑,他们便会说,不管怎样,密茨凯维奇是"那个世纪的孩子"②,但是这"完全不是事实"。

涅莫耶夫斯基认为,十九世纪是已经存续数千年的、以宗教为基础的文明终结之日。最终"镜片与眼睛"取得了胜利,而由此带来的结果就是"我们每个人今天都变成了演化论者"。但这位学者同时认为,科学的进步并非完美无瑕。由于科技的进步,新的观念也常常被强加于过去,从而造成曲解历史的事实。涅莫耶夫斯基写道:

演化论刚刚成为人类思想领域的一门学科,但它还不足以掌

---

① 彼得·赫梅洛夫斯基(1848—1904),波兰哲学家、文学史学家、文学评论家。
② 引用涅莫耶夫斯基的话。"那个世纪"就是密茨凯维奇生活的世纪,也就是19世纪。也就是说,一些解读密茨凯维奇的人在观点无法自圆其说时,就归因于时代对诗人的影响。

控我们的感情世界，因此我们也被置于一个更为艰难、更为奇特的境地。演化论的触角还没有触及艺术与诗歌的王国，对于我们道德行为的影响也尚未现端倪。我们的生活依然保留了很多过往世纪的痕迹，而且这些传统也不会很快消失，人类的法律体系同样也依然遵循着传统。此外，这个世界上也无时无刻不在发生着神学家与自然主义者之间的争战，为获得影响力的争战。从这个意义出发，我们还并非终极的人类，而只是尚处于试验阶段且并不太走运的一批新型的人类；是演化过程中的第一代人类；是介于昨天与明天之间的过渡阶段的人类。

一个具有传统思想的进步主义者总会带有些悲剧色彩。如果能够正确地理解涅莫耶夫斯基的著作，那么我们就会发现他的观点与多年后雅克·莫诺在《偶然性和必然性》一书中的看法是多么一致：由"万物有灵之传统"与"客观真理"（科学）之间的冲突而引起的后果是如此巨大，以至于人类无法承受。涅莫耶夫斯基假设存在一种反抗"新人类"的集体潜意识，也正是这种潜层意识在人类历史上世纪交替之时激发出了密茨凯维奇的那些天才之作。在这些作品当中，最具代表性的《先人祭》可算作是"古老哲学有力但终结的示威，是伟大但正消逝的世纪之哀歌"。旧时代滞闷地对着诗人反复吟唱，数千年过往的文明在发表告别演说，他们将遁入历史，让路于新世界的到来。

密茨凯维奇出生于偏远的内陆省份，理性时代的种种怀疑论当时还未曾波及那里。甚至连伯尼亚托夫斯基时代的华沙也与立陶宛的乡村截然不同。在大学期间，密茨凯维奇曾经接触过启蒙哲学，但它的影响转瞬即逝。实际上，近代科学文明出现之前的宇宙观也从未对作家的想象力造成过太多的影响。涅臭耶夫斯基甚至写道："在密茨凯维奇的时代，连有多少大学生了解哥白尼的理论都很值得怀疑。即使在大学里有相关的课程，这些知识也仅仅是被机械地塞进学生的头脑里。对于密茨凯维奇来说,哥白尼更像是一个天才的思想家,但是他的理论不但未曾触及前者的心灵,甚至眼睛也未打开。"

涅莫耶夫斯基认为,一个诗人只有拥有未被科学侵染的想象力(依然认为大地上面是巨大的天之穹顶),才能写出鸟的"翅膀被钉在天空之上"这样的诗句。在处于民族危亡和个人危机之时,密茨凯维奇始终能够书写自己的信仰,与现代思想截然相悖的信仰。因此,《先人祭》的第三部从表面上看似乎是一部政治剧,但实际上它的主题既非自由、平等,也非友情和民族独立,它所宣示的主题是:末世之预言。光明的力量与"巨兽"(沙皇俄国)战斗,而带来最终胜利的是彼得神父①在幻觉中预见的未来的"代表"。

涅莫耶夫斯基认为,所有的末世预言都具有政治上的含义,而密茨凯维奇,这个终生都在反复阅读《圣经》的诗人(虽然他放弃了波兰的天主教传统)可以轻而易举地将末世预言中的"古代巨兽"(古罗马帝国)替换为"现代巨兽"。再者,他国的国家机器在密茨凯维奇眼中具有双重邪恶的本质:因为它属于国家,更因为它属于俄罗斯帝国。

涅莫耶夫斯基认为密茨凯维奇的思想完全不是波兰式的,而且他对于当时普遍流行的一种理论,即应把波兰与立陶宛并列而置的观点,也是持赞成态度的。依据这种理论,希尼亚德茨基②的理性哲学认为波兰人天生优秀(部族理论?),而且波兰哲学界(哲学、数理逻辑中的利沃夫-华沙学派③)一直以来也都肯定这种观点。当时的

---

① 彼得神父是《先人祭》第三部出现的人物,他救了主人公的命,预见了救世主的到来,并预言了剧中的反面人物参政员诺沃希策夫和医生的死。

② 扬·希尼亚德茨基(1756—1830)和伊恩杰依·希尼亚德茨基(1768—1838)是兄弟,波兰哲学家、科学家。

③ 利沃夫-华沙学派是波兰的一个哲学、数学、逻辑学派,由利沃夫和华沙的一些学者组成,活跃于二十世纪二三十年代。二战爆发使其毁灭。这一学派的成员包括世界知名的逻辑学家塔斯基、数学家巴拿赫等。

波兰接受了密茨凯维奇几乎所有的思想，唯独不包括神秘主义，因为"主要生活于马祖里和小波兰省地区的波兰民族缺少接受神秘主义这一礼物的大脑"。涅莫耶夫斯基因此继续写道："在《先人祭》这部作品当中，当密茨凯维奇以爱国主义唤醒民众的同时，人们并没有接受作品中蕴含的哲学与深刻的宗教思想，因为他们对此全然不知，人们知道的仅仅是他有着宗教信仰。"

我们再来引用一段相当有趣的文章片断：

> 立陶宛是一个受神秘主义影响深厚的国家，波兰则截然不同。密茨凯维奇之所以成为一个典型的天主教徒和天主教哲学家，是因为天主教在波兰流传已久，而且并没有被自由主义的思想教育所驱逐。如果神秘主义在与非神秘主义的最后决战中败北，那么神秘主义也将失去其赖以生存的土壤，由天主教传统所提供的基础。这一预言自然是非常令人沮丧的。新神秘主义在我们当中已经出现（我猜测涅莫耶夫斯基这里指的是卢托斯瓦夫斯基①），而借助于一些伟大的思想家，天主教也将可能强势复兴。在民主化盛行的今天，人们更倾向于简单的思想而非复杂的概念。因此，对于追求光明的人们来说，唯物主义比新神秘主义更易被接受；勒南主义②比象征主义更易被理解。这些占据上风的哲学赢得了很多思想家的支持，其中的神学家和宗教人士也不在少数。

---

① 文森特·卢托斯瓦夫斯基（1863—1954），波兰哲学家，作家（活跃于"青年波兰"时期）。柏拉图是卢托斯瓦夫斯基主要研究的对象。此外，卢托斯瓦夫斯基还是将瑜伽引进波兰的第一人。

② 约瑟夫·欧内斯特·勒南（1823—1892），法国学者，以博学多才闻名。勒南主义是一种提倡广泛涉猎各种领域的行为准则，源自十九世纪中后期法国文坛对勒南、左拉的效仿。这个词经常被用作浅尝辄止或业余的同义词（带贬义）。

可以认为，理性主义的波兰与神秘主义的立陶宛，这种划分似乎只是为了诠释密茨凯维奇现象。对于波兰文学而言，密茨凯维奇是一个承载太多且可以碾压一切作家的人物，这也是为什么自斯沃瓦茨基起，一直到贡布罗维奇止，波兰文学界的主流都是对密茨凯维奇这位文坛泰山的反抗。通过指出立陶宛的落后（甚至与华沙相比也是如此），涅莫耶夫斯基回避了其他一些理论。从他的思想角度来看，立陶宛，这个位于欧洲边缘的国家确乎是最应当回响起已存续数千年之宗教"绝唱"的土地，与之相应和的是基督教与其他各种异教信仰的交响。

涅莫耶夫斯基有关密茨凯维奇的评论是否有些离经叛道？假使会造成这种印象，那只是因为在波兰很少有人公开承认自己是激进的自由思想者。多数人只是私下里实践着自由思考，但并不愿公开承认，因为那样会被认为是反对爱国主义。倘若不是这种自我审查，那么对于密茨凯维奇这一形象，与涅莫耶夫斯基持相同观点者绝对不会如此罕见。通过涅莫耶夫斯基的分析，很久以来一直不被理解的突兀与转折与密茨凯维奇的其他作品之间形成了统一，诗人的"突然沉寂"也因此具有了新的含义。之所以如此认为，首先是因为《洛桑抒情诗集》与《箴言集注》（《雅各布·波墨[1]、西里西亚的安格鲁斯[2]、克劳德·圣马丁[3]箴言集注》）这两部在语言和形式上褪尽铅华、返璞归真的作品集，这两部不再追求标新立异和凸显自我的作品集可以被称作是密茨凯维奇最伟大的宗教诗歌作品（要注意的是，波兰的

---

[1] 雅各布·波墨（1575—1624），德国哲学家，神秘主义者和路德宗神学家。波墨声称他的哲学是通过与上帝的交流发展而来的。他的思想影响了诸如黑格尔、谢林、叔本华以及威廉·布莱克等作者。

[2] 安格鲁斯（1624—1677），德国天主教教士，神秘主义宗教诗人，医学家。

[3] 路易·克劳德·圣马丁（1743—1803），法国哲学家，神秘主义者，马丁主义教派的创始人。圣马丁是第一个将波墨的作品翻译为法文的人。他在关注人的心灵演化的同时，也对通灵和斯威登堡的学说感兴趣。

学者对于《箴言集注》是多么忽视）。其次，密茨凯维奇没有采取进攻的姿态，像布莱克或者歌德那样与对手直接交锋。面对那些被形容为"实验室恶魔撒旦"的"学者"（玛丽·雪莱在一八一八年创作出版了《弗兰肯斯坦》），密茨凯维奇手中的武器是"爱与信仰"，而其他的诗人，在对手不断攻城略地的情势下，更多的是在嘲讽中寻找解救，直到嘲讽成为他们唯一的出路。密茨凯维奇并非成长于一个"讽喻盛行"的年代。诚然他曾经翻译过拜伦的作品，但他也翻译过伏尔泰的著作。密茨凯维奇既非拜伦式的诗人（实际上，与密茨凯维奇相比，拜伦显得太喋喋不休了），也不想了解那些"世纪病"①患者和"悲观厌世"情绪。倘若在《箴言集注》式的赤身前行之后，密茨凯维奇能够写出反讽的诗句，那是否会是如同波德莱尔《恶之花》一般的作品？这样一来，我们也就可以理解，为什么一个被重空谈和商利的文明所驱逐的灵魂会堕入对托维安斯基神秘主义的沉迷。实际上，托维安斯基主义对于密茨凯维奇在《先人祭》中就已呈现出来的思想几乎没有丝毫影响，至多是对其进行了进一步强化。再者，在离开托维安斯基的研究会之后，密茨凯维奇也没有改变自己的观点，一直到去世都是如此，他在许多私人谈话当中也都强调了这一点。

在密茨凯维奇人生的最后十年，当时欧洲文坛上诸多名号响亮的人当中，如今能立刻浮现于我脑海中的能有几人？那时的文坛上活跃着波德莱尔，他不但是诗人，也是艺术评论家；陀思妥耶夫斯基耕耘着，他创作了小说《双重人格》；有福楼拜，他在此期间写下了《包法利夫人》；另外，克尔凯郭尔的主要作品也产生于这一时期。换言

---

① 孕育于18世纪末法国浪漫主义文学中的一种典型形象，风行于19世纪初，蔓延于20世纪世界文坛。一些富有才华的人，悲观失望，在现实生活中找不到自己的位置，找不到生命的意义，这些人物形象代表了一代青年人的精神状态。这类形象可延伸到：世界儿、多余人、零余者等。

之,是那些"被剥夺了继承权的心智"在探索新的形式和风格。贡布罗维奇,这个在种种讽刺与嘲弄的滋养下成长起来的现代作家对于密茨凯维奇的看法从根本上讲与涅莫耶夫斯基一致,只是贡氏的观点并非如涅莫耶夫斯基一般宽容。按照贡布罗维奇的观点,密茨凯维奇那"孩童般迷信的哲学"令他蒙羞。相反,涅莫耶夫斯基则认为,密茨凯维奇是"千年之子",之所以如此称谓,是因为密茨凯维奇那些基于基督教以及基督教之前的宗教所形成的思想和哲学极其丰富并具有深刻的象征意义,对此需要诸多时间来加以探索挖掘。涅莫耶夫斯基的这种理论可谓与后世的荣格同出一辙。对于波兰文学评论界所缺乏的宗教素养,涅莫耶夫斯基感到悲哀,由此他也认为,在研究密茨凯维奇的领域,令人满意的成果不会很快出现。

第二十三章

　　面对不解之事,最好坦承自己的无知。密茨凯维奇的思想与作品之间,特别是与《先人祭》之间存在何种关联,我并不知晓。对于一部文学作品中所出现的灵魂和鬼怪,其中到底有何隐意我也不十分清楚。此外,我也不认为"密茨凯维奇之谜"这一概念会完全消失,至多是其内涵会有所转变。战前所出版的《密茨凯维奇全集》中的第十六卷收录了诗人一些谈话。传统认为,诗人是"神秘"与"奇幻"的创造者,如果我们否定这一点,那么密茨凯维奇的这些谈话便会让我们更加迷惑。密茨凯维奇具有强烈的信仰,他坚信基督教是未来之预言。在同霍奇科的谈话中,诗人表示雅各布·波墨是具有神性的预言家,他对于当今世界的基督信徒来说就如同是弥赛亚之于希伯来民族一样的先知。对于斯威登堡,密茨凯维奇则认为他对于灵魂世界的理解既不深刻,也不纯粹。斯威登堡的观点有时的确不凡,但多数时候却流于平庸。密茨凯维奇将这两位并非正统的、路德教派的信徒尊为基督教的先知①。此外,对于另外一个将信将疑的天主教徒,密茨凯维奇评论道:"克劳德·圣马丁对于雅各布·波墨有极高的领悟力。他生活于怀疑论、伏尔泰主义和卢梭思想并存的时代,生活在信徒处境最为艰难的时刻,他可谓第三个先知。"

　　先知可以预见到未来。难道基督教先知们的出现仅仅是为了预见

---

① 虽然密茨凯维奇是天主教徒,而斯威登堡和波墨都是新教路德宗的信徒,但前者依然尊后两位为先知。

基督教的终结？抑或是所有宗教的终结？并非如此。他们的确是所有堕落、崩溃和无序的目击者，但他们同时也是新世纪的预言者。科学为人类带来的不同的选择，并由此造成时代的更迭，对此，密茨凯维奇所尊崇的三位先知都有深刻的洞察。雅各布·波墨的思想直接产生于文艺复兴时期的炼金术①。十八世纪的斯威登堡反对后笛卡尔时期的极端理性主义科学，一些言论甚至载于其传记。斯威登堡原本是这一流派最具思想的代表人物之一，但他在经历了极大的内心转变之后抛弃了科学，转而投向神学的怀抱。另一位密茨凯维奇眼中的先知，克劳德·圣马丁则是启蒙主义哲学这一科学之盟友的反对者。由于对上述三位哲学家的崇敬，密茨凯维奇因此认为"被剥夺继承权的心灵"所承受的极大苦痛正是人类由正道堕入歧途的后果。这也是他为何如此轻视"新文学"的原因所在。密茨凯维奇所要面对的一个问题是：先知的传承。也就是说在他所生活的时代，谁才可以被称作"先知"。以我们当今的语言来描述，这就像一个巨大的悖论，它的一侧是偶然性，另一侧却是必然性。在此，这句话可以被理解为：一个人的存在，仅仅是出于偶然，而并非出于此人（而非他人）注定出现于世上的必然；抑或是，每一个个体的产生都是必然，因为这在诸世纪之前神的旨意中就已经注定。如果一个人想要通过寥寥数语来呈现当代人类所面临的所有焦虑与苦痛中最为核心的问题，那么上面这个难题绝对可以承此重任。那些认为自己的存在纯粹出于偶然和随意之人必然会选择无神论，诚然这种选择抽象性最弱，但同时也是最为痛苦的选择。有宗教信仰之人则面临着另外一种困惑，因为他可能被选择担任某种神圣的职责，贤者、圣人或者先知。而当某人需要赋

---

① 中世纪的一种化学哲学的思想和始祖，是当代化学的雏形。其主要目标是将贱金属转变为贵金属，尤其是黄金。后来又发展出不同的研究，比如制造万能药（例如阿佐特），寻获贤者之石以及创造人造人。现代科学表明这种方法是行不通的。但直到19世纪之前，炼金术尚未被科学证据所否定。

予自己某种神圣的任命时，这种困惑就会变得更加剧烈，因为他无法弄清这种神圣的自我任命是否仅仅是出于傲慢或者自大而产生的自我幻想。但是，所有这些预言家也罢、先知也罢，他们内心中所拥有的不曾动摇的信念是，他们承担着特殊的使命。这从密茨凯维奇所尊崇的三位先知那里可以找到证明。雅各布·波墨生前一直受到路德教派的迫害，且没有任何回报，但他却一直坚持独立编纂书籍，为的是将其学说传递给后人。斯威登堡则公开宣称，他就是《约翰福音》中所预言的劝慰者、保惠师①。圣灵选择他作为载体，在他的带领下新的教会②将由此建立，这是自圣灵降临耶路撒冷并与其门徒和信徒会面之后基督教最为颠覆性的转变。再者，被其同时代人称为"无名的哲学家"的克劳德·圣马丁之所以极为狂热和奉献，是因为他认为只有自己才是被任命者，而在这最为关键的历史时刻，他要修改那些百科全书编纂者的谬误。这种信仰，笃信神所赋予自身的使命与任命、在诸世纪之前就已经注定的思想对于二十世纪存在主义哲学，至少是无神论的存在主义哲学之发展是一个巨大的阻碍。人之所以是"自由"的，是因为他未被赋予任何"使命"，人存在的意义仅仅在于人本身。对于所有那些赋予自己的降生以某种神圣意义之人，萨特将他们称为"无耻之徒"。

这一蔑称似乎也应当适用于密茨凯维奇。骄傲与自卑，这相对立的二者一方面让密茨凯维奇赋予自己先知的身份，另一方面又让他追随安杰依·托维安斯基这位大师。但是，在密茨凯维奇这个例子上，即便是倾向于在那些先知身上发现某种自我欺骗的怀疑论者也应当保

---

① 据《约翰福音》，耶稣安排了一位保惠师，在圣父面前为基督徒代求，保佑基督徒不致失去救恩，并引导基督徒在人间遵行上帝的旨意。这个词语一般作为"圣灵"的同义词使用。

② 这一新的教会的名称就是"新教会"或"新耶路撒冷"，活跃至今。名人如海伦·凯勒等也是其信徒。

持谨慎。"可怖的伟人""代表""名为四十四的人"①，即使他们无法拯救欧洲的普罗大众，也无法说服波兰人民信仰他的宗教，但是其所拥有的，强烈的民族弥赛亚主义②却可以摧毁一切阻碍，连同他们的长矛与铁骑。先知们的行动也许并不能注定带来结果，但是那种拥有强大力量的感觉也并非自我幻想。

虽然密茨凯维奇所具有的民族弥赛亚主义毋庸置疑，但是关于他的宗教信仰却还是有些不明之处。因为密茨凯维奇所信仰的到底是否为罗马公教，并未可知。从任何角度来看，《先人祭》这部作品的真实内涵都应当是宗教信仰。一八四四年，在同瑟韦林·哥什钦斯基③的对话当中，密茨凯维奇清楚地表明了《先人祭》的主旨，虽然与他的诗歌相比，这显得有些像并不高明的模仿，但它的确通过另一种方式传达了与《先人祭》同样的思想。在对话中诗人这样说：

> 此刻我正在说的话并非是我头脑所臆造出来的，我也并非要向你们传授某种教义。我见过那个世界，我曾数次去过那里，我赤裸的灵魂曾经抵达那里。
>
> 那个世界与我们的这个世界并无二致；相信我，那个世界与这里完全相同。人死后并不会改变他所居之地，而会继续留在其灵魂所归之地；而这也是那些炼狱里灵魂的秘密。在那个世界你将依然生活在现世的灵魂之间，你必须要完成你在这人世间原本应该凭借肉身完成之事。失却了肉体的劳作极为辛苦，但你必须在那个世上劳作，而一切工具都被剥夺。在那个世上你要忍受五

---

① 《先人祭》中的词语，均指救世主。
② 在"瓜分波兰"的时期，波兰流传着这样一种弥赛亚主义思想，即波兰民族的地位是"欧洲的基督"，它像耶稣一样为诸民族受难，但最终会复兴。这一思想为密茨凯维奇等浪漫派诗人所传扬。
③ 瑟韦林·哥什钦斯基（1801—1876），波兰诗人、作家，和扎莱斯基同为"乌克兰派"的代表诗人。在流亡期间他结识了密茨凯维奇和斯沃瓦茨基。

百年的等待和哭号。

如果那个世界的灵魂能够被人类触碰到,这对于灵魂世界来说是莫大的幸福。那种感觉就像是这个世界上的人类听懂了狗的语言;这对于他们来说是个奇迹。这也是为何耶稣基督带着肉身降临地狱。

大师①虽然在这人世间行走,但他却在那灵魂之世界生活和劳作。大师所有的工作都起于那里也终于那里。

这话听起来不像正统的天主教。教士们肯定会对密茨凯维奇相当恼火,因为他们不可能赞同他的说法,可也反驳不了。他们最多只能强调说:"对于本分的基督徒,耽于这种关于来世的胡思乱想不应当。"既然教会传统中已有定论,就应该规规矩矩的。传统上对"来世"的思考中暗含着几条假设前提,其中一条是基督宗教中形式和内容不可分离。一切都是文本:《圣经》是文本,解读《圣经》的也是文本,圣礼还是要归于文本。这也是不可避免的。人生来就理解力有限,对神的认识也粗糙而模糊,因此就不得不被语言所束缚。天主教(及东正教)有一条教义:圣徒相通②。这条教义说,不论活人还是死人,都同属一个教会。它是战斗的教会(在这个世界上),也是受苦的教会(在炼狱中)和胜利的教会(已得救者的),三者联为一体。密茨凯维奇所相信的看似不过如此。然而,要是按照天主教的说法,这个永恒的社会共同体是依靠祷告而存在的。特别地,它需要死去的人和活着的人超越时间和空间的限制彼此代祷。祷告尚要遵照特定的仪式。谁会去灵魂的世界里完成信中所说的"工作"呢?哪位

---

① 即前文提到的托维安斯基。
② 基督教神学名词,指信徒通过洗礼与耶稣基督合成一体,全体信徒之间达成的团契。按照天主教的说法,全体信徒包括在世的和已经去世的,我们与天国诸圣和炼狱亡灵都保持联系。

圣徒如此勇毅？反观民间信仰，倒是有更多的"炼狱中燃烧的幽灵"向守护神求救的想象，比起天主教也更倾向于仪式、咒语和隐喻。

说起密茨凯维奇相信灵魂转世，我们只能无奈地耸耸肩了。据霍奇科记载，在一八四八年的一次谈话中，密茨凯维奇引证说圣徒保罗支持灵魂转世。跟上这种思路确实需要一番头脑体操。他这样说道："毕达哥拉斯①和柏拉图凭直觉感受到了它，但是保罗的书信揭示了灵魂转世的核心教义。让灵魂穿戴肉体是上天的恩惠，而获赠人类的身体更是无上的荣耀。此时，灵魂可以最为迅速地提升自己。与肉体合一的那一刻标志着灵魂的重生，它可以恢复到原初的完美形态。在看不见的世界里，如果要达成同样的目标就更耗时持久，也更艰难。"

有无数的证据确凿表明，密茨凯维奇相信灵魂的迁移，而那种人死则灵魂长眠或遭到永罚的说法他是拒斥的。上文所述的谈话中，霍奇科还记载了另一段话，看上去说话人或是狂傲，或是已经疯了："人的生命就像书中一页，明白了前面的，才能够真正读懂当下。直击原点，了解前生前世，一切都有赖于此。"应当注意，这段话是他已经离开托维安斯基的圈子后说的。之后，在一八五四年，处于生命尽头的密茨凯维奇这样对阿芒·勒维②说："灵魂离开了肉身但尚未进入下一段生命时，还会在尸体所在以及肉身曾经行止之处伫留，并附着在生前钟爱的物体上。我们触碰过的所有东西都会有我们灵魂的印迹。"

我一向景仰密茨凯维奇。得知他加入托维安斯基教派，以及他公开地大声传教的热情后，我总是略觉尴尬。在阅读关于密茨凯维奇的研究文献时，我总感到，这些研究似乎差点意思。那些研究者饱含敬

---

① 毕达哥拉斯主义的内容中包括灵魂不朽和轮回转世的主张，认为灵魂是不朽的，人的灵魂能够移居到其他生物体中去，而且可以循环往复地出现。
② 阿芒·勒维（1827—1891），法国社会活动家，犹太文化研究者，密茨凯维奇的朋友。

意地表示，密茨凯维奇宣告的观点来自于诗人的天马行空和激情澎湃，而其中实在无法评价的怪异想法，他们就归诸时代精神和环境造成的影响。我研究过陀思妥耶夫斯基的报刊文章，其中充满了弥赛亚主义和沙文主义①的疯话。而读过他的笔记本和草稿后，我们会发现，单单列出"作者的思想"是不够的，还需要主动深究背后的东西。历史上发生过许多事，但不是每一件都有相同的影响力，也并非共同指向某种单一的"客观"结论。无论在何种文明中，思想都是聚合为一体的。其中各种思想按照内在的逻辑相互关联成为网状。如果有人承认命题 A，那无论是否情愿，随之必须认同命题 B；而赞同 B 的也必须接受 A。如果我们做出了一种选择，我们选择的还有它后面那些不是一望即知的部分。举一个例子，欧洲发生剧变的宗教改革时期，马丁·路德激烈地反对兜售赎罪券，因为这种行径是非常可耻的。但他因此也必须抛弃代求以及炼狱的概念，并几乎从新教的教义中删去了圣徒相通②。这也就是说，使人不得不退入孤立的状态，和往昔与未来的世代都毫无瓜葛。另一个例子是，我们这个时代的意识形态。它规定了每一件事必然造成的后果，有一则有二三。因此，回到密茨凯维奇和他对灵魂的看法，我认为，浪漫主义的毛病在于它过于缥缈，而"灵魂转世"的概念正是这种毛病的集中体现。

从保罗的思想中得出灵魂转世的教义，这完全是信口开河。如果保罗对"转世"有什么看法，那也一定是反对。灵魂迁移的想法是动人的隐喻，也是柏拉图式的神话，希腊化文明乐于借着它丰富想象。而在许多教派都把这套诗意的神话传说提升为教义的时候，是基督教始终力图抵挡这种倾向。憎世、绝望、厌倦、冷漠，彼时种种情绪之强烈，绝不亚于二十世纪后半叶。那时的人常将肉体描绘为灵魂

---

① 原指极端的、不合理的、过分的爱国主义（因此也是一种极端民族主义）。
② 的确，今日新教教会所谓的圣徒相通，只是指活着的信徒彼此互融。

的牢笼，不论诺斯替还是其反对者普罗提诺①派皆然，由此可见一斑。与此同时，基督徒们坚信人在尘世的生命只有一次，实际上也就是在捍卫感官可知的世界的尊严。保罗提出"肉体的复活"这一信条，也就在基督教和所有直接或间接来自印度的宗教之间树起了一道永恒的屏障。笼统而言，两种冲突的态度是这样：一种是盼望人会完完全全地得救，连肉体也一并恢复、改变一新；另一种是相信灵魂会离体，从一具身体迁移到另一个。越倾向于前者，就越对后者无感。阅读"转世派"的文学作品，比如斯沃瓦茨基的《萨穆尔·兹博罗夫斯基》②，我们会顿生疑窦。那些灵魂体的出现太随意了，它们的飘忽似乎只是因为藐视物质的生活而受到的惩罚。肉身对于它们来说是囚笼，或者是按斯沃瓦茨基说的，是圣灵从泥里制造的。而这种轻飘的状态可以说是整个浪漫主义运动的标志。在那些用"墨水和迷雾"写成的作品中，梦幻常被当作想象，而幽默感却鲜见其中。密茨凯维奇甚至有一次对阿芒·勒维讲了这样的故事：黎塞留③相信自己下辈子会变成一匹马，因此在弥留之际的病榻上就已经吃起了干草。

虽然学者们对密茨凯维奇的思想进行过深入研究，但"灵魂迁移"从何而来，还没有人能下定论。在文献中没有与之对应的，连斯威登堡的书里也没有。皮贡④指出：在十九世纪初有许多法国和德国作家公开宣称自己相信灵魂转世。这观察不错。但他忘记了，对怀疑论的反感、神迹奇事、神秘仪式（"埃及会"⑤）在当时正流行，这些

---

① 普罗提诺（204—270），新柏拉图学派最著名的哲学家，更被认为是新柏拉图主义之父。普罗提诺主张有神论，同时主张神秘主义。他不是基督徒，但他的哲学对当时基督教的教父哲学产生了极大影响。

② 斯沃瓦茨基在1845年前后创作的一部诗剧。剧中将决定波兰命运的因素描述为一些历史人物（如主人公萨穆尔·兹博罗夫斯基）转世的灵魂的斗争。

③ 阿芒·让·迪普莱西·德·黎塞留（1585—1642），法王路易十三的宰相，天主教枢机，波旁王朝第一任黎塞留公爵。他在法国政务决策中具有主导性的影响力。

④ 斯坦尼斯瓦夫·皮贡（1885—1968），波兰文学史学家。

⑤ 同样出自维亚特的专著。

东西可能对任一个作家的思想产生影响。而密茨凯维奇这个例子的特殊之处在于，他早期作品中就已经有灵魂迁移的内容。比如说，《先人祭》的维尔纽斯－考纳斯部分①中，一个放高利贷的人死后变成了蠹虫，而曾经的官员变成了一群蛾子。他在这些形象中倾注了许多情感，看上去不像是学自书本，更像是继承自本民族的传统，比如说，是来自立陶宛民间仍保留的异教的象征，或者本土的传说故事。

《犹太百科全书》称，密茨凯维奇的母亲有犹太血统。这种说法有些牵强，但是也有一些证据（载于萨穆尔·谢普斯②一九六四年出版的《密茨凯维奇及其犹太亲缘》）。其中最重要的有这样两条。首先，《先人祭》中的救世主③有"外国母亲"，并且名字是"四十四"，而"四十四"是亚当的希伯来语写法的数值④。如果这位亚当就是诗人本人，那么这说明他的母亲是外国人。其次，克萨韦里·布拉尼茨基⑤做证，密茨凯维奇曾对他说："我的父亲是马祖里人，我的母亲则是新近改教的。我一半是西斯拉夫人，一半是以色列人，而我深为自己的血统自豪。"⑥密茨凯维奇的外祖父是个看园人，社会地位较低，所以说他母亲不太可能是弗兰克派⑦。一般说来，弗兰克派的成员都是贵族，比普通人身份高很多。不过，不管怎么说，密茨

---

① 《先人祭》的一、二、四部是密茨凯维奇在立陶宛的时候创作的，而第三部直到十一年后才在德累斯顿完成。

② 萨穆尔·谢普斯（1904—1999），是一位犹太复国主义者。

③ 彼得神父的梦。

④ 按希伯来传统，每个字母对应一个数值。一些学者认为，将亚当这个名字的各字母的值相加可得四十四。关于这个值是否真的是四十四其实还存在争论。

⑤ 克萨韦里·布拉尼茨基伯爵（1816—1879），流亡法国的波兰贵族。

⑥ 德国的日记作家卡尔·瓦恩哈根·冯恩瑟曾引述了一段与卡罗琳娜·耶尼施－帕夫洛娃的对话。对话发生在密茨凯维奇过世后。她说："密茨凯维奇是个犹太人。"——原注。卡罗琳娜曾是密茨凯维奇的情人。——译注

⑦ 雅各·弗兰克（1726—1791），波兰犹太宗教领袖，弗兰克派创始人。他自称是沙巴台·茨维和犹太民族之祖雅各的转世化身，执行上帝救世使命。1755年，他回到波兰，创立了弗兰克教派。

凯维奇确实受到了犹太文化的影响。来源可能是直接的，也可能是间接的（甚至可能来自于马丁尼斯·帕斯夸利①的弟子。帕斯夸利是葡萄牙犹太人，在法国建立了"神秘会"）。从哥舒姆·舒勒姆②的著作《卡巴拉及其象征》（一九六五年版）中，我们可以展开一种有趣的视角。引用如下："肉体在外在世界的历史中流离失所，与之对应的是灵魂从一具身体到另一具身体、从一种存在形态到另一种存在形态的流放。鲁利亚③时代之后的许多代犹太人都接受了转世理论，相信灵魂的流放。这种情况是前所未有的。""外在"历史中的大离散④对于犹太人是场灾难。西班牙的犹太人患难尤深。据舒勒姆观察，它促使犹太人形成了关于命运的这样一种解释：一个民族被驱赶到外族之中，就像灵魂被放逐到陌生的介质里。自十六世纪，伟大的卡巴拉主义者伊萨克·鲁利亚出现之后，这种说法在卡巴拉民间传说中就很常见了。

但是，不管是否来自犹太民间信仰，密茨凯维奇、托维安斯基、斯沃瓦茨基相信的转世，都很可能是对流放和孤立的状态的回应。这种流放不仅是政治意义上的，还是在智识和艺术的层面上的。密茨凯维奇自青年时期起就反抗希尼亚德茨基的"镜片与眼睛"，但是在他

---

① 马丁尼斯·帕斯夸利（约1727—1774），神秘主义者和神哲学家。他于1765年在法国建立了美生骑士团之宇宙的天选祭司（常称为天选祭祀团），其作为一个遵从常规美生会守则的团体存于法国。帕斯夸利是马丁主义创始人路易·克劳德·圣-马丁与尚-巴蒂斯特·惠勒莫的老师。

② 哥舒姆·舒勒姆（1897—1982），德国出生的以色列哲学家和历史学家。他被广泛认为是卡巴拉现代学术研究的创始人。他的亲密朋友包括瓦尔特·本雅明和列奥·施特劳斯。

③ 艾萨克·鲁利亚（约1534—1572），拉比，常被尊称为现代卡巴拉之父。他建立的卡巴拉体系称为鲁利安体系。

④ 即14—15世纪，欧洲犹太人遭到驱逐。其中较为典型的是《阿尔罕布拉法令》（也称为《驱逐令》），由西班牙联合天主教君主（卡斯蒂利亚的伊莎贝拉一世和阿拉贡的费迪南德二世）在1492年发布，命令驱逐卡斯蒂利亚王国的犹太人。由于《阿尔罕布拉法令》和前几年的迫害，超过20万的犹太人皈依了天主教，4万到10万人被驱逐出境。许多西班牙犹太人也逃到了奥斯曼帝国。

的一生中,"脑子锁进书里"的学者(即科学家和哲学家们)渐渐占了上风。而当他去世的时候,欧洲已经铁路遍布、工厂林立,人们也读起了现实主义的小说。那时已经有了许多大型摩登城市,有波德莱尔的地狱之城巴黎,还有陀思妥耶夫斯基在一八六二年造访后称之为"巴比伦"的伦敦。欧洲的心脏就在那些城市里跃动。而密茨凯维奇一直在发展自己的灵魂转世理论,一开始还是遮遮掩掩的,在《先人祭》先写成的几部里略有提及。但之后他就益发深陷其中,直到加入托维安斯基的宗教团体时大成。最终,他和波兰的浪漫派们、和时代精神分道扬镳。

基督教文明之前的古代象征中,懊悔的灵魂、夜间的鸟、飞蛾或昆虫,这些东西之间都没有什么区别。它们就像密茨凯维奇早期诗作里写的那样,可以互为同义词。但后来,灵魂变得更实体化了,具有自己的生命。发生类似变化的还有祖国。最初,立陶宛是鲜活而触手可及的,有故乡的景色、亲人、朋友。那时她的肉体和灵魂还是联为一体的。之后,灵魂脱离了肉体,成为纯粹的概念和表象,而最终化为一片高高在上的神秘。这里还应提及,密茨凯维奇、托维安斯基,以及追随他俩的斯沃瓦茨基,三个人最终全都坚信,《启示录》里"身披日头的妇人"指的就是波兰。

今天,虽然人们不大提及,但总是会承认,十七八世纪的波兰-立陶宛联邦是当时全世界犹太人最密集的地方。而就在这一族群中孕育着古往今来最非同寻常的宗教运动。一六五〇年后,由于相信弥赛亚已经降世在小亚细亚,有数以千计的犹太人变卖家产南迁。这位弥赛亚,或称沙巴台·茨维①,本是士麦那②人,最初也是鲁利亚派的卡巴拉学习者。同时还应注意到,波兰-立陶宛联邦与土耳其接壤,

---

① 沙巴台·茨维(1626—约1676),奥斯曼帝国的犹太拉比和卡巴拉主义者,自称为犹太人期盼的弥赛亚。

② 士麦拿或士每拿,即今土耳其城市伊兹密尔。

并且交通联系也很密切。下一位弥赛亚名叫雅各·弗兰克，可以算是沙巴台·茨维在十八世纪的继任者。他成长于塞萨洛尼基，后来有异象指引他动身去应许之地①波兰。在波兰，由于犹太会堂拒绝弗兰克派，他们就在一七五九年受洗为天主教徒②。弗兰克去世于一七九一年，离密茨凯维奇出生已不到十年。许多代以来，弗兰克派的成员只在内部通婚，他们关于大劫难的教义也秘不示人，而密茨凯维奇的妻子是弗兰克教徒，此事广为人知。另一种更重要的运动是哈西迪③主义，也是出自波兰－立陶宛联邦。它的创始人是来自喀尔巴阡山脉的巴尔－谢姆－托夫④。这样说来，除了波兰，欧洲还有哪个角落会产生弥赛亚主义思想，声称神拣选了一个受难的民族呢？密茨凯维奇相信波兰（虽然"波兰"这个概念当时尚未定型）就是新时代的以色列，毫不在意背后的矛盾之处。正如"灵魂转世"和基督教教义不相容，"神选民族"的观念也是与"新约"冲突的。在基督教的《新约圣经》中，新的旨意是上帝和以色列民族立的约被新的约定接替。这条新约⑤的缔结方是神与教会，而新的"以色列"就是教会。这种意义上的"以色列"毫无疑问是基督徒们会竭力维护的。但"神拣选的民族"则不可接受。密茨凯维奇把某个民族形容为"集体的基督"，不仅是与教义矛盾，甚至可以称为渎神。这和称上帝为沙皇一样严重。

下面的陈述来自霍奇科的记录。密茨凯维奇在一八四七年发表了

---

① 《旧约·创世纪》记载以色列人祖先亚伯拉罕由于虔敬上帝，上帝与之立约，其后裔将拥有"应许之地"。

② 当然，最后犹太教和天主教都不接纳弗兰克派了。

③ 哈西迪是犹太教正统派的一支，受到犹太神秘主义的影响，由18世纪东欧拉比巴尔－谢姆－托夫创立，以反对当时过于强势的守法主义犹太教。哈西迪是现代犹太教极端正统派的一部分。

④ 巴尔－谢姆－托夫（约1700—1760），犹太教神秘主义的拉比。他被认为是犹太教哈西迪派的创始人。

⑤ "新约""旧约"就是这么来的。

这样一段骇人而辉煌的讲话：

> 公元前三个世纪，人们迫害基督徒，称他们犯了"吃人肉喝人血"的罪。我们知道这只是圣餐礼的奥秘，基督徒们也是这样相信的。但异教徒们只是从字面意义上理解这句话，而不顾它的神秘主义含义，并且认为自己对食人罪判死刑是正义的。
>
> 今天，类似的事还在发生。令俄国害怕的无过于"波兰思想"（弥赛亚主义）。没有一个波兰人，哪怕是最卑鄙的、最奴性十足的，哪怕是那些严刑拷打自己同胞的波兰人，也不会全心、全部灵魂地和俄国佬联合。但当今的波兰人没有将"波兰思想"付诸行动。波兰人之于俄国人，就像耶稣之前的犹太人之于罗马人。

"波兰思想"和"俄罗斯思想"完美对应，只是结局相反。按陀思妥耶夫斯基的文章，"俄罗斯思想"是这样：有朝一日，欧洲会变成不信神的共产主义世界，其领袖是"赤脚教皇"①。但敬畏神的俄罗斯会与欧洲对抗，基督就在俄罗斯降临。

---

① 在陀思妥耶夫斯基的幻想中，这种未来的"共产主义"将以类似基督教的形式存在，因而其领袖与天主教的首脑对应，可以称为"教皇"。

第二十四章

你这波兰诗人,你不也是强行拖出密茨凯维奇的众人之一?不是你时不时说"每一行诗句都多亏了他";说"在现代诗人中,不管是波兰的还是法国的,英国的还是俄罗斯的,再没有谁的语言的简洁和力量能与他匹敌"?在此,我要澄清一件事。文学作品并非罩袍,揭开就能看到所谓的作者的哲学。它甚至不是故意织成的茧,用以包裹居于其中的实质。密茨凯维奇的文学创作和哲学思想处在两个不同的维度。后一领域的批评家无权对前者置喙。同样的,尽管在报刊文章中多有民族主义的狭隘观点,陀思妥耶夫斯基的文学成就并未因此降低。就仿佛评论家陀思妥耶夫斯基和小说家陀思妥耶夫斯基不同,是另一个人。

另一个人吗?不全是。在文学作品和作者的思想追求之间存在着联系,令人迷惑、高度复杂,因此我们需要检视这些追求,冀以帮助我们加深对作者的理解。在这里插叙一种自然现象作为类比。看到山谷雪景,看到滑雪的人、堆雪人的孩子们,还有檐下冰凌在阳光里闪闪发光时,可以说:"这冬天的景色无它,不过是水的一种形态,它终归是气温的作用。"这种说法是可以的,但它既正确又有问题。这一类比延伸到作者的世界观(不令人愉快的字眼),就是作品不必然体现世界观,有时,知觉的其他层次也会在作品中展现,甚至有时作者所写的可能与其"日常"公开宣称的矛盾。然而,虽然如此,虽然在密茨凯维奇研究中,他的世界观这一部分总被冠以"神秘主义",但他的世界观也不应被忽视。"神秘主义"在波兰语中有一个负面含义——"空想的"。使用这一名词标志着一件事,即若非极度迂腐,便是纯属懒惰:它假设"神秘主义",作为抓住不可抓住者之尝试,只可能带来窘迫,因此最好束之高阁。

陀思妥耶夫斯基这个名字持续在我笔下出现。这是因为人生短暂,而那些只具有文学性的文学渐渐不再吸引我。一部文学作品在其文学价值之外的重要性取决于其作者的哲学的重力,意即,取决于他对终极之事的热情带来的思想和创作之间的极度张力。我的目的是介绍欧洲文学的一种传统,为此,几个名字足矣。这种传统始自思维初涉"被剥夺继承权者的国度"——布莱克的"乌尔罗地"之时,在这个国度里,人只是可替换的数值。比这更糟的是,在他自己眼里、意识里,也同样如此。布莱克,还有至少是半心半意的歌德,是两位投入战斗的勇士,他们选择了出击而非抵抗。而那时密茨凯维奇还身在偏远的立陶宛,受她保护,未曾加入战斗。尽管外表看上去,甚至作者本人的意图也并非如此,《塔杜施先生》在本质上是一首"形而上学的诗",也就是说它的主题是日常生活中极少为人捕捉到的:物质世界的秩序反映(或如锁子般反射)纯粹存在。这里隐藏着"欧洲文学最后的叙事诗"① 的秘密,因为《塔杜施先生》并不仅仅是父权社会秩序的产物。在一八四九年这样的时间,仍然能对瑟韦林·哥什钦斯基说出"人类最重要的书籍是日历和祈祷书"的诗人,才能写出这样的作品。也就是说,作者铭刻于心的是仪礼的时间:农耕历和礼拜历。最终的,只有以圣礼标准测度的时间,而非机械的钟表时间,可以让我们相信事物的真实存在。日落或日出,煮咖啡或采蘑菇,从表面上看只是读者所见到的日常小事,但它们背后掩藏着许许多多深层的默认条件和共识。一段描写真实可信,源于读者和作者能够达成共识。这种认同可以复苏描写、支撑描写。正是这种认同,而不是对细节或者色彩和谐的忠实,造就了一些荷兰画家。诗歌运动

---

① 切斯瓦夫·米沃什本人在其《波兰文学史》中对《塔拉施先生》的评价。

"象征主义"已使我们对"象征"一词的含义产生偏见了。若非如此,我们甚至可以宣称:索普利查花园①的黄瓜和西瓜也符合上述条件,配得上被称为"象征"——既是完完全全存在的自身,又非自身。密茨凯维奇本人,在完成《塔杜施先生》后立誓不再"在琐屑之事上浪费笔墨",甚至把这作品当作"消遣"而忽略,无疑会对我们的解读提出异议。然而我们要提出两条理由为自己辩护。其一,《塔杜施先生》与他的《罗马抒情诗》和《先人祭》第三部同属一族,是形而上学的和宗教的诗歌。艺术家们使用的表达形式和惯常的风格总有延续性,就仿佛始终沿着同一条矿脉挖掘。密茨凯维奇这位诗人也不会像开关水龙头一样,轻而易举地在不同的形式和风格间切换,否则,"密茨凯维奇之谜"就真的无法可解了。其二,文学教授们,纵然使尽浑身解数,也从未能解释"为何我们应当喜爱《塔杜施先生》"。确实,若只停留在表面,这段故事好似出自沃尔特·司各特②,满满都是蠢行,实难配得崇拜——同时,由于翻译成外文损失了表面下隐含的信息,外国人有充分的理由怀疑,我们是否言过其实。不仅仅是外国人,波兰读者也因为他的作品过于质朴,而转向更有"深度"的作家,如斯沃瓦茨基、克拉辛斯基③、诺维德④。尽管这些人作为诗人,无一能与密茨凯维奇相提并论⑤。

陀思妥耶夫斯基属于另一个时代,他的主人公——说教的知识分

---

① 《塔杜施先生》中的地名。
② 沃尔特·司各特(1771—1832),18世纪末苏格兰著名历史小说家及诗人,著有英格兰历史小说《撒克逊英雄传》(或译为《艾凡赫》《劫后英雄传》)等。
③ 齐格蒙特·克拉辛斯基(1812—1859),诗人和剧作家,波兰贵族,与亚当·密茨凯维奇和尤利乌什·斯沃瓦茨基并称波兰三大国家诗人,影响波兰政治、民族意识。克拉辛斯基的代表作有《非神曲》《伊里迪翁》等。
④ 齐普里安·诺维德(1821—1883),波兰浪漫主义诗人、艺术家,与斯沃瓦茨基、肖邦等人为友,有时被誉为波兰第四大国家诗人。诺维德的作品在波兰广受赞誉。
⑤ 这只是米沃什的一家之言。实际上这三位诗人相当重要,可以与密茨凯维奇相提并论,并且实际上总是被人拿来与密茨凯维奇相提并论。

子们，苦于不再拥有使《塔杜施先生》如此精彩的那个井井有条的大地花园。如同他们的先驱，普希金的奥涅金和莱蒙托夫的毕巧林一样，他们都是地狱之城的居民，是被剥夺继承权者之国的居民。在那个国度里，所有人都堕为幽灵，为抽象化的智能的魅影。那些来自阴间的人，拉斯柯尔尼科夫、伊波利特·捷连季耶夫、斯塔夫罗金①、基里洛夫、伊凡·卡拉马佐夫，内心分裂，被"科学的世界观"所腐化，都是他们的创造者的血中之血、骨中之骨。而陀思妥耶夫斯基绝望地战斗着，从此产生的，是他非文学性的文学。不幸的是，文学在二十世纪已经和我们一样误入了歧途。

《先人祭》的前提是活人与死人之间的交流，是对圣徒相通的信仰。亡者恳求生者的帮助（《先人祭》中的仪式②）；生者救助生者（埃娃③，彼得神父）；亡者保护生者（"你母亲在尘世的德行"④）。这里的等次是三重的：一者是天堂，得胜的教会，善；另一者是地狱，被诅咒者，恶；在中间是炼狱，患难的教会，以及与之紧密相连的，人间，争战的教会，善而恶。善恶之争是不对等的；即或有人偶然被善的灵从沉沦中所救，即若善最终获胜，恶依然强大，善依然弱小。

不论是私下阅读，还是观看演出时，《先人祭》总能激荡人心。若想探究其缘由，必须进行自省。因为剧作的基本主题是面对不幸的人，而观者对此主题必须做出个人的回应。几乎每个人在不幸来临时都会震惊，如同什么事情虽然绝对禁止发生，却还是发生了。这就像是触动了生命中的不成文的条约。我们深信这一条约，它规定，无论经历怎样的困苦，我们最终都会得救。要是有谁打破条约，那至少应

---

① 《罪与罚》《白痴》《群魔》中的人物。
② 在《先人祭》中，亡灵回到人间请求"活人的解救"，先人祭第二部。
③ 埃娃是《先人祭》第三部第一幕第四场中出现的善良少女（与主线剧情无关）。
④ 《先人祭》主人公过世的母亲保佑着自己"叛逆"的儿子。

该有上级负责机构裁决那些违法者（是谁？）。我们感到上级机构的缺位是暴行。我们喊叫——持续多久要看个人的敏感度和个性。多数人的一生中都至少有过一次不幸的经历，诸如至亲之人的去世，罹患绝症，职场失意。但是，如果像我们当今世纪这样，见惯的是外国坦克开进家乡大街，那么人们就知晓了另一种不幸，公众不幸。最终，公众不幸的一切形式归于同一件事上：侵略导致的不幸，真实的或预感中的，内部的或外部的，也即制度化的力量对手无寸铁的普通人的征服。那个我们要上诉的上级机构是"世界"，是他族和他国。仿佛这还不够，那些他者，无论是公开的还是隐蔽的，总是站在胜者一边——投降者的投降是其无能的明证，因此不配得到关心。

古斯塔夫-康拉德遭遇了双重的不幸，个人的和公众的，后者正是以外国入侵的形式。的确，在古罗马时期，征服战争是军事霸权的自然结局，但即便是在今天，我们虽然已经见过野蛮的世纪，在读到罗马人对不论是高卢还是巴勒斯坦的抵抗者的屠杀时，依然感到不适。到十八世纪时，征服战争已经在欧洲绝迹了；瓜分波兰、布拉格区屠杀①、维也纳会议②上的交易，这些是先兆，预示着许久之后的时代的事件。

如果把《先人祭》中所有的政治成分都归入"爱国主义"，戏剧的许多重要部分就无法分析了。外国入侵激起的绝望情绪，只是部分来自"本土的"和"外国的"之间的对立。谁在还是孩子时，读到"高贵的印第安人被从其祖居之地驱离"时握紧拳头，谁就知道这是践踏公义，必须严惩作恶者。当罪犯不仅不受惩罚，反而在这世界的法则下如鱼得水时，我们感到这是道德之耻。由于难以定义的原因，

---

① 布拉格战役或1794年华沙战役是俄罗斯在1794年科希丘什科起义时，针对华沙最东郊的布拉格区的进攻行动。它被认为是针对布拉格区平民的一次大屠杀（被称为布拉格区屠杀）。

② 拿破仑帝国于1814年战败和投降后，从1814年9月18日到1815年6月9日之间在奥地利维也纳举行的外交会议。会上列强重新划定了领土。

波兰文化中有种乐观信仰格外突出：人们相信预先命定的、神所许可的秩序，它即便被违反，也不会太久。我在这里引用布热佐夫斯基的几句话：难道我们没有从波兰历史中学到，我们相信世界只能是悲伤时，实际上收获的是欢乐；而在以为自己注定要溃败时，最终取得了胜利？以及"透过那个民族的浮躁，能看到它深邃的思想内涵"。正是因为黑暗君王①的权利未获认可，外国入侵只能是一段激荡岁月，一场飞来横祸，一种道德上自然而然的不幸。

密茨凯维奇在很多方面是老派的，同时也是现代的。康拉德对上帝的指责，承袭了法国哲学家们指责造物主置芸芸众生于患难中的传统。这种责难一般源自个体的不幸，偶尔也由自然灾害造成的群体不幸招致。一七五五年里斯本大地震夺去了数以万计的性命，那一时期的哲学论辩就集中在此。康拉德引外国入侵与整个国家的沦陷为证，斥责上帝不是父亲，而是沙皇。这一行为看上去像是儿童式的肆无忌惮，顶多是大不敬。事实上，它的后果要严重得多，只要看看陀思妥耶夫斯基笔下担负同一问题的主人公就知道了。

冷酷却才华横溢的年轻人——伊凡·卡拉马佐夫，并不是个无神论者。若要描绘他的话，用无神论一词过于粗糙。他在纯道德的层面上废除上帝。对他来说，创世纪的次序在道德上根本站不住脚：

> 伊凡·卡拉马佐夫的问题的根源是一种虚假的俄罗斯式的感性和感伤，用仇恨上帝和上帝对人间的计划来表达对人类的虚假同情。俄罗斯人常常基于虚假的道德，成为虚无主义者、反叛者。一个俄罗斯人会为一个孩子哪怕一滴泪水而谴责上帝，撂挑子，拒斥一切价值和一切神圣之物。他不接受存在患难或受害者，然而，也并不为减少泪水做任何事，相反倒使泪水增多。他会促成

---

① 魔鬼撒旦。

一场将由无数泪水和患难支撑的革命。(尼古拉·别尔嘉耶夫①)

伊凡·卡拉马佐夫是《宗教大法官的传说》的作者一事绝非偶然。上帝被"废止"的那一刻，区分善与恶、真与伪就变为无根游谈；而自然，按照它的法则，成为新的全能者。耶稣三次受试探，又三次拒绝打破自然法则；因此，承诺给予人类幸福的大法官（"更正"②了耶稣），决计按照理性行事。意即，同时遵循自然和人性的法则。但是，这些法则处于死亡和毁灭的精灵的势力范围。相应地，大法官（这里指儿童的爱护者伊凡·卡拉马佐夫）必须把他治下的属民同时当作儿童和奴隶。

若称上帝为沙皇，康拉德就得自己提供一个无须神的怜悯却依然能够自我维持的宇宙；换言之，他就不得不重复伊凡·卡拉马佐夫提出的同一论调。或者赌宇宙是荒诞的，或者赌宇宙是有序的。康拉德忠于波兰传统，一种内在的抵触悲观主义的传统，选择了后者。这一选择只因他人的恒切代祷③而成为可能。密茨凯维奇的下一部作品，叙事诗《塔杜施先生》，成为这种选择的几乎逻辑必然的结果：一部书写其神义论的作品；一段对造物主的辩护词，因为他乃是大地花园的创造者。

通过陀思妥耶夫斯基来接近密茨凯维奇，使我们免于提及学术上的陈词滥调。一位俄罗斯人评述说："康拉德那种全能的感觉（在

---

① 尼古拉·亚历山大罗维奇·别尔嘉耶夫（1874—1948），具有世界影响的俄罗斯宗教哲学家，涉猎广泛，著述极丰。他以陀思妥耶夫斯基为主要思想源泉，创造了"自由基督教"哲学。重要著作有《自由的哲学》《历史的意义》《创造的意义》《人的使命》《人的奴役与自由》《俄罗斯思想》等。这段引文出自《俄罗斯革命的精神》，选自《俄罗斯思想》一书。

② 这是《卡拉马佐夫兄弟》中，宗教大法官的原话。他认为自己比耶稣更为正确，并且改正了耶稣当年犯下的错误。

③ 代祷的意思是代为祷告。信徒之间彼此代祷也是基督教的要求。"恒切祷告"（《新约·歌罗西书》）的意思是，具有恒心，殷切地祷告。为彼此殷切地祷告是《先人祭》中的内容。

'即兴'独白①中),和一些俄国小说的著名主人公在癫痫前的状态中所感受到的具有相似性:时间停止,好让癫狂的先知在这样的瞬间里一直漫游到神的宝座前,而倾倒的水桶里的水甚至还没有流光。"可以说,康拉德感受到高潮时刻的长度,与整段长达数分钟(甚至更久)的独白不成比例。有趣的是,如同《群魔》中的基里洛夫在他的入神状态中一样,康拉德在这样的状态里,也认为自己就是人而神者②。

若非其过于明显的异端思想,《先人祭》是本可以成为一部基督教戏剧的。也是同一种异端思想,污染了陀思妥耶夫斯基的报刊文章,甚至小说中的部分章节。这种异端思想抹除了宗教与"民族信仰"之间的界限。在《群魔》中,沙托夫宣告:"我信俄罗斯,信俄罗斯的正教……我信耶稣的圣体……我信他再来是在俄罗斯……"但当问到是否信上帝时,他回答道,"我……我会信上帝的"。只是个"我会信的"。尽管如此,陀思妥耶夫斯基还是用某种相当生拉硬拽的三段论法饶恕了沙托夫:热爱俄罗斯民族也就拥有爱德,仅此一点足以使他能够爱邻舍③和仁爱地宽恕,就像沙托夫宽恕他的妻子那样。《先人祭》里也处处是类似的论证,并在彼得神父所见的异象中达到顶点。被侵略的不幸可以使密茨凯维奇的头脑一时糊涂,我们虽然尊敬他的正当愤怒,却不能认同他的观点。一具集体的身体,被钉上十字架以赎全人类的罪?这个因为对民族的爱而被高举为"民族救赎主"的代表,"高于众民和众君王"的人是谁呢?诚然,斯沃瓦茨基在其《科尔迪安》④的序幕里表达的意图是讽刺性的,但他以戏

---

① 《先人祭》第三部第一幕第二场"即兴",即主人公康拉德的大段狱中独白,在这一场他抒发了自己的豪情和懊丧,并斥责上帝为沙皇(这也是全剧的高潮部分)。
② 能成为神的人。
③ 就是俗称的爱人如己。下同,不赘述。
④ 诗剧《科尔迪安》是斯沃瓦茨基的代表作,描写了主人公科尔迪安由一个多愁善感的青年成长为组织刺杀沙皇的革命者、最后失败的过程。一般认为这部作品是针对《先人祭》创作的,而科尔迪安是与康拉德截然相反的人物。

仿圣约翰的《启示录》的方式，解读了彼得神父所见的幻象唯一可能的含义。其中密茨凯维奇的身份不高不低，正是人子，是阿拉法和俄梅戛，是道。"灯台中间有一位好像人子，身穿长衣，直垂到脚，胸间束着金带。他的头与发皆白，如白羊毛，如雪，眼目如同火焰。"① 换句话说，一部关于得胜的基督教戏剧变成了一部关于败北的作品：彼得神父以驱魔仪式从康拉德身上驱赶走的魔鬼，技高一筹，进入了驱魔者的身体并口授了梦中的预言——这反讽……很遗憾，诗人本人却没有意识到。康拉德渴望成为人而神者，但在邻人的祷告的帮助下，他适时地退却了。但谁能拯救彼得神父异象中预言的那个自命的人而神者呢？

《先人祭》所呈现的戏剧空间是前所未见的。它是想象力的壮举，倘若不是超自然世界从始至终介入戏剧发展，想象力也就没有施展作为的空间了。有几桩之前或略过，或仅仅稍微预感到的麻烦，现在我们要谈一谈。剧中的灵体、天使和魔鬼，都是人格丰满的形象。赋予这些非人间的形象以扬声器，这种始自莱翁·席勒②的做法没有充分的理由。剧中的"魔法"，按密茨凯维奇的意思，都是看得见摸得着的，用以扩展戏剧的空间：剧中不仅仅展示了一系列不同场景之下的活人画，如墓地、教堂、囚室、维尔纽斯的沙龙、华沙的沙龙及其他，而抛弃传统的箱式舞台；还有将地表的水平运动和垂直方向的运动结合（在先祖们的仪式中，幽魂自上方降落，并在"教堂的天花板下"围成一圈）；此外还有地下世界的来客，带来他们族类所从属的"类空间"，而拓展了空间。

那些灵魂体究竟处在何种地位？从这个问题开始我们遇到了困

---

① 这段话原出自《启示录》第一章第14节，斯沃瓦茨基将其用在《科尔迪安》的序诗中，讽刺密茨凯维奇自命为救世主。（"人子""阿拉法和俄梅戛""道"都是救主的别称。）

② 莱翁·席勒（1887—1954），波兰戏剧导演、戏剧理论家，因其三十年代执导的《先人祭》等一系列戏剧名著而知名。

难。他们存在吗？读者或者观众，在不带偏见的思考后会说："对我们来说，在《先人祭》这部戏剧中，他们确实存在，和康拉德、参政员诺沃希策夫、医生等人一样地存在。"但如何将活人与虚构的人物等同呢？哼，古斯塔夫-康拉德又是谁，不也就是个虚构的人物吗？尽管确有忠实读者付款组织安魂弥撒，在显克微奇的《卫国三部曲》之外，难道还真有个龙金·波德比平塔①？或者，虽然"故居"外已经有了纪念牌，沃库尔斯基难道能存在于普鲁斯②的《玩偶》之外？同时，会有谁因为堂吉诃德或哈姆雷特"只不过"是虚构的人物而对他们嗤之以鼻呢？

在别的地方我曾写过，为何在这个意义上，但丁的《神曲·地狱篇》是一部令人不安的作品。一首在信仰时代写就的诗，默认是摒除关于灵界的"虚构"形象的。然而但丁笔下充满了借自古籍和神话传说中的形象。读者若想安然寻找和"中世纪头脑"的真正交流，很快就会恍悟自己被愚弄了，因为但丁在中世纪诗人会认可的真实存在之侧，置放从基督徒的视角看来毫无疑问是虚构的东西。《神曲》使我们疑心，终归，对于人或事物的真实性，我们其实并不能确切地知道何为"相信"何为"不相信"，疑心人类思维逃避对何为"真实"何为"幻想"，何为"按照字面上"何为"比喻中"做出最简单的区分。假如并非如上面想的这样，为什么鬼怪表演，即忏悔节③期间，扮作长尾有角的魔鬼的人群进行的渎神之举，在中世纪大行其道？而密茨凯维奇，请别忘了，是《达尔昌卡》④的译作者。这部诗集讲了一个僧侣的故事，他在妄图强奸圣女贞德时被一个骑士砍

---

① 显克维奇的小说《火与剑》中一位忠勇的骑士。
② 博莱斯瓦夫·普鲁斯（1847—1912），波兰著名的批判现实主义作家，意识流小说的代表人物之一。《玩偶》是普鲁斯的代表作，沃库尔斯基是小说的男主人公。
③ 忏悔节是圣灰星期三的前一天。参见第12章封斋期注释。
④ 原作为伏尔泰关于圣女贞德的长诗《奥尔良少女》，密茨凯维奇选译了其中第五首，命名为《达尔昌卡》出版。

了头，直接掉入地狱后，遇到了他的宗派的创始人圣道明，以及许多教宗和其他的圣徒。密茨凯维奇的叙事诗中同时也有这样的内容：例如说梅菲斯托在《图凯》①中荒诞不经的使节，或者《特瓦尔多夫斯卡太太》②中的魔鬼协议。说明了什么呢？还有，若应当严肃对待灵界之事，为何《先人祭》中的驱魔仪式一场中，魔鬼们吱吱叫，蹬腿，并用以法语为主的混杂的语言说话呢？在《先人祭》中，民俗故事里的滑稽魔鬼显然是用来揭示作品的乐观主义核心真义的。邪恶的灵貌似足智多谋又力量非凡，其实也不过是个蠢蛋；他越是充作搅扰者、败坏者、亵渎者的模样，越会自遗其咎。（亚当在离开乐园的路上，无视怜悯的上帝在他所行的路上铺撒的谷粒，撒旦却猜想它们暗藏什么有用的资源。）"它（魔鬼）以角犁地，播撒种子／用蹄子轻拍松土，又夯实地面。"③

好吧，尴尬的读者会说，那就假设《先人祭》中的灵体和其他的人物有同等的地位吧。但当舞台上的人活动时，我们知道他们代表的是地上跑的活生生的人，对待那些灵体也是如此吗？这问题不无道理。在密茨凯维奇年轻的时候，不论是诗歌、戏剧，或哥特体小说，各种文学体裁中喜闻乐见的是幽灵、狼人，以及天上和地上的精灵（比如水仙女、水妖），它们的存在性是约定俗成的。《达尔昌卡》中伏尔泰式的地狱也类似。但《先人祭》尝试了一种与众不同的安排：灵体拓宽了戏剧空间，并参与圣徒相通，后者继而超越时间和空间，

---

① 富贵有为的青年图凯即将病逝，魔鬼的使节提出，只要能找到可以性命相托的人就能重获生命。图凯表示找不到，魔鬼于是送图凯还阳，因为"找不到"就是正确答案。本诗收入《歌谣和传奇》。

② 炼金术士特瓦尔多夫斯基与魔鬼签订协议，以灵魂换取强大的能力。期满后魔鬼要求他履约，特瓦尔多夫斯基向魔鬼提出了三个不可能的条件，但魔鬼一一完成了。最终，特瓦尔多夫斯基表示，如果魔鬼能代替他和自己的太太过上一年就交出灵魂。魔鬼一看见特瓦尔多夫斯卡太太，就吓得逃之夭夭，再也没有回来。本诗收入《歌谣和传奇》。

③ 《先人祭》第三部第一幕第一场中的寓言故事。

成为历史中诸世代的相通。把超自然性和历史性这样炽烈地结合，并使二者彼此加强，这在世界文学史上是前所未闻的。在密茨凯维奇看来（见他在法兰西公学院的第十六次讲座），这样的结合是未来的斯拉夫戏剧的标志。由于浪漫主义与新浪漫主义时期的波兰戏剧是沿着密茨凯维奇的《先人祭》开辟的道路前进的，探讨密茨凯维奇笔下的灵体的存在性，应当通过对波兰戏剧的整体境况的比较而澄清。

剧作家韦斯皮扬斯基①是链条的最后一环。在韦斯皮扬斯基的作品中，开放空间和诸世代的相通这两个概念保留下来了，但根据基督教想象塑造的形而上学的一面则全然缺位了。韦斯皮扬斯基的神完全是民族性的，它就是波兰。他的其他神祇或幽鬼，或是寓言，源自他在克拉科夫读初中时受到的古典学教育，或是"灵魂自编自演的东西"；因此，譬如说在《婚宴》这样的戏剧中，各人物究竟是婚礼宾客还是幻象，其实无关紧要。显而易见，若一位现代作家借用了诸如帕拉斯·雅典娜、阿瑞斯或阿波罗这样的神话形象，那也只能是在比喻的意义上。而由于基督教几世纪来的影响，天国、炼狱或地狱来客才具有感召力，即使在民间传说和滑稽作品中也更具生命力。但是斯坦赤克和谢拉②源自何处呢？显然是民族史的书籍。比较两位作家，仅凭经验就能看得出，《先人祭》和韦斯皮扬斯基的剧作在本质上是不同的。"人民虔心相信。"③ 密茨凯维奇也这样虔信，因此说《先人祭》是一部规模宏大的神秘剧。

---

① 斯坦尼斯瓦夫·韦斯皮扬斯基（1869—1907），波兰剧作家、画家、导演、设计师。他采用象征主义手法，把现实与神话、写实与象征结合在一起，写出了不少独具风格的现实和历史剧本。其中较有名的有《华沙颂》《列列维尔》《婚宴》《解放》《十一月之夜》《审判官们》等。他的艺术主张对波兰戏剧和舞台美术的发展有着重要的意义。

② 斯坦赤克，波兰民间传说中的十五六世纪的滑稽宫廷弄臣。谢拉，19世纪的波兰农民起义领袖。

③ 《浪漫》中的诗句。

第二十五章

　　密茨凯维奇写作《浪漫》的时代，全人类里只有极少数听说过显微镜或"镜片和眼睛"。未被西欧的观念改变的，不仅仅是立陶宛和白俄罗斯的乡村，还有整个文明世界，包括亚洲、非洲，以及美洲的大部分。自一八二一年至今，"透镜文明"① 用技术统治了整个地球，也统治了其自身。在文艺复兴时期，有一首写罗马遗址的诗以多种语言流传，原文为拉丁语②，也有波兰语译文（如下选自森普－沙任斯基③）："那城市战胜世界时即为自身所胜/因其战无不胜。"诗句在此依然贴切，因为新罗马，也即地球国，以及它内部的衰退，与彼时的罗马如出一辙。典籍里充塞着的都是我们日益黑暗的前途，而这甚至令人发笑，因为猝不及防地，一切又掉回千百年来老掉牙的套路：权威家长发出禁令和警告，倔强的孩子任意而行，自食其果。见证于各种语言中的有格言、谚语："不听从父亲母亲，鞭子教你听话"；"自己铺床自己睡"；或者如福音书所说："凭着他们的果子就可以认出他们来"。我们也无从抱怨说，并没有收到劝诫和足够明确的警告，提示对十八世纪的科学和哲学做出的选择会导向何方。遗憾的是，这些警告往往扮作守旧者对所谓"进步的权利"暴躁发火的

---

① 即以显微镜和望远镜这两种透镜为代表的科学主义。
② 原始作者为意大利诗人贾诺·维塔莱。
③ 米克瓦伊·森普－沙任斯基（约1550—约1581），波兰文艺复兴至巴洛克时期的代表性诗人，使用波兰语和拉丁语创作。

模样，因此易于被嘲弄。在密茨凯维奇的时代，这两种倾向间的冲突被侯恩-伏伦斯基①（特别注意：他不能忍受那个"打油诗人"和他那伙"神秘主义分子"）②看作是"是"与"知"的原则之间的碰撞。这种碰撞大致对应世袭贵族遗老遗少和代表民意的共和党人，或者俄罗斯的斯拉夫派和西方派之争。密茨凯维奇的政治激进主义不能改变他的哲学完全是服务于"是"的事实。"在上帝的追悼会上/博学之士品咂他们自满的酒"——诗人在一八三〇年这样写道。几年之后："不敬神的人开始学起知识/当心了：这是杀手在寻找武器。"傲慢的中产阶级此时在西欧四处催要各种自由，要求给议会更大权力。这样的诗句，在以他们为对手的保守派听来定当悦耳。

密茨凯维奇把书呆子式的抽象和邪灵的活动等同——在他的《浪漫》，在《先人祭》，在《箴言集注》中——这不应被当作笑谈，正如不应如是对待陀思妥耶夫斯基在《群魔》中的魔鬼研究。但我并不是想说，应当把密茨凯维奇的这些章节看作一首对失落的天真的挽歌，或是对幻想中的前科技革命时代的田园状态的渴望。以信仰对抗理性，以主观性为避难所，对抗"客观"需求的压力以及服务于需求的行动。不管是前期的《浪漫》，还是后期的讥嘲、反讽和小说里的"复调"，他这套浪漫主义的策略总不大成功。想象力也许可以提供一种解救方案：不在于用它对科学进行指责，因为科学本身对于大荒芜不负责任，而在于用它建立一种不同的视角，其中人类以及世界都与现下不同，未被十八世纪科学及其现代后裔划定——歌德在发动他的"对牛顿的三十年战争"时就是这样设想的。

---

① 约瑟夫·侯恩-伏伦斯基（1776—1853），波兰数学家、哲学家、弥赛亚主义者。作为数学家以"朗斯基行列式"闻名。
② "打油诗人"和"神秘主义分子"指的是密茨凯维奇和他的追随者。

第二十六章

谈论斯威登堡意味着触犯一条波兰禁忌：作家不应严肃地对待宗教。有句套话被学舌者重复滥了。这句话本身就是惩罚："他堕入神秘主义了。"当然，总可以宣称自己是天主教作家，但这却要冒被人和诸如探险文学或少年文学这样的"劣等"文学联系起来的风险，另外，在政治上还会被认作右翼。检视二十世纪波兰文学，竟无一位诗人或散文作家逃得过这一划分。可能存在的特例寥寥无几，比如耶日·利伯特①勉强算是。还有马里安·兹杰霍夫斯基②，但他更重要的身份是教授而非作家；还有路德维克·科宁斯基③，但他没有名气，更像是个独立的思想者；也许还能举出博莱斯瓦夫·密钦斯基④，但他死得太早了。这并不是说，准宗教式的追求无人问津了。"青年波兰"时期的现代派人士和他们的追随者中就不乏其人。但只要读过一点基督教神学、哲学作品，都一定能发现这些人无论是对思想还是对文字都相当懈怠，例如说文森特·卢托斯瓦夫斯基，以及和他差不多的半哲学家，或是作品中杂糅着难以理解的旧时异端邪说的

---

① 耶日·利伯特（1904—1931），波兰诗人。
② 马里安·兹杰霍夫斯基（1861—1938），波兰哲学家，斯拉夫语言文化学者，历史学家。兹杰霍夫斯基也创作过一些"灾变论"诗歌。
③ 卡罗尔·路德维克·科宁斯基（1891—1943），波兰作家，文学评论家。
④ 博莱斯瓦夫·密钦斯基（1911—1943），波兰散文作家，哲学家。

塔杜施·密钦斯基①。莱希米安是个特例。但他作为"被剥夺继承权的知识分子",置身于犹太－基督教文明圈之外,这正佐证了我的观点。倘若从未读过法国的天主教哲学家的著作,我对波兰语文献的上述特征会更不敏感。而倘若不是对奥斯卡·米沃什感兴趣,我就更不会听说斯威登堡。不过这儿我得马上加一句,法国人,尽管有巴尔扎克和波德莱尔从斯威登堡身上有所借鉴,其实对斯威登堡同样所知甚少。奥斯卡·米沃什读的是英文版;我在美国,这里读斯威登堡、崇拜斯威登堡的人比所有别处都多,我很容易就读到了这位王室顾问的作品和关于他的二手文献。

在进入正题前我试图回答这样一个问题:为何研究斯威登堡是有益的。有许多最伟大的诗人和散文作家获益于他的作品。名单很长:布莱克与他在思想上一脉相通;歌德(以及康德!)是他的热忱读者;接下来是埃德加·爱伦·坡、波德莱尔、巴尔扎克、密茨凯维奇、斯沃瓦茨基;爱默生将斯威登堡供奉在自己的伟人圣殿里,置于柏拉图和拿破仑之间;陀思妥耶夫斯基的作品中可以找到对斯威登堡的共鸣,如斯维德里盖洛夫②的人物形象,以及神父佐西马的布道。这样明显的兴趣必有其原因。这原因与斯威登堡所处的借作品施以影响的时代的特异性也不无关系。他的作品引人入胜的想象的场景活灵活现。接下来的篇章将在具体处境里展示他的作品的特性。我称这种处境为"被剥夺继承权的边缘"。

在十八世纪末到十九世纪上半叶,斯威登堡读者甚众。勒杜托夫斯基把最流行的《天堂和地狱》翻译成了波兰语,但这本书最终没有出版。俄罗斯方面,要晚得多的,在六十年代出版了一些译作。今天,造访乌普萨拉教堂的游客仍能见到斯威登堡的灵柩,上面只有一

---

① 塔杜施·密钦斯基(1873—1918),波兰诗人,诺斯替主义者,剧作家,"青年波兰"时期的代表性作家。密钦斯基是表现主义和超现实主义的先驱。

② 《罪与罚》中的人物。

块标牌，写着："瑞典以他伟大的儿子为荣"。但除此以外，人们再不知道关于他的更多信息。倘若今时还有什么文人学者会去看他的著作，那也是出于职业责任感，例如，为了研究布莱克。情势（研究奥斯卡·米沃什）所驱，我成为一个例外，但我猜测，斯威登堡的复兴已经开始。不一定是以他本人会认可的理由：斯威登堡就像一个谜团，将其解决，则可以近乎彻底地理解人类如何进行想象的问题。

伊曼纽尔·斯威登堡（一六八八至一七七二）也是一位杰出的科学家。据称，他在地质学、天文学和生理学方面取得了卓越的成就。这当即在我们面前摆下了第一个障碍，因为要想恰如其分地评价他的成就，非得成为科学史学家不可。但他在科学之外的成就同样卓绝，这为我们摆下了另一个同样艰难的障碍。晚期经历内心转折后，斯威登堡着手给予基督信仰全新的诠释。相关成果数量惊人——著作卷帙浩繁，有几千页之多，全部以极为究究的拉丁语写成。这些作品的集合（迄今我也只读了一部分）如同镜子迷宫，各种矛盾的情绪在其中漫荡：嘲弄突然转为敬畏、拒斥转为赞同抑或反之、珍奇变成冗长乏味、接纳变成断然拒绝。有一件事是确定的：斯威登堡模范式的生活，他履行公民和社会职责（作为皇家矿务局成员）时的兢兢业业，谨慎细致的工作习惯，待人的善意，真实无欺，还有和蔼可亲的为人。这一切都将他与江湖骗术隔绝。爱默生，向来不吝啬给予斯威登堡赞美，暗示说斯威登堡的精神疾病是逾越可能的界限必须付出的代价。仿佛在提醒人们，不存在没有缺陷的伟大。二十世纪，如我所说，忽视了斯威登堡。卡尔·雅思贝尔斯在他关于精神分裂症的著作[①]中，辟一章专述斯威登堡，与关于荷尔德林、凡·高和斯特林堡的章节并列。但雅思贝尔斯的诊断很小心，因为斯威登堡的病情仅在他经历个人转折点的时段，一七四三年至一七四五年间出现。此后他的生活又归于宁静，绝无任何人际交往不协调的迹象，因此，与荷尔

---

① 书名就叫《斯特林堡与凡·高》，无中文译本。

德林的情况不同。

　　介绍斯威登堡,绕不过几件人尽皆知的事,这些事他本人也加以宣传。我就由此开始。基于他本人的见证,他从上帝那里接受了把自己传送到超物质世界的恩赐,并且自如地生活在两个世界约三十年之久。他的作品是对这段超世俗远足的记录,也是对他的灵魂在天国的三重世界里所见所闻的见证。在西方文明史上,这是《神曲》之后的第一部类似作品。尽管斯威登堡,瑞典的路德宗①牧师之子(从父亲那里他得名伊曼纽尔,意为神与我们同在),对路德宗神学和天主教神学同样挑剔,他的思想还是更接近新教,因此在他的神学系统里不存在炼狱②。他的三重世界是天堂、地狱和位于二者之间的"灵界"。所有灵魂在死后都去"灵界",在那里,灵的真实意图(爱)不知不觉地逐渐显明,到那时就知道是该上天堂还是下地狱。在风格上,斯威登堡式的现实主义可与早期英国小说相对照,例如笛福的《鲁宾孙漂流记》。考虑到原书的主题,这种现实主义会时不时地产生喜剧性的效果;引用爱默生的话说:斯威登堡的异世界居民总让我们想起精灵和矮人。如书名《灵界见闻录》③暗示的那样,这些报告式的文段表明奥斯卡·米沃什这位认真的读者提出的问题是有意义的。在《真正的基督徒》(奥斯卡·米沃什的私人藏书)的页边,他写道:"……作品包括两部分:其一是在灵性世界中启示的,另一部分则是在自然世界中以神学—哲学系统的形式构建的。二者孰为先?是在系统构建前就有了基于回忆的事件记录,还是先有的系统?作品

---

　　① 以马丁·路德的宗教思想为依据的各教会团体之统称,因其教义核心为"因信称义",故又称信义宗,它是德意志宗教改革运动的产物,由马丁·路德于1529年创立于德国,这一新的宗派的建立,标志着基督新教的诞生。
　　② 天主教认为人间以外的灵魂世界由地狱、炼狱、天堂组成,而新教只承认地狱和天堂,否认炼狱的存在。
　　③ 意为对值得纪念之事的记载,本书又称《灵界日记》,这本书与《真正的基督徒》有中文译本,但没正式出版。

是基于灵魂真正的见证还是观念？——因为这些'记录'看上去像是用寓言的方式创作的书证。"

这一问题直指核心，但回应以定论则具有无法克服的困难。作家斯威登堡很可能受限于十八世纪的惯例，其中包括使用"伪回忆录"或"伪日记""树洞中的手稿"这样的道具来证真。在他对神学材料的艺术处理中，这种惯例的作用不可忽略。特别是，斯威登堡不厌其烦地记录另一个世界里的神学争论，其实是具有非常现实的目标的：争论中落败的一方，正是作者在这个世界的论敌。但同时，在开始写书前，斯威登堡笔下的具象描述中表达的观念也在变化。在发生个人转折的一七四三年至一七四五年间，斯威登堡常常见到异象，并与已经死去的人对话。那时他的系统尚有待阐述。此后，异象与后续的几卷呕心沥血之作步调一致。可以这样理解，那段转折是受到巨大压力的后果，是一个受过良好教育的头脑落入其自身的陷阱时产生的。在以梦境和异象填满之前的智力框架后，斯威登堡才从陷阱中脱身。

如同密茨凯维奇的序诗《浪漫》中的卡露霞，斯威登堡忽然看见了一个超感官的世界。但是那些相信"镜片与眼睛"的智者在理解斯威登堡时遇到了比理解村姑更多的麻烦，因为斯威登堡本该和他们一起，却与卡露霞为伍。如果说卡露霞是因为丧失了亚西而精神失常，以致和亡魂交谈，斯威登堡就是因为另一种巨大的、关乎所有人的丧失带来的恐惧。普罗大众或是文盲或是半文盲，对此只是模模糊糊地有些感觉，而斯威登堡的不安对他们来说还太过陌生。但是，斯威登堡是欧洲科学精英的一员，他非常清楚，自然，作为数学关系的集合，已开始在受教育者中间篡夺上帝的地位。宇宙是牛顿式的绝对虚空的空间构成的无穷（甚至连笛卡尔空间中填充的旋涡也被抛弃了），其中旋转的行星和行星系统是如此复杂，以至头脑都吃不消了；由是，始自"地心说"被抛弃，人类失位的过程终于完成了。可是基督信仰已经把地球和人类置于宇宙的中心。现在，人们依然在口里承认宗教信仰，可是心里已经不信了：斯威登堡，忠于理性时代，认为人不可能信仰与其理性相悖的事物。在他看来，基督信仰已经日薄西山。人类历史面临重大转折，在这一时刻，见证真理、传播真理的重任骤然落到他的肩头，正是他，被膏立①为开启新时代的弥赛亚。

斯威登堡唯一的瑞典语作品是他在转折时期的私人日记②（我这里看不到）。据称，其中记载了他的梦和幻想中充满情欲的一面！天赋强大的感官体验能力，同时虔诚而自制，于是他如同许多禁欲者一样，经常落入自相矛盾导致的困扰中。斯威登堡笔下的图景中，情欲的色调是显然的，而他的教义的中心当然无疑是"天人③的性"了。但上面这类时兴的解释其实离题颇远，因为他的神学著作恰恰明确指出了他真实而戏剧性地接手的任务，以及他反对的是什么。

这就是：他要反对什么？在接到启示他的呼召之后，斯威登堡开始年复一年地自费出版著作。在科学共同体，特别是瑞典这样一个小国的科学共同体中，拉丁文依然是通用语言。斯威登堡和他的同辈，自然学家林奈一样，也使用拉丁文。但他著作的读者们，所有那些被启蒙的、喜欢哲学的夫人，那些在沙龙里妙语解颐的雅士，或是略知，或是全然不懂拉丁文。他们需要代以新的国际语言——法语。但显而易见，斯威登堡无意于现世的效果，也无意于公众的赞扬。如果他的使命是结束人类历史的一个时代而开启另一个，把思想记录在纸面上就足矣。他坚信，他的书无论如何都一定会获胜：在与当时的思想的较量中获胜。

他接手的任务是为基督信仰抗辩。对象不仅包括无神论者和自然

---

① 希伯来人一种特别的宗教仪式。
② 书名《梦日记》，无中文译本，在其死后由他人整理出版。
③ 天人，又译天使。考虑到斯威登堡理论中没有通常意义上的"天使"，这里使用"天人"一词以避免误解，下同。

神论①者，也包括基督教神学家。一百多年前，数学家布莱兹·帕斯卡已经凭直觉感受到了欧洲思想将走的路，也给自己布置了类似的任务。短暂的生命使他未能将其完成，只剩残篇流传至今，名为《思想录》。帕斯卡思考的主题是如何解析人，与追随古典哲学家的人文主义者关心的一样。假如人真如那些人文主义者所说，如此理性、如此与宇宙计划密不可分，那么人类根本用不着什么《启示录》，当然也不需要什么圣经信仰。但相反地，帕斯卡指出，那根"会思想的芦苇"②，是两种互相矛盾的特性交汇而产生的非凡结果，它与所有其他生灵，还有寒冷的星际空间都格格不入。因为整个宇宙中唯有它具有意识，然而同时因为天性，也就是身体内的动物性，又不晓得自我管理，也不能自给自足。帕斯卡有种摩尼教式的对自然、对一切"此世"之事的不信任，这使他在悲观主义者中备受尊崇。也就是这些悲观主义者，在后世开始鼓吹"高尚的野蛮人"③的善良本性时，回以尖锐的讽刺。帕斯卡对基督教的辩护是人类中心主义的，因为他说：人这种独特现象的"反自然性"是意识。

斯威登堡以类似的方式继续。不过，我们不必因此就去寻找他们共同的风格或思路。尽管因杨森主义④而与正统分离，帕斯卡内心依然是一个天主教徒，而斯威登堡明显是根植于新教传统的。此外，斯威登堡远超过"神秘主义者"这个称号所指，而是确凿无疑的启蒙

---

① 自然神论是在17到18世纪的英国和18世纪的法国出现的哲学观点，认为上帝创造了宇宙和它存在的规则，在此之后上帝并不再对这个世界的发展产生影响，而让世界按照它本身的规律存在和发展下去。

② "人是会思想的芦苇"是帕斯卡的名言，出自其《思想录》。

③ 卢梭提出的一个术语，指的是文明与政府出现之前的人类。与霍布斯的处于自然状态下的人是野蛮的观点不同，卢梭声称，即使他们是野蛮人，他们也是高尚的野蛮人。他认为，在自然状态下的人是自由的、爱和平的、单纯的、独立的和快乐的。他们忠于人性，没有我们的文明造成的种种弊病。

④ 罗马天主教在17世纪的运动，是由康内留斯·奥图·杨森（1585—1638）创立，他是荷兰乌特勒支省人。其理论强调原罪、人类的全然败坏、恩典的必要和预定论。帕斯卡是杨森死后该理论最重要的支持者。

运动之子（十九世纪的亚历山大·阿克萨科夫①，斯威登堡的俄语版译者，著有题为《斯威登堡的理性主义》一书；亨利·詹姆斯②，《宗教经验种种》的作者威廉·詹姆斯和小说家亨利·詹姆斯的父亲，也强调了斯威登堡的教义中理性主义的部分）。斯威登堡的句法中偏爱对称、平衡和稳定和谐的结构，这是值得称道之处。甚至可以据此说，他将"几何学精神"具象化的程度更甚于数学家帕斯卡。

斯威登堡的关注点在于人类独有的财富：书卷，既指神所默示的《圣经》，也指在一般意义上的语言。他着手为人类解码新旧约中的词语，并发现了《圣经》的三个层次、三重意义：字面上的，灵意的和属天的。同时，他把解码的范围扩大到一般的人类语言，因为人正是用语言来展现其最高的力量——想象力的。

宇宙完全是为了人创造，为人的使用所设的。不仅仅是地球，无数的行星上也充满人类。但肉眼可见的世界只是灵性世界的投射，我们在地球上以五觉感知到的一切，都是"对应"，都相当于灵性领域中处于某状态的事物。我有意回避诸如"象征"或"隐喻"这样的词汇，因为它们已经被用废了，另外，它们的应用范围也不总与斯威登堡的"对应"所指的相重合。有些鲜花、走兽、树木、景致、面容看起来美，而另一些走兽、景物、人却是丑陋的，这来自于它们灵里的价值。也就是说，形状、颜色、气味，具有和词语相似的作用，并且丰富了人类语言能使用的材料。这里斯威登堡承袭自中世纪，凭借的是柏拉图式的公理："如其在上，如其在下"③，意为受造物整体

---

① 亚历山大·尼古拉耶维奇·阿克萨科夫（1832—1903），俄国作家、翻译家、记者。"斯拉夫派"的知名作家谢尔盖·阿克萨科夫是他的叔叔。

② 亨利·詹姆斯（1811—1882），美国哲学神学家，信奉斯威登堡学说。

③ 在赫耳墨斯主义中，炼金术与占星术、神通术等一起例为"全宇宙三大智慧"，它们由一位名为赫耳墨斯·特里斯墨吉斯忒斯的传说人物开创，所以他被看作是炼金术师的始祖。传说他将炼金术的知识浓缩为 13 句话，雕刻在一块祖母绿宝石板上，流传人世。人们称这段文字为"翠玉录"。"如其在上，如其在下"是其中一句，意为外在的宇宙和人内在的"宇宙"是对应并且统一和谐的。

是一种语言，是神对人说话时用的两种语言之一，另一种是《圣经》。这就足以解释为何斯威登堡如此关心艺术的本质。事实上，他的体系就是一种"美而上学"（这一词语是奥斯卡·米沃什形容斯威登堡时所造）。但这不是全部。斯威登堡出现的历史关头，整个空间秩序都被颠覆了。首先是地球丧失它的中心地位，然后是虚无的星际空间拓展到无穷。可假若没有什么物质性的空间承载天堂和地狱，基督教观念就难以为继。早在公元四世纪，尼撒的圣格里高利①就指出，当时流行的地狱形象可以溯源至异教传说，并哀叹说，相信哈得斯式的地狱对于基督徒来说是不得宜的。然而多少个世纪过去了，人们依然顽固地相信这类冥王式的地狱②。但丁的《神曲·地狱篇》展示了，这样的地狱形象强烈地依赖于地球的中心性和关于地下的空间的观念。

斯威登堡重建了空间。但以何种方式呢？假如有谁认为他的非物质的世界也具有物质空间性，认为他使用的每一个动作词都是字面意义上的："升上""来到""着陆"等等，那将把斯威登堡降为一个平平无奇的精神错乱者。事情远比这复杂得多。一边是洞穴，遍布硫黄气的荒原，破败不堪的贫民窟外，堕落者在街上刀兵相向，地下苦工房里，罪犯终日劳作只为糊口；另一边是附带美丽花园的天国房屋，度假者，古树丛中的亭台——这一切的构成都与《爱丽丝漫游奇境》的小女主人公所遇到的具有全同的真实性。一个人的内在状态由他的意志（爱）决定，是与他在这个世界上的感官体验对应的；但是并不存在"客观的"来世，也就是说，"客观的"只是人性中的

---

① 尼撒的格里高利（约335—395），又译贵格利，基督教早期教父，具有重大影响力。尼撒的格里高利的思想深受新柏拉图主义的影响。他的著作是三位一体教义的基础解释之一。
② 即世界各民族传说中常见的阴曹地府类的地狱。

善与恶。"是如何则见如何"①：因为，整个自然都是由符号组成，这些符号现在慢慢活了起来，组成了书写欢愉或痛苦的字母表。斯威登堡的空间是内在的。因此，他在历览灵魂世界时对各种情景所做的细致描写，属于他的著述中阐释例证那一部分。但是我们的想象力总有安置的倾向，把一个对象参照其他对象放置。比如在绘画和诗歌，甚或音乐里，其中声音的时间序列具有显然是建筑性的，也就是空间艺术的特征。内在空间在这个意义上并不是幻觉，正相反，它仿佛变得比那个物质的、具有时-空关系的空间更真实了。虽然斯威登堡未曾高抬艺术的地位，但既然他的客体总是对应于主体，这样就褒扬了艺术家的作用。布莱克立即心领神会其中精义。那么布莱克对"想象力的"永恒生命的信仰到底是什么意思呢？正是这个——创造行为在很大程度上是"来自身体的释放"。而照此类推，想象力的工作（也就是圣灵的感动）是先觉的，是脱离拘束的想象力的先兆，它在物理的实体之外，也在自然之外。在布莱克看来，斯威登堡的天堂和地狱与但丁是一样的，也就是说，同样地真实，因为同出于想象。

所以说每个人依其主观创造了各自不同的内在空间，因此，可知存在无数的天堂和地狱。但是，既然道德秩序（或导向造物者，或导向其反面的意志）是恒常的，所有这类空间都汇聚于中心的灵性太阳（我们行星系统中的太阳是它在我们的语言中的"对应"）。斯威登堡是如何从主观的状态中推导出一张异世界的地图？这事并不清楚。如果"是如何则见如何"，这些地形出自他的哪个部位？每个人的空间难道不该是不同的吗？不一定。被诅咒者见到的所有东西当然都是异变的，但是居于真理中的人，比如斯威登堡自己，持有内在的

---

① 按照斯威登堡的理论，不同的人在"灵界"见到的景象是不一样的。譬如说精神层次高的灵体能见到事物更多重的面貌，内心更美好的灵体见到的景色也更美，等等。

指南针，标记那块幻象之地。在那块地上，空间只在类比意义上是物理空间。那块地，如"高贵"和"低贱"两词暗示，是垂直结构的。与上帝那个灵性太阳越接近，在天界的位置就越高。中途的是灵界，它和地上世界如此相似，以至于新来的人甚至很难发现自己已经死了。最下是地狱。斯威登堡揭露了一个了不得的秘密：天堂整体，也即许多个体生成的微小天堂的集合，形状如巨大的人子。宇宙被创造的唯一目的，就是使来自无数行星和行星文明的灵魂可以居住于天堂。（斯威登堡的天人和魔鬼就是得救者和受诅者，其余他一概不认。）

这里必须要澄清一个严重的误解。不需列举托维安斯基和其他波兰浪漫派借自斯威登堡之处了。读到斯沃瓦茨基这样的话："一切都为圣灵所造，且为了圣灵所造，无物为肉体的目的存在"，可能我们也会觉得它颇像斯威登堡式的格言。正相反，除了表面上的相似点，斯沃瓦茨基和斯威登堡迥然不同。后者可能是怪异的，可他的观点都是条理清楚的，只需抓住他的论述的脉络，就可以完好地把握整体。如果说那条波兰禁忌（"他堕入神秘主义了"）是因为实证主义知识精英反感斯沃瓦茨基的哲学类文章和类似作品，那它只是错在对不同本质的鉴别力不足。斯沃瓦茨基的哲学散文给人一种热病谵妄的印象，尽管有零零散散的佳句，还是实在地难以卒读。不仅仅是波兰的，所有的浪漫派都误读了斯威登堡的"灵性"（只有布莱克是个例外），这也就是为何巴尔扎克的《塞拉菲塔》①，一部意图成为斯威登堡式教义的小说—讲义的作品，效果却适得其反。但是斯沃瓦茨基在对"灵性"的追求上走得更远。他对这个问题的想法，从他对亚当夏娃的罪的解释（在与J. N. 兰博夫斯基②的通信中所写）可以略知

---

① 巴尔扎克于1834年创作的一部幻想性的小说，其中双性的天使塞拉菲塔依照斯威登堡的教义而出生，后来陷入不幸的三角恋爱。

② 扬·内波穆岑·兰博夫斯基（1821—1889），波兰诗人，托维安斯基主义者。

一二。他的解释在所有关于这个话题的讨论中独树一帜。他说,亚当和夏娃是如此属灵,以致根本不必进食;通过说服夏娃吃下苹果,引诱者把他们诱骗到了物质的生命中。相比之下,斯威登堡远不是这么虚无缥缈,他对王室尽忠职守,热情地处理同胞的日常事务,尽其所能地把自己作为功用来实践"爱邻舍";也就是说,他置于最高地位的是人在地上的社会职责——工匠和商贩带来的物质丰富;学者带来的技术进步;战士们在危急时刻带来的守护。故而他的天堂是由在地上具有同样倾向性的社群组成,在那里工作是没有止息的,因为对善的爱只可能凭借功用显明。由于"近"在他的类比空间中意为志趣相近,灵魂在那边的社会里就顺着它们意图最强烈的方向聚在一起。斯威登堡书中写实的段落基于格言"如其在上,如其在下",而它只有在反过来说后才会真的完整,因为"如其在下,如其在上"。

我在学校里学到,斯沃瓦茨基在其神秘主义时期将拉马克的进化理论和灵魂的首要性结合。"在肉体的受难中"① 这句里,他把进化理论灵性化,就像不久之后他会用轮回转世修饰他的信仰。我那时读了《始自灵魂的创世纪》②,它定然悄悄地留在了我的思想里,就如同我的同学们不知不觉地把自然科学的假设铭记于心一般。这个斯沃瓦茨基仿佛是我多年后读到的德日进的试用装,实话说,后者这位头脑混乱的思想家我根本受不了。今天,我持有这样的观点:对于具有信仰的人,斯沃瓦茨基没有任何用处;斯沃瓦茨基巩固了波兰对一切宗教思想的漠不关心,这造成了巨大的损害。他仿佛没有从波兰语言接收到任何内容;在斯沃瓦茨基以及其他弥赛亚主义者的笔下,语言变成了散漫、四分五裂的东西。

同时,就在冲突的某处——在斯威登堡毫无诗意的平俗文风,和

---

① 斯沃瓦茨基的诗句。
② 《始自灵魂的创世纪》是斯沃瓦茨基于1844年创作的散文诗,书中的灵魂以第一人称的口吻,探讨了存在的本质和宇宙本原的问题。

他传达的信息之间，隐藏着极为丰富的内容。这些内容难以言喻，因为我们现在就像站在埃舍尔①挖掘三维空间悖论的几何画作前。撇开那些恼人的重复和无数的同义反复，阅读斯威登堡是有益的，而最终目的并不是成为斯威登堡主义者。我和奥斯卡·米沃什一样，对波兰的弥赛亚主义者没什么好感。特别是针对斯沃瓦茨基，他称其为"乏味的"和"无骨的"。我也特别能理解，为什么奥斯卡·米沃什如此尊敬斯威登堡——如果能早出生许多年，他就不会没有同好了。

---

① 莫里茨·科内利斯·埃舍尔（1898—1972），荷兰版画家，因其绘画中的数学性而闻名。他常运用透视等技巧，创作一些"不可能物件"。

第二十七章

在神学家斯威登堡看来，末日预言就是在他的时代实现。因为基督教会已经只剩下那"行毁坏可憎的"①。宗教的败坏表现在，自己嘴里说出的话语，自己心里并不相信。他认为，这暗含在如下两种信条里。三位一体论，在公元三二五年为反驳阿里乌斯②异端而召开的尼西亚大公会议中产生。它制造了一个谜语，思维为了解决它而导向了用三个上帝代替一个，故而基督教变成货真价实的多神教。当然，许多个年头之后，所有后果才会暴露出来。虽然斯威登堡是个理性主义者，但他和其他理性主义者不一样，也毫不认同阿里乌斯说"基督只是人"的理论。甚至相反地：除了神人合一者，创造天地的主，从童女所生，死了，从死里复活，没有别的神。也就是说，基督并不是和父"同性同体"（君士坦丁大帝在大公会上首肯的词汇）的，因为他自己就是父。另一种方式说，宇宙的创造者的标记就是神圣的人性。这个大秘密在斯威登堡看来是这样：我们的天父是人。这也是为

---

① 公元前167年，一个名叫安条克·埃皮法尼斯的希腊统治者在耶路撒冷犹太圣殿的祭坛之上为宙斯设了一个祭坛。他还在祭坛上供了一头猪。此事被称为毁坏可憎之行。来自基督教《圣经》中关于末世的预言，"行毁坏可憎的站在圣地"是假基督再来的征兆。

② 阿里乌斯（250—336），又译"亚流""亚略"等，是亚历山大里亚的一位基督教长老。阿里乌斯认为耶稣不完全是神，与圣父不同性不同体，由上帝所造，因而次于圣父，圣灵则更次于圣子。为了解决基督教不同神学派别的争论，君士坦丁大帝召开了数次宗教会议。在尼西亚大公会议上，最终确定了三位一体、父子圣灵同荣同尊的理论，而阿里乌斯领导的教派被斥为异端。

什么天堂具有人的形状①。第二桩致命的信条是将救赎当作耶稣的作为，声称是他为人类的罪求得了父的赦免。从玛利亚身上，耶稣获得了完全的人性，也就是罪性。他作为人的一生中不断战胜试探，因此，人性才得到了圣化。天主教认为，基督里的人性是没有罪性的。而路德宗说，人是唯独因为信而得救，无关乎行为。耶稣的血把他们洗净，他们就得救了。在这里，斯威登堡对两者都持反对意见。这两种致命信条的错误在于，他们在处理神人一体（神降生为人和人性的圣化）时都是彻头彻尾的自我中心。

人的意志是完全自由的，但人绝对是恶的，并且凭借自我只能行出恶来。行善来自于神的"流注"（斯威登堡不使用"恩惠"一词）。这种"流注"可以接受也可以拒绝。斯威登堡的宇宙观和道德观都建立在这两种对应上：火等于爱，光等于智——基督上帝在这个意义上是三位一体的，即相互关联和作用的火与光在"行"中得到表达。如果一个人承认凭自己是没有爱和智的能力的，他就得救；他若将这种能力归于自我，就堕落了。斯威登堡有一个观点很有意思，他对于人的本性的看法是悲观的，然而却为自由意志辩护。作为一名本质的十八世纪人，他拒绝"原罪"这种削弱人的自由意志的东西。在他对创世纪比喻性的解读里，亚当和夏娃象征的远不是我们的初代先祖（处在蒙昧状态的原始人），而是初代的教会（或文明）。这样的教会或文明有四代，分别是黄金、白银、青铜、黑铁。关于这四种年代，《圣经》的但以理预言和希腊神话中都有记载②。每一代教会都有其启示：神以人的形象启示自身，以"耶和华的天使"，以声音，以火焰。当人把行善的能力归功于己时，第一代文明堕落了。人神之间的

---

① 斯威登堡认为，天父神和基督人是同一个，是神人合一体。同时，按照他的"记载"，天堂的形态就如同人的身体。

② 《圣经》预言和希腊神话提到的四种年代指的应该不是基督教会，因为二者都出现于基督教诞生之前，但是斯威登堡认为这四种年代对应教会更替。

纽带断裂，黄金时代由此结束。这一断裂是地狱的第一次胜利，也招致了洪水。第二代文明（或称教会）也有其启示，《圣经》（在《雅煞珥书》①）里保存了关于它的记录。第三代是以色列民族的教会②。但后来人类的邪恶日盛，地狱的势力如此之大，以致威胁到了天国。斯威登堡的灵界生活，如我所说，是"行动"，是类比（寓言）空间中的运动。没有任何人是上帝罚入地狱的，每个人都依其类聚，依其愿居。受诅咒者如果身处得救者之中，就会不由自主地感觉到厌恶和痛苦之情。（《卡拉马佐夫兄弟》中，佐西马神父也描述过类似的地狱。他的另一段话与斯威登堡也非常相似："我们在地上确实就像是在盲目游荡，假如我们面前没有可贵的基督形象的话，我们真会完全迷路，遭到灭亡，就像洪水来临前的人类一样。地上有许多东西我们还是茫然无知的，但幸而上帝还赐予了我们一种宝贵而神秘的感觉，就是我们和另一世界、上天的崇高世界有着血肉的联系，我们的思想和情感的根子就本不是在这里，而是在另外的世界里。"③）斯威登堡相信，那时"上天的崇高世界"遭受严重的威胁，若不是基督上帝降世，人就要灭绝。而在所有星球文明中，只有地球配得道成肉身的资格，因此它是特等星球。第四代，也即基督教会，在其终了时应当见到的是基督复临和圣徒约翰在《启示录》里预言之事。地狱蓄力多年，时日完满时，这些都会实现。斯威登堡将最后审判的时间放在了一七五七年。他的末日完全是寓言性的。审判发生在另一个世界。既不是地球，也不是人类要灭亡，因为高等世界不能脱离人类存在，如同人类不能脱离高等世界。基督复临确实已经发生，不是在其字面意义上，而是作为斯威登堡的书卷赋予形体的真理（道）。斯威登堡的书就是第五代教会"新耶路撒冷"的基石。斯威登堡将《圣经》

---

① 古卷，属"丢失的书信"，未入《圣经》。
② 即指《圣经》里的"神选民族"，大致对应于《圣经·旧约》的年代。
③ 第二部第三卷第三节，这里采用耿济之译（人民文学出版社，2015年版）。

的创世故事和"终极之事"转移到纯粹是精神的层面。他的神学既不承认肉体的复活（除了耶稣本人），也不承认另一极端，灵魂转生。因此，波兰的浪漫派是因对斯威登堡的误解，才以他为灵感源泉。

斯威登堡的神学，如上文概述，透露出它的异端性。宗教史学家不难在其中认出一些绵延几世纪的主题。造物者类人的神性近于诺斯替和摩尼教的原初人。他是在天堂中，为光明之君所生。这种形象又像犹太卡巴拉所说的亚当·卡德蒙。上述四种年代在常见的乐园神话中都有对应，只是某种混合了强烈的千禧年主义①偏见的循环史观。

在此，我率先自问总结斯威登堡思想的意义。它是否只是浪费时间？斯威登堡的神学系统，不论它对作者本人多么重要，都不足以解释为何奥斯卡·米沃什称斯威登堡为"浮士德第二"，称他为"一位未经历个人悲剧的浮士德"。另外，考虑到为数众多的确信自己弥赛亚命运的显赫人物，斯威登堡的异象并不惊人。我总结他的神学，只是不想有所遗漏。斯威登堡之所以重要，并不在于他的神学理论，而在于他解码《圣经》，建立"词语空间"的努力，如同奥西普·曼德尔施塔姆说但丁那样。尽管在文体上并非诗歌，斯威登堡的作品不亚于《神曲》。它是想象力的巨大蜂房，具有相当的力量。人必须居住在某处。头顶上物质的屋顶是不够的，他的思想也需要载体，需要参照物，垂直的和水平的。我们常说"建立"阅读，可能这就是原因？

不管怎么说，如果说最后审判的意思是在"灵的世界"里的重新分界，把曾经日益混杂的得救者和受诅者重新清楚地分开，那么，确定它发生在一七五七年这一点上不应该有什么争议。它与工业革命

---

① 概念来自于"千年"，即是指长度为一千年的时间循环。千禧年主义是某些基督教教派正式的或民间的信仰，这种信仰相信将来会有一个黄金时代：全球和平来临，地球将变为天堂。人类将繁荣，大一统的时代来临以及"基督统治世界"。

的兴起重合,与灵魂的被剥夺继承权共生。在拯救行动中,斯威登堡从文明早期的状态中学到了一些宗教态度。这种早期状态在我们自己的文明中不乏类比:例如,公元一世纪希腊化时期①的罗马帝国就与斯威登堡所处的环境颇为相似。那时,诺斯替主义信徒众多,他们相信通过掌握秘密的知识就能得到救赎。在研究中(《诺斯替宗教》,一九五八,一九六三),汉斯·约纳斯②将其归于城邦的瓦解和大众在帝国的规章下的原子化;归于将世界看为秩序的神学和哲学的衰落,也就是说,归于人和世界之间的彼此异化。负责这个邪恶的世界的上帝或者不是善的,或者不是全能的。诺斯替选择了善的上帝,他现在变形为另一个上帝,未知之神,而《旧约》中的耶和华领得"低等之神"的称号。人们早就开始寻求的,就是与这位另一个上帝之间的契约,一种万世之先的、对抗这个被黑暗君王统治的世界的契约。关于"原初人"的概念在二世纪的诺斯替主义中已经出现。亚历山大里亚的瓦伦廷③,以及之后三世纪的摩尼教采用的说法,本质的目标是使存在的前提更具人性。引用如下:

> 对于诺斯替主义者,万世之先存在一位神"人"是他们的知识中主要的秘密。有些支派甚至到了称最高神本身为"人"的地步。根据瓦伦廷派的一个分支的说法,这个伟大而隐藏的秘密是:高于一切的权力和万事万物的起源的名字是人。
>
> ——《诺斯替宗教》

---

① 在亚历山大征服波斯帝国之后不久开始。通常起始点视为亚历山大大帝于公元前323年逝世开始,并结束于罗马共和国在前146年征服希腊本土,或前30年最后继业者王国——托勒密王国灭亡为止。
② 汉斯·约纳斯(1903—1993),犹太裔德国哲学家,著述颇丰。
③ 瓦伦廷(约100—约160),基督教神学家,公元二世纪时诺斯替教派领导者之一。后被斥为异端。

在诺斯替派和摩尼教的设想中，基督有时作为受难的原初人出现。斯威登堡的基督是具有肉身的上帝父一人。不过，他所倾向的并不是"幻影说"①。后者说，基督只是看上去是被生出，看上去度过有形有体的生活，看上去受死并从死里复活。

十八世纪的宇宙是这样的：无穷多的恒星在一个无穷的绝对空间中旋转。说得轻巧，但是我们设想一下把自己的家放置在那个无穷里？斯威登堡认识到，唯一的避难所在于，将神人一体者置于中心地位。但是什么是"人"呢？当然是思想，也就是主观中的内在生命。它产生了另一个世界。这个主观的世界不仅与客观世界并存，还是后者的原因和目的。这里我们已经看到了黑格尔，同时也看到了一剂反黑格尔的疫苗。黑格尔认为人需要先有自我意识，才能形成关于存在的理性准则，而后者正是纯世俗性的"普罗米修斯计划"②的基础。陀思妥耶夫斯基将他自己的和接下来的时代（"一切取决于下个世纪"）的两难问题简化为在"神化身为人"和"人能成神"之间的选择题，这颇有道理。那些从事"精确"科学的人会像雅克·莫诺一样回答说：宗教，不管是成建制的，还是黑格尔主义这样的类宗教，都是万物有灵之传统的残余，而"客观真理"与"神人关系"的两种相对意见的哪一边都不沾。啊，近距离检视，"科学真理"也不是处处行得通了呢。

我又一次按捺下自己的疑虑。不错，写下本书的这些东西也属于我诗人天职的一部分，但它们有什么用处呢？既然被当作波兰诗人，我必须用波兰语介绍斯威登堡。其实我颇感不安。谁会想到把他的作品翻译成波兰语呢？和拉丁语原文相比，英语译本的意思已经相差甚

---

① 早期基督教对基督的表述之一，后被定为异端邪说。其认为耶稣的肉身并没有真正在世发生，只是一个影子、幻象或幻影形体。

② 由波兰的约瑟夫·毕苏斯基建立的政治计划。其目的是通过支持居住在俄罗斯帝国，及其继承者、苏联边界上主要的非俄罗斯民族的民族独立运动，来削弱上述两个国家。

远。而翻译哲学宗教类文献本不是波兰语的长项。这种语言缺乏相应的词汇，其韵律也不够稳定。也许未来情况会有改观。当下，我们姑且认为这种软得像蛋糕似的韵律也有用处，就是，只有格外"坚硬"的部分才能挺过翻译的过程。

或许这就是为什么，我现在才提到斯威登堡最浪漫的一条概念，也就是婚姻的奥秘。它也包括了灵魂间的婚约，因为在斯威登堡的天堂里，两种性别的天人都存在。浪漫主义文学使我们习于"灵魂的结合是无性的"这种观念，而斯威登堡推崇的更近于一种净化的性关系。在斯威登堡看来，地上的婚姻在基督教的"对应"中处于核心位置。它对应于"爱"与"智"的属天婚姻①，也对应了神人一体者和教会的婚约。因此他认为一夫一妻制相当重要，当它带来灵与肉的和谐时，人间就是天国了。这是斯威登堡的著作《婚姻之爱》的主题。它解释了亚当夏娃的关系，特别是男女之间的灵性差别。我之后还会再讨论此题，因为，理解了斯威登堡所说的婚姻奥秘，我们就能把握住米沃什一些作品的关键概念。

---

① 斯威登堡的理论讲究"对应"，大宇宙的三位一体是"爱"与"智"通过"行"而结合，对应到个人的小宇宙就是两个人的灵与肉在婚姻中结合。

第二十八章

在转到法律系之前,我在维尔纽斯大学的波兰文学系当了两个星期的学生。当然,在后来学习法律的阶段,我依然活跃于文学圈子,在创意写作方面。我常思索自己对波兰文学如此冷淡的原因。是因为其中充斥的"测量昆虫腿"①式的琐屑吗?是文学规范独有的限制?在弃文从法时,引导我的是一种后来被称为"相关性"的驱动力。我的选择确实也部分地损害了我的个人利益,时间证明,我具有一定的教学能力,如果能留在波兰文学领域,这会是个长处。最终我还真成为一名文学教授。不那么正统,因为我还记得自己当年对波兰文学的冷嘲热讽,不想让学生走弯路。在选了我关于陀思妥耶夫斯基、摩尼教或波兰文学的课程的英语系学生中,有些人看起来像我当年厌烦波兰文学一样厌烦英语文学。

我那时的兴趣是什么呢?不是考热尼奥夫斯基的《安排》,不是斯沃瓦茨基的《莉拉·韦内达》②,也不是古教会斯拉夫语语法。我的兴趣是在二十世纪。我关心的是阿波利奈尔、马克斯·雅各布③、托马斯·曼,还有我们这一代人的性宣言《友爱婚姻》④(作者的名字叫林齐,他现已不为人知)。倘若我大学时的人文学部讲授的课程

---

① 来自一首讽刺诗。
② 小说、诗剧,都是十九世纪作品。
③ 马克斯·雅各布(1876—1944),法国诗人、画家、作家和评论家,在二十世纪二十年代颇有名气。
④ 作者为美国科罗拉多州丹佛市的法官、社会改革家本杰明·林齐。

是这些内容，我就会留下来了。对先锋诗歌、绘画、电影、政治的最新风向及其他——简言之，对当代的激情将我带往各种各样的势利和做作。但倘若对此一窍不通，就很难被诗人引为同道。和这种激情同时产生的还有某种不信任感，这同样危险，时不时地让我受到极权主义和道德恐怖主义的试探。无论如何，我把这种对这个世纪的文学和艺术的不信任，当作个人智力发展的标度。

当我浏览在波兰出版的书籍和文章，主要是那些年轻一代作家的作品时，他们对当代世界文学的熟稔令我敬服。他们的知识面比美国的任何一个相似背景的人都广。有时，他们的兴趣看似来自一种"失去联系"的恐惧。他们口中涌出的书或人的名字，可能有百分之九十不为他们的伯克利同行所知，虽然后者很可能也是这个领域的行家。纯艺术文学的文化是为"追逐自己尾巴"的狗打造的笼子。这是因为艺术家不论国籍，其思想包袱在各处都大致相同的：所有人都是这个世纪之子，以及，有意识或无意识地，都臣服于当今的虚无主义规范。如果艺术家在虚无主义里寻求脱离笼子、脱离魔术圈的希望，他们只会失望。另一种可以预见会衰退的是"纯文学"的重要性，不过它开始扮演"领头"角色也只是近来的事。并不是说，"文学性的文学"会无可挽回地休止，只是说，那里再也找不到对人类命运最重要的内容。

活力与颓废之间的区别难以界定。难，但并非不可能。在顺境时，文学有能力触及人类存在的基本问题。在逆境中，它失去了这项能力，并假装遗忘了那些问题的存在。在过去的二百年里，对人类来说没有比接纳或拒斥一套叫作"科学真理"的假设更基本的问题。在十九世纪，这种"科学真理"还不是必需的（如密茨凯维奇的《浪漫》）。在考虑"科学真理"时，人们关心的也主要是人在不得不接受它之后会产生的后果。如果科学真理的影响可比作巨石击水，那么艺术和文学就组成了波浪和涟漪，传播到那些看上去还没有被科学革命影响的领域。比如说福楼拜备受责备的审美，震动显现于艺术形式和风格的加速崩溃中,而且,越是高等,艺术家对迫近的虚无主义感受越敏锐,而虚无主义轻而易举地获胜了。二十世纪中晚期的文学,没有人再胆敢假设与物理、生物、心理、社会学的法则不符,它们直接被默认了。如果人的地位一降再降,从世界之王变成人猿的某个亚种,再没有伊甸园,没有天国和地狱,而善与恶也不过是社会制约的结果,那么人类自然也做好了降到最底层的准备,把自己定型为两足虫的行星社会。①

我不打算像个传道人一样,因为这种疾病也驻在我体内;自始至终,我都在分析自身的这种缺陷。从此产生的还有我的怀疑和懊丧。倘若生在一个不同的时代,我原本或许可以成为真正伟大的诗人。但能觉察到内在的啮齿动物,还有它每日的毁坏,这总是好的。文学的职能当然不仅仅是认知的工具。而如果事先就放弃了警觉,不把疾病当作疾病,那是放纵自己的颓废。

厌倦是一个预警信号。既然已经知道会读到什么内容,为什么还要看这些小说家和诗人的东西呢?无非是又一段对人无足轻重的嘲弄;存在是肥皂泡,除了肉体的欢愉和痛苦,它的一切都是虚妄。"写一写,浪一浪,"一位现已过世的波兰作家这样谦虚地描述我们在日光下的逆旅生涯。我体内的"小老鼠"也持有相同观点。这就是我回避那位作家的原因:格局太小。

我希望以上论述足够解释我对文学外的追求,也就是说在书籍中,那些更难解读但是蕴含着希望的作品,总之,是在界限分明的流派之外,另凿河床的那种。在这类作品中有一套叫作《先知书》的诗歌,它们的作者威廉·布莱克将"科学的世界观"放置于基本的讨论中。

布莱克出生于一七五七年,也就是斯威登堡所说的末日审判之年。这个年份的意义他自己也知晓。在他的一生中,甚至到逝世(一

---

① "两足虫"即人,"行星社会"即地球这颗行星上的人类集体。

八二七）半世纪后，布莱克事实上仍不为人知。只在这个世纪的第一个十年他的声誉才建立起来。关于布莱克已经有很多著述了。这里，用波兰语写作的我遇到了一个困难。总结他人的评论，像个英语文学评论家一样，这是没有意义的；通过直接引用来阐释布莱克也极少有成功的，而把他的作品翻译为波兰语几乎是不可能的。因此，我只选取那些与我的主题直接相关的来说。

首先，我要纠正一个"昆虫腿测量员"带给我们的怪癖。他们，不论是波兰、英国还是美国的人，会这样说：布莱克是久远的过去的人物，是应当放在时代背景中研究的"现象"。研究他，应当把他放在他的时代的政治和社会变革（美国革命、法国大革命、拿破仑战争）中，放在美术里的古典主义运动，诗歌中的浪漫主义中。诸如此类。这样的考虑或许是有用的，但偏离了本质。比如说，有一位出生于瑞士的画家叫福赛利①。他与布莱克是同代人，也同样住在伦敦。两个人的作品或许看起来有几分相似，但迷惑人的表面下，可以看到他们本质迥异。这只是其中一个例子。布莱克的艺术风格超越了他那个时代的所有风格流派。既然连布莱克本人都把古往今来所有擅长"想象力的神圣工作"的人都称作《旧约》先知，我们也不应该把布莱克限制在时代背景中。这样我就避免了像波兰作家一样的羞人之举。他们无论何时说起一位外国诗人，就变得像苜蓿地里的蜜蜂，为他们祖国文学的蜂房采集不休。过去我也干过这种蠢事，但我发誓现在再不会试图使任何人转向布莱克。由于预见到他会在翻译中被如何扭曲，我就更不打算这样做了。我是自由的，有权依自己的意愿浏览各个世纪留给我们的基础文本——不管作者是圣奥古斯丁、帕斯卡还是布莱克。

从文学角度看，在文学技巧方面，我从布莱克那里所学极少，况

---

① 约翰·亨利希·福赛利（1741—1825），德国-瑞士裔的英国画家、制图员及艺术家。

且他也不适宜于模仿。我从奥斯卡·米沃什那里所学也一样少。布莱克和斯威登堡在我的思想成长中有很重要的地位，这并不意味着我要彻底否定之前所看重的东西。正相反，我现在辨认出一条联系我的思想发展的线。对我的思想发展产生影响的各种源头包括：天主教教义、布热佐夫斯基、奥斯卡·米沃什；通过我的朋友塔杜施·尤利乌什·克伦斯基①了解黑格尔、斯威登堡、西蒙娜·韦伊、舍斯托夫、布莱克。而将各路思想连为一体的线就是我的人类中心主义和对自然的憎恶。这条线的线头是我在学习教会史时对摩尼教产生的兴趣，线尾是我在伯克利关于摩尼教的课程。也许这些经历的总和可以方便我比盎格鲁-撒克逊老乡们更接近布莱克，因为我在他之中发现了个人的契合。

　　布莱克不喜欢自然。在这个环保主义者为保护"自然环境"奋斗的时代，这句话可能会造成误解。他不喜欢自然，正如自然不喜欢其自身。如保罗所说："我们知道，一切受造之物一同叹息、劳苦，直到如今。"（《罗马书》8：22）美国有位知名的布莱克研究者有一次对我说道："布莱克本心是一位瓦伦丁派的诺斯替主义者。"这是他未尝敢于在自己的任一本著作中提到的观点。那时，自然神论者把自然当作精妙的机器；卢梭把自然比作治疗朽坏的文明的药方；感伤主义小说和浪漫主义诗歌吟唱与泛神的自然相通达到的灵魂狂喜，与此同时，布莱克坚定地反对所有这些时髦的新思想，而是与保罗一起等待着"神子的显现"。他相信，神必将以人的形体降临，并把我们与自然一起从患难和死亡中解救出来。

　　我曾说过，斯威登堡通过人化上帝，提供了一剂反黑格尔主义的疫苗。公开说出黑格尔这个字眼，就立刻显得像个哲学家一样；因此我要赶快承认，我不懂黑格尔。虽然我也间接地受他影响，而且比多数同时代的人受到的更深。如果说斯威登堡探访语言内在的冶游有时

---

① 塔杜施·尤利乌什·克伦斯基（1907—1958），波兰哲学家和哲学史学家，曾任教于华沙大学。绰号为"老虎"。

已在疯狂的边缘，使雅斯贝尔斯将他诊断为经典的精神分裂症，那么黑格尔，将宇宙降低为人类语言的逻辑操作，其无瑕的推理背后可能是隐藏着更严重的疯病。理性的疯子总会搬出一套铁打的、人人都能懂的系统。没有什么东西迫使我对黑格尔"采取立场"，因为如我始终坚持的，我不是个哲学家。在波兰有一套思想的定规，我是为在其外思考的权利斗争。不然，我的文学生涯就看上去相当无望了。在这里，至少，作为一名教授，我总可以在"思想史"这个标题下多说几句。

在上面的短暂离题后，现在该回到斯威登堡这剂疫苗上来了。相比之下，让布莱克做黑格尔主义的解毒剂会更好，因为他看上去与德国唯心主义更吻合。布莱克从斯威登堡那里学得了神人一体的概念，也认为基督是独一神。但如果认为布莱克只是个一般的人文主义者，说他的神人一体彰显了对人类本身的信仰，那就错了。布莱克受斯威登堡影响颇深，深到不读后者不足以理解前者的程度。但布莱克与他老师有一点关键的不同：布莱克极力推崇能量和永恒的运动，因为它们同时带来对立面的碰撞。①

我在这儿和其他地方所努力的目的，是极富雄心的，甚至是在追求不可能：用可读的语言，表达经常是不为人知，但与我个人极为相关的概念。塔杜施·克伦斯基，波兰少有的几个用自己的方式体验思想事物的人之一，在天上对我眨眼。我也感到，在我写下这些文字时，他的妻子伊莱娜仿佛就在我身旁。她对他的爱巨大、持久，在他死后她又活了许多年，并且至死是一位忠实履行信仰义务的天主教徒。她深信，自己的丈夫思想深刻，灵魂必然能够得救。在很长一段时间里，自一九四三年到一九五一年，克伦斯基在普世观念和波兰国家利益的冲突这一问题上对我施加了恶魔般的影响。现在，在投入于研究布莱克后，我认出了灵魂中的一些运动，它们反复出现，顽固，

---

① 布莱克认为，一件事物如果要有生命力，需要具有对立面，而二者的碰撞使事物产生活力。

曾吸引我趋向黑格尔式的克伦斯基。

反对自然。意思当然不仅仅是抵制外在的、使我们倾向于盲目的决定论的东西,也是反对把人当作动物的一种,以及当作基因决定下只能非此即彼的生理学对象。我不打算详细论述布莱克攻击"自然宗教"①的理由,或者为什么布莱克称所有歌颂或圣化自然的人为"无神论者"。我自己的反感根源于一种病态的负罪感,在于对自己内部的"阴影"的恐怖。于它我已无药可救,只能以写作自医。

如果布莱克只是悲哀于人类灵魂自神圣光芒堕落为物质,并渴求在光明之国里的来世故乡,那他只不过是个摩尼教徒,或者新柏拉图主义②者。确实,还真有人想声称他是新柏拉图主义者(比如英国相当知名的布莱克评论者凯瑟琳·雷恩③)。但是如在布莱克研究中经常出现的,我们旋即可以打开他的另一卷作品,而其中满满都是反例。他是,终归是,《瑟尔之书》的作者。该书是关于人类灵魂赋予形体之前神话:瑟尔,因着渴望从缥缈虚空的状态中释放,想要承受创造之苦,生、性、死之苦。但在最后一刻她失掉了勇气;贫瘠而无用的纯洁是给她的惩罚。许多年之后(《瑟尔之书》创作于一七八九年),诗人密茨凯维奇用波兰语表达同样的意思:

> 请你们听着并要牢牢记住,
> 因为按照上帝的命令,
> 谁若是没有尝过人世的艰辛,
> 那他就不能享受天堂的幸福。④

---

① 即崇拜自然事物和自然力的宗教(又称原始宗教)。布莱克认为自然神论者就如同自然宗教的信徒。
② 古希腊文化末期最重要的哲学流派,并对西方中世纪中的基督教神学产生了重大影响。该流派主要基于柏拉图的学说,但在许多地方进行了新的诠释。
③ 凯瑟琳·雷恩(1908—2003),英国女诗人和文学评论家。
④ 《先人祭》第二部,林洪亮译,四川文艺出版社,2015年版。

对自然的反叛，在布莱克，不意味着希冀理想国度，或"理念的天堂"，相反地，他的伊甸园是地球，天国之乐是五觉，救赎在永恒之"今"而不是生命日落后的某个明天。忽视对立面之碰撞，没人能懂布莱克。自"否"生出每一个"是"，反之亦然。这在他几乎是公理。无论如何，布莱克在分辨对立和否定之间非常坚决。后者是他谴责的。他也不用任何辩证法——正题、反题、合题，以及这种三段式在时间中的发展。反面因其自身存在，正反面互相因对立的结合而有所裨益，这也就是为什么布莱克的天堂，和斯威登堡的一样富于运动，建立在对立面的碰撞上。但是对立面是从自我欲望中释放的：被拯救就是去参与，既在现在，也在永恒里，在"心灵的战争"也在"心灵的捕猎"里①。

这儿就藏着我在布莱克那里找到共鸣的秘密。作为一名公开地倾向于摩尼教（今天我们说摩尼教，不是在其严格定义，而是在各种程度上）的人，我总是乐观的悲观主义者。我不能如同西蒙娜·韦伊，把地球看作纯洁的、不可抵达的善的倒影。我翻译过她的作品，也写过她，但她过于新柏拉图主义，过于摩尼教，对我粗糙的东欧皮肤来说过于智慧了。我作为浪漫的自然爱好者，在维尔纽斯郊外的帕内里艾②山里为药草园采集标本，在夏天与约瑟夫·马舍夫斯基③一起在鲁德尼克森林的边缘打猎，与此同时，我也知道，我只是在以梦充满脑袋，以诗装点生与死的庞大机器。对世界的双重性的信仰，我当初只是直觉地感受到，后来才在布莱克那里发现。我们时代的严肃文学未能涉及这个领域，更不可能有什么深度之作，但这不是我凭一己之力可以改变的。

---

① 这两句都是布莱克的诗句。
② 距维尔纽斯十公里远的一片山林。
③ 约瑟夫·马舍夫斯基（约1825—1883），波兰画家，创作过一些维尔纽斯风景画。米沃什出生前马舍夫斯基就已经去世，因而是"以梦充满脑袋"。

第二十九章

关于堕落的观念是布莱克思想的核心。他和斯威登堡一样,以寓言性的方式解读《圣经》,并达到了新的高度:如果说这位瑞典的预言家是想象力的实践者,布莱克就同时是理论家和实践者。在这个意义上:神圣的想象对他来说是人身神激活和赎罪的力量,是圣灵的光辉。在布莱克看来,宗教和诗歌不分彼此,艺术家是先知,其作品为先知预言,正如宗教在降格前也是先知预言。因此,《旧约》中的"先知书"和《新约》的"福音"是灵感演讲的完美典范。根据布莱克的观点,诗人是完全意义上的先知(波兰文学里也有类似说法但只是略有涉及)。布莱克既不把语言当作纯粹主观性的出口,也不当作交流的工具。因此,他不是后来的象征主义,或更之后的语言学实验的祖师。他也不会支持为某种意识形态重构一套"合理的"句法努力。当想象帮助诗人(先知)超越我们物种生活的堕落状态时,诗人的语言才得到恰当地使用。这是布莱克的诗歌难以翻译为哲学这种堕落的语言的原因。通过对应(不应与随意无规则地产生的象征混淆)的一致性,他的诗歌,如同《圣经》各书卷,既需要翻译,又不能翻译。

和斯威登堡一样,布莱克认为人的堕落不是来自于违犯某种禁令,而是——如果允许我简化而谈——来对立面,来自"自我"的胜利。关于教会或文明更替这样复杂的问题,我们先放在一边。同样地,还有这个谜:在人身神和宇宙之间放置等号,也就是说,人自身中发生的任何破坏都相当于宇宙秩序的破坏。在阅读布莱克的时候,我们永远不确定堕落发生在创世之前还是之后。布莱克本人对这个问题会回答说:"两种说法是一个意思。"他在《先知书》中介绍的神话人物象征了人的能力,他们本应互相协作,却彼此分离。这导致了他们的不幸和苦役。尽管布莱克的作品也时时涉及过去,但它们的创作总的说来是以先知式的视角,将十八世纪看作是"行毁坏可憎的"。布莱克,诗人中对感官体验最开明的人,具有如锡耶纳派的画家一般的孩童式的情欲。布莱克毫不掩饰自己的怒火,没有悲叹,而是奋起与时代作战。他攻击和审判的对象是:变成权利手中的控制工具、堕落为成套的规矩和惩罚的基督教;发动血腥的战争的国王们的暴政;当时的英格兰正在发生的工业革命带来的人类不幸;对奴隶、印第安人,对妇女和儿童的剥削;清教徒伪善的性禁忌;卖淫。他的怒火首先指向弗朗西斯·培根建立的科学与哲学。在他看来,这两者是堕落的准则和语言,是维持、便利、准许罪恶秩序的始作俑者。

在斯威登堡的作品中,数字"四"非常重要(人类的四个世代,一年的四季,指南针的四极,人生的四个阶段)。因此,同样地,布莱克的四个神话人物在人里联合,组成一个家庭;灾难从他们的分裂里产生。如同斯威登堡的"异世界"里有空间概念,这些人物之间也具有空间的联系,特别值得注意。一、萨马斯(人体),方向,西;元素,水(时间与空间的海洋);位置,腰;感官,触觉;艺术,绘画。二、厄索纳,或个体创造性的想象力(基督是包罗万有的想象),方向,北;元素,土;金属,铁;职业,铁匠;位置,潜意识;感官,听觉;艺术,诗歌。三、鲁瓦(情感爱与憎),方向,东;元素,火;金属,银;职业,编织匠;位置,心;艺术,音乐。四、由理生(理性,立法者),方向,南;元素,气;金属,金;职业,农夫、建造匠;位置,头;感官,视觉;技艺,建筑。① 萨马

---

① 这四天神译名综合考虑了各译本,见文末附录《布莱克词典》中四无神的完整表述。

斯，厄索纳，鲁瓦，是人里面的圣三一的拟人化（人体——圣父的形象；爱——圣子；想象——圣灵），而由理生，如一些评论家所说，是神性的堕落形态，即撒旦。

如果读者只把这些神话拟人当作文学历史趣谈，那我就太失败了。在与其所处的时代的对抗中，布莱克也不得不以他的语言为武器。在早期诗歌天真的韵律下是灼热的讽刺，这让年轻时的布莱克成为百年后的那代欧洲诗人的先行者。他对讽刺还不满足，之后又发明了一整座幻想的动物园作为辅助。后来一位叫莱希米安的诗人用了相似的手段，但是他的施尼格罗贝克也好，杜修维克也好，或是布韦什钦斯基先生①，其中的每个人物都只生活在一首诗里。应当注意的是，布莱克的主角们，和莱希米安的一样，其名称来自于母语语源（而很少来自于希腊语），且通常说来，布莱克是一位扎根于本土诗歌传统的诗人。这就能解释，为何如果英语能力不足，则几乎无法理解布莱克的作品。比如，他在法国就几乎不为人知。

布莱克既然自认是《旧约》先知的继承者，就执笔与邪恶搏斗。古往今来，恶的本性并没有变化。整个基督教义中，"不法的隐意"②只涉及了人类的命运、罪和苦难，而人自身作为自然之王，出于自然而高于自然。但当科学引入了自然法则的概念，要求人和其他生物都一起降服于其下时，一个新的维度展开了：就是人与其他生物令人苦恼的亲缘关系。斯威登堡对这一点的沉默是布莱克对这位大师不满的原因之一：斯威登堡太"天使"了。但是布莱克在这个问题上依然算是他的继承者，只是与诺斯替和摩尼教传统更为接近。基督是神。是神创造了一个"居于邪恶"中的宇宙吗？不，这种状态来自原初人的灾变。那时，精神中曾经和谐的四元素出现了嫌隙。四天神中的

---

① 以上三个名字是莱希米安三首诗的诗题和主人公。
② 《帖撒罗尼迦后书》第二章第七节，亦见于奥古斯丁《上帝之城》以及许多其他文献，通俗用法类似"邪恶天性"。

一个——由理生,成为宇宙的建设者,这就是布莱克版本的撒旦。《创世纪》中出现的神就是由理生。这位被称作"神"的由理生使人开始否定某些事物的价值,并且把原先不可分割的整体区分为各部分,如:男人和女人(原初人雌雄同体),善与恶(知识树的诱惑),天堂与地狱,身体与灵魂(因死亡导致),语言的变乱(巴别塔①)。在由理生之前,被区别开的本为一体,在"人身神"恢复后,人造的区分将不复存在。

布莱克的宇宙论并不是重述创世故事,让它与基督教《圣经》里的《创世纪》或者任何科学假说抗衡。它是诗意的谜,也就是说按布莱克的说法是先知性的。那么它也就是宗教性的。它的目的不是展示世界"在那时"是怎样创造的,而是创世在想象中的样子。这种想象需要存在于真理中,这就是说,需要把上帝认作能量和爱,而不是土地测量员、数学家、法律执行者。

由理生(理性、立法者),因为骄傲堕落,与萨马斯、鲁瓦、厄索纳分离,使自身变得无形体且无情,以及最重要的,与潜意识这一想象力的源泉割裂。由理生因此被赋予了传统上撒旦具有的特质:孤独和疏离、智力的力量、片面地提取抽象的能力;绝望、对人的妒忌,因为人是有能力调和全部四元素的生灵。因此由理生也就无非是密茨凯维奇所说的,在上帝的追悼会上品啜"自满的酒"的"博学之士"。

在异世界旅行的途中,斯威登堡得知最后审判已于一七五七年完成。这个时间不是随便选的,而尘世之人未发觉纯属意外。布莱克将最后审判解释为对虚假的披露。虚假必须先登峰造极,才能大白于天下。他给生于末日审判年的自己,布置了一个庇护的使命,就是像骑

---

① 《圣经·旧约·创世纪》第 11 章记载,当时人类联合起来兴建能通往天堂的高塔;为了阻止人类的计划,上帝让人类说不同的语言,使人类相互之间不能沟通,计划因此失败,人类自此各散东西。此事件,为世上出现不同语言和种族提供解释。

士一样，用笔、雕具和画刷武装自己，予恶龙以致命一击。谎言已经大成：由理生被当作了真上帝，基督教会还有哲学家们，他们不承认耶稣，坚持认为造物主是个钟表匠①。

作为异端基督徒，布莱克是非宗派的，在伦敦的斯威登堡教会他也只参加了不长的时间。他不去做礼拜，在他的诗里，英国教会是拜撒旦的邪教场所。需要注意，布莱克时代的牧师在布道中确实用地狱的惩罚恐吓信众。宗教被降格为一套禁令，其中最高的是性禁忌，它最明显地充当守护现有秩序的角色。那个宗教的神是由理生，他的统治方式是压迫和强制性的自我压迫；他不断地阻碍寻求自我表达的能量，冰冷，高高在上，从宝座上沿着"特辖的泰晤士河"出巡。如果幽灵城，还有它雾中的街灯、暗里的哭泣、娼妓的影子、醉汉和倒地的饿殍，也有其历史，那么布莱克的伦敦当仁不让排在第一，早于狄更斯（及诺维德）的伦敦，巴尔扎克和波德莱尔的巴黎，果戈里和陀思妥耶夫斯基的圣彼得堡。幽灵城的这位保护神，只会得到他那些活在谎言中的追随者的尊崇。而布莱克的神人，也就是基督，是他的反面。基督用自由取代了律法的禁令，用全然赦免取代了地狱的惩罚，用喜乐的能量释放取代了压迫。他们称作是地狱的东西又是什么呢？难道耶稣不是说过："复活在我，生命也在我。信我的人，虽然死了，也必复活；凡活着信我的人必永远不死。"（约翰福音11：25—26）他还说过："所以我告诉你们，人一切的罪和亵渎的话都可得赦免，唯独亵渎圣灵总不得赦免。凡说话干犯人子的，还可得赦免；唯独说话干犯圣灵的，今世来世总不得赦免。"（《马太福音》12：31—32）所以说只有一种罪不被赦免：亵渎圣灵②。在斯威登堡

---

① 钟表匠类比或钟表匠论述是为了阐述"神是存在的"的一种目的论表述。借由这个类比，此论点陈述设计的存在意味着一位设计者的存在。这是自然神学和设计论中的重要论点。

② 也就是说，按照布莱克的理论，只有亵渎想象力的罪不被赦免。

思想中，地狱是依据个体自由意愿形成的；布莱克则认为，没有人，只有人的罪态被投入永火中。他指责他的老师间接地支持了某种预定论信仰。亵渎神人是重罪，但布莱克相信，即使是伏尔泰，虽然犯了这种罪，也因为自己服务于想象力的工作而得救，而他的敌人们从未认识想象为何物。在布莱克的末世论式预见中，甚至即使是由理生本身，也会在大重建那天，也就是人神家庭恢复时得救。尼撒的圣格里高利在异象中也看到，撒旦在那时从永远的惩罚中解脱。

"性自由"这个革命性的口号，来自宣扬回归"自然人"的哲学。而布莱克为之辩护的激情，对一位堕落时代的诗人来说是令人惊奇的。它标识着布莱克整个追寻对立的过程，不是为了解决它们（若是，则何来"心灵的捕猎"的天堂），而是借着它们向更高层转移。布莱克的"自然性"并不是其自身，而是变形的，类似斯威登堡的"天人的性"。

按布莱克的说法，科学和哲学的领军人物是三个恶人：培根、洛克、牛顿。但假基督教的神学家和他们也没什么两样①：所有人都在这个世界的神——由理生面前屈膝。布莱克认为，机械的宇宙观和道德准则式的宗教之间密不可分。两者都以偏概全，不论特例是某段孤立不可重复的瞬间、某种植物的颜色和形状，还是某个特定的人的一生。由理生实际上是缩减之神，他将一切减为量化的词语。

因此，布莱克对"科学的世界观"的根基发动攻击，介绍它是如何开展的超出了我的能力范围。因为我得脱离纯文学领域专门谈，因此这任务变得格外艰巨。如我所言，评述浪漫派诗人的文学评论家们极少胆敢冒险触怒科学共同体。事实是直到今天，布莱克依然能够激发和触动一些科学家的情绪。我知道一个例子，在美国，有一位布莱克研究者因为物理系的反对未获教授职位。比起保护定理，这

---

① 这些都是布莱克的看法。布莱克认为培根、洛克和牛顿是三个恶人，又认为自己时代的基督教是假基督教。

些科学家更在乎表达定理的语言。这里我只是一提，对布莱克有兴趣的读者可以看这些主要研究：诺思洛普·弗莱《可怕的对称》，一九四七；罗纳德·L. 格莱姆斯，《神圣想象：威廉·布莱克的先知异象》，一九七二；唐纳德·奥尔特，《幻想物理学——布莱克对牛顿的回应》，一九七四。这些工作里的材料，和布莱克本人的作品一样，可以提供够二百年的精神食粮。我这里能做的，只是指出有一位极具天赋的诗人发起了一场战争。而他，据专家肯定，具有以直觉把握物理学中最复杂的问题的能力。困难之处主要在于，即使对英语世界的评论者来说，不用"翻译"而把他象征的语言转为日常语言也是不可能的，而用了"翻译"，象征的丰富性就会减半。

现在到了必须介绍布莱克神话中的时间之神罗斯（其名可能来自于拉丁语太阳的倒写）的时候。人，自故乡放逐，奋力回归故乡：人的故乡在伊甸园，永恒的乐园，永恒的黄金时代，而诗人——先知发出预言、催促回归。人性的四种基本元素因堕落而四分五裂，在它们中只有一位厄索纳，也就是想象力，可以成为回归之旅的向导。他在时间和空间中的表述是罗斯（时间）和他的配偶埃尼萨蒙（空间）。摩尼教称创世为"恩惠之举"，称若无此举则先初的堕落无法赎罪。布莱克也如此说。罗斯，时间，具有赎罪的功能；它不是绝对的，而是与人相关的、人本的时间，正如埃尼萨蒙不是绝对的、牛顿式的空间。我倾向于把罗斯当作节奏生自心脏的搏动，当作一名宇宙的诗人，将无穷小的瞬间和对象赋形于律动中，从而使他们避免不可挽回的损失，又将他们塑为不朽坏的形象。罗斯说：

　　……因为没有一刻时光
　　逝去，也没有一件空间中的事不能久长，
　　而是全部留存：六千年的每一缕丝
　　都是永恒。纵地上撒旦
　　跌落失丧，万物消亡永不再现，

在我和我的孩子这里却永在,我们自始至终守护它们
人类的世代在时间的潮头奔跑,
却把命定的轮廓留到永远。

——《弥尔顿》,第一部第二十二板①

以及如下段落:

但罗斯其他的孩子建造了刻和分钟和小时
以及日和月和年和时代和时期:奇妙的建造
每一刻里都有可供软软倚靠的金沙发,
(一刻等于动脉的一次搏动),
在每两刻之间都站着比由拉的女儿
母亲般地喂养沙发上的睡眠者。
每一分钟都有丝幔的天蓝帐幕:
每一小时都有精雕细琢的明亮金门:
每一日每一夜都有铜墙和坚固的门,
闪耀如宝石,装饰着恰当的标志:
每一个月都有高处的露台,地面铺银;
每一年都有牢不可破的屏障,高塔林立;
每一个时代四周都壕沟深挖,上设金桥银桥;
每七个时代外面火焰熊熊环绕。
现在七个时代是二百年。
每一个都有它的守卫,每一刻,分钟,小时,日,月和年。
所有这些都是四元素的仙手造就:
永远当职的守卫是天意的使者。
比动脉搏动更短的每一段时间

---

① 整本书是由一页页版画组成的。

长度和价值都相当于六千年。
因为在这一时期，诗人的工作完成了；而所有的
时间中的大事件已在这个时期开始和孕育，
在一刻中，在动脉的一次搏动中。
——《弥尔顿》，第一部第二十七至第二十八板

引用布莱克，而且还不是原文，几乎不能解释什么。而且每隔几行都要加注释。我只加一条脚注：在布莱克的宇宙观里，比由拉代表夜的领地、诗的灵感、潜意识、色情。比由拉的女儿们是诗歌的缪斯，与记忆的女儿经典缪斯相对。

罗斯存在的形式是人塑造的时间。把本应是整体的世界分割为可变微粒，借用我们现代的词汇，把人变换为一台计算机，这样做的代价是牺牲了人的人性。堕人、拜由理生者，认为永恒就是没有结尾的时间。这种永恒性以钟表时间测量，无休止地排列到遗忘，无穷地延伸到未来；它形成一条以原因和结果接成的链条，向上回溯至"第一因"①，也就是自然神论者所崇拜的假神。这种永恒性是不可想象的，因为它是数学条件和法则的永恒，是不存在时间的空间。无穷只是纯粹的经过，是没有空间的时间。而持有这种观点的学者永远只懂得一种东西：不确定。

回忆斯威登堡的格言："是如何则见如何。"布莱克把人放在了中心。而正如艺术家把自己本体中本质的部分形象化，上帝在塑造人的形象时放入了自己的本质：神圣的人性。上帝（耶稣）以人的眼睛看自然，但不是堕落之人的。布莱克的耶稣不是高不可攀的道德楷模，而是完全的人。我们自身对世界的感知是残缺不全的，但在仿效

---

① "第一因"即因果链条的第一环，又称"终极因"。关于神的存在性有一种论证说，有果必有其因，这种因果关系不可能一直推下去，而必定有其起点。这个位于起点的"第一因"就是神。

耶稣时，我们得以补全凭自己无法感知到的部分。一个培根、洛克、牛顿式的科学家会幻想科学是什么非个人的、无形的东西。对他们来说，一个人只要有推理这一种功能就够了。以这种科学推导出的世界的图像是虚假的。要解除这种压迫力量的束缚，应当拒斥假永恒，即流入空无的无尽瞬间，还有假无穷，即伪空间及其中不定的持续，而应当认识真永恒和真无穷，也就是永远的现在。这里是布莱克的公理：

> 人的欲望无穷，因而其所有物无穷且自身也是无穷。
> 应用：
> 在万物中见到无穷性者看见神，只见到比例者看见的只有自身。
> 因此，
> 神成为我们所是，使我们能如他所是。

科学不是中立的：它关于世界的图像或是仁善的，或是减毁的。科学家和与之同盟的神学家都是如下的指责的对象：

> 谁要是为自然道德或自然宗教宣教，就永远不能是人类的朋友。他是预备着背叛的奉承者。暴君的傲慢和巴比伦的法律很快将被灵剑而不是自然的剑摧毁。他虽然预见到这些，却依然想使它们永远存在；他住在名叫拉哈伯的国度。在他可以成为人类之友前，必须先摧毁这国度。
>
> 你们这些自然神论者，你们声称自己为基督之敌；你们确实如此；你们也是人类和万有自然之敌。人生为幽灵或撒旦，且全然是恶，且始终需要新自我，且必须不断地变成自己直接的对立。但是你们的希腊哲学（德鲁伊主义的残余）教导说，人在自己还是植物灵魂的状态时就是正义的：这种使人灭亡的

观点会给人类带来诅咒,正如古人在启示中明确地看到实验论的彻底废除一样。而许多人相信他们所看见的,并且预言了耶稣。

人必须有并且会有一些宗教信仰;不是耶稣的宗教,就会是撒旦的宗教。他将建立撒旦的会堂,会称这世界的王为神;并毁灭所有不拜撒旦为神的人。有人会说:拜撒旦为神的人在哪里?他们在哪?听着!宣传"罪的惩罚"的宗教是属于仇敌和复仇者的宗教,不是赦罪者的,他们的神是僭称神名的撒旦。你们的宗教,自然神论者啊:自然神论就是崇拜掌管此世的神。你们宣扬自然宗教和自然哲学,还有自然道德。但它不过是自我标榜的正义,是自然之心产生的自私自利。这是谋害耶稣的法利赛人的宗教。自然神论与之相同并且将有相同的结局。

伏尔泰!卢梭!我说你们是法利赛人和伪善者,你们难逃指控。因为你们总是在谈论人心的美德,特别是自己的美德,好指控别人,特别是信奉宗教的人。你展示自己假充的美德,主要是为设计着暴露他们的错误。卢梭认为人的自然天性是善的,结果发现人是恶的,并且找不到朋友。没有对罪不断的赦免,友谊就不可能存在。卢梭称自己写的书为《忏悔录》。那是他对自己的罪的道歉和推诿,不是忏悔。

——《耶路撒冷》,第五十二板①

今日的科学家,特别是其中的极端者,比如基因学家雅克·莫诺,看到这样明显地混淆两种不同的类别,"客观真理"和道德准则,大概会耸耸肩。但他也不能否认在十八世纪的科学和自然神论之间的紧密联系。而且,如果他想自洽,应当留在自己的专业领域,而

---

① 本书提到《耶路撒冷》时指的都是长诗《耶路撒冷——大阿尔比翁的流溢》,而不是同名短歌。

不是（像他现在做的这样）对布莱克归入"自然哲学"和"自然道德"的领域大发议论。我还未解释清楚布莱克关于这两种类别间的联络的看法，以下是更多说明。

布莱克不赞同理性所不能触及、全方位绕过我们狭窄的知识圆圈的那种神秘。词语"神秘"在他的词典里有负面的含义：它是由理生的宗教和哲学恐吓头脑的工具。环绕我们的世界是实在的，不是虚幻的。它也不能按照"已被理性认识"和"尚未被理性认识"而分割，而只能分为真实，包括想象的，以及虚假，就是作为前者低劣模仿的"植物镜子"。前者对人来说是活着的天国，后者是地狱，也就是乌尔罗地。我在这里引用"布莱克主义者"诺思洛普·弗莱的话：

> 人类思想中有两极，其中一种观念是把生命当作在那一位神圣的人中的永恒的存在，另一种观念是把生命当作自然里一系列无休止的循环。我们中多数人的精神生活都在这两者之间游移，并不能完全意识到其中任一种，当然也没有特别的冲动来接受其中的哪一个。但是自然神论的兴起让我们更清晰地认识到自己是何等的为后者吸引。在生命出现在这个世界上和我们自己的生命开始之间，可能有很长一段时间逝去，其间发生过很多伟大的进步；但是从一种自然的观点看，我们的世界的开始，不过是天空中旋转的群星间发生的一场意外。当我们对于时间或造物的开始的概念消失于"群星之轮"时，我们就形成了关于世界的完全堕落的观念……死亡之轮……这样的概念，布莱克坚持说，是精神之癌：人不会只把它当作纯客观的事实来接受；它的道德和情感意义也要随之进入头脑，并在那里育出玩世不恭的冷漠。那是短视和自私自利，还有自我中心带来的所有其他疾病，最终结束于恐怖和绝望。但是我们不能闭上眼睛否认它的真实性；我们必须把它看作是一种反射图像，倒映着神和人的永恒的精神生命、

生命之轮、复活之躯劲力十足的能量。

——《可怕的对称》，383—384 页

弗莱几乎是在用可以识别的概念，用日常语言翻译布莱克，但只是部分地成功了。上面的段落里关键点是：头脑不能接纳"客观事实"为真正的"客观"。善恶知识树，或谓对立之树，是科学认识之树，它只识得自洽性的原则。谁吃这棵树的果子，谁就落入一套迫使头脑成为论断者的否定之中。这在道德领域相当于傲慢的胜利（斯威登堡的"自身"，布莱克的"自我中心"）。在死亡之轮，也就是乌尔罗地上，人把其他人降为没有意义的影子，降为瞬息即逝的造物。而因为不能相信他人的实在性，人成为自我，成为幽灵的战利品：

> 幽灵就是否定；是人的推理能力；
> 这具假身体，我不朽灵魂的积垢；
> 我总须驱逐和消灭自我，
> 用自检濯洗我灵魂的面庞；
>
> 在生命的河里沐浴；洗掉非人的东西。
> 我进入自我消灭与灵感的辉煌，
> 为了凭借信仰救主而摆脱理性论证，
> 凭借灵感摆脱记忆残破的碎布，
> 依靠阿尔比翁的遮盖摆脱培根、洛克和牛顿，
> 为了脱掉他污秽的衣服，穿戴想象。

——《弥尔顿》，第二部第四十二至第四十三板

启蒙时代的人就已经相信"群星之轮"的观念，而我们这个时代的人，在从电视里看到月球上拍摄的地球后，对这种观念更是坚信不疑了。这样的观念，布莱克坚持说，是错误的。大地其实是平坦

的，四周有地平线包围，上方盖着天穹。他提出这种异论，并不是当作"科学事实"。我理解的是，对他来说两种图像是平等的，是建构的反命题，也就是说，都是来自人的思维的能力。而二者中更"天真"的那种想象更能满足人类灵魂真正的需求。布莱克渴望：人（诗意地，按荷尔德林说的）生活在大地花园里。就像他去世几年后密茨凯维奇写的《塔杜施先生》里一样。布莱克说：

> 天空是罗斯之子建造的不朽的帐篷
> 人在自己居所周围见到的全部空间，
> 站在自己的屋顶上，或者在他坐落在二十五肘高的
> 山上的花园里，这样见到的空间就是他的宇宙；
> 而在它的边缘日升日落，云卷云舒
> 这有序的空间里的平坦的大地与海洋；
> 撒满繁星的诸天不是向外延伸，而是在这里弯折，安置
> 它的各边，两极打开他们黄金的阀门；
> 而如果他迁移居所，他的诸天也随之迁移
> 随他去往不论何处，而他的邻人们都悲叹他的损失；
> 这些就是称为大地的空间和它的维度。
> 而至于推理者看到的虚假外表，
> 一个虚空中滚动的球，这是乌尔罗的妄想。
> 显微镜不认识，望远镜也不能认识；它们改变的
> 是观者器官的比例，却不能触及对象分毫。
> 因为大于人类红细胞的每个空间，
> 都是幻想的，由罗斯的锤子创造；
> 而每一个比人类红细胞更小的空间，都通向
> 永恒，这个植物人地球只不过是它的影子。
> ——《弥尔顿》，第一部第二十八板

斯威登堡的最后审判发生在这个世界，也就是布莱克称为植物人的世界之外。另一方面，布莱克的主要诗作是在期盼"怒火的收割"，期盼时间的圆满，也就是"不再有时日"①，那时"阿尔比翁②（也就是人类）之梦"会结束，人类天性中的四种冲突的元素复原为和谐。布莱克的盼望，和波兰的弥赛亚主义者比起来一样热切，不过，后者的"圣灵时代"更像是历史的"第三阶段"③，而不像是布莱克《先知书》的最后一部《耶路撒冷》中所描述的"最后阶段"。而耶稣与之缔结婚约的、象征性的圣城④，布莱克放在历史的终点外。他的夸张而张牙舞爪的风格（长时间被直接当作精神分裂症）就来自这种盼望。尽管，我们必须立刻补充说，未来对于他来说不全是"明天"，也是此刻存在的维度，从今时直到永远。诗歌和宗教，如我曾说，当指向末世时就是真实的，而此时二者也就变成了同义词。也就是说，诗歌和宗教的语言，只有预言"最终之事"的，才是布莱克认可的。他自己采用了福音书对应于实现的象征：收割，采摘葡萄，婚礼；收割来的面包变成了耶稣的身体，采摘来的葡萄在最后晚餐时变成了耶稣的血，而这又对应着迦拿婚宴上水变成酒的奇迹⑤。

即使是受过神学教育的基督徒也会承认，福音中说的将要到来的神的国度难以理解。如何调和"我的国不属这世界"⑥ 这样的话，和

---

① "怒火的收割"和"不再有时日"都来自基督教《启示录》关于末日的预言，指末日。
② 阿尔比翁是布莱克的神话系统中代表人类的神。
③ 一些基督教神学家（如菲奥雷的约阿基姆）认为，人类历史分为三个时代，首先是圣父的时代，之后是圣子的时代，而在耶稣升天之后就是第三个，圣灵的时代。但按照布莱克的四分法，最后一个是倒数第二阶段，尚不是末日。
④ 《启示录》第二十一章第二节预言了圣城新耶路撒冷，并称之为：等候丈夫的新娘。
⑤ 在迦拿的婚宴上把白水变成酒是耶稣行的第一个神迹（见于四部福音书）。
⑥ "我的国不属这世界"是《约翰福音》中记载耶稣说的话，意思是谈神的国度不是在这个世界实现的。

《圣经》中反复强调的神国会在纪元结束时在地上实现的承诺呢？《圣经》中的末世纪被各路千禧年主义者用于预言末日而悲观的基督徒则倾向于引用耶稣的话。在后一种人看来，大地永远是泪水之谷。关于布莱克对这个问题的看法，我愿意在这里再次引用诺思洛普·弗莱。因为转述是费神的工作，既然已经有人为我们做过这项工作，我没有道理不用它：

> ……在身体的复活中，物质的宇宙将采取被复活的身体所感知的那种形式，而复活的身体会以天堂的形式感知它。
>
> "复活"和"末日"这两个词暗示着对自然的完全征服。但这个征服之谜联系的是时间的结束，而不是死亡。当问到想要什么时，自我只能像佩特罗尼乌斯所写的西比尔一样回答说，它想死。它认为死亡是解决方案。对于想象，物质性的死亡隔绝了生活在灵性世界里的那部分；但是既然那个世界在此地此时是真实的，我们不需要等到死后才能住进去。"不论何时，任何个体只要能拒斥错误并拥抱真实，最后审判他就已经经历过了。"类似的，只要人们足够渴望末日，停止与自然玩他们愚蠢的捉迷藏游戏，它就可以在历史的任何时间发生。先见者、艺术家、先知和殉道者都像末日即将来临一样活着，而如果缺乏这种关于逼近的潜在危机的感觉，想象力就失去了大部分驱动力。期待一场最后审判并不意味着那时候的基督徒落入集体谵妄之中，或者说他们为了激励自己殉道而催眠自己，而是因为他们看到物质的宇宙和人的精神怯懦很难保持平衡。而当布莱克和弥尔顿阐述这样的理论，说历史表明他们会活着看到时代到达它最终的危机时，他们不过是在做耶稣多少年前就做过的事。
>
> ——《可怕的对称》，第 195 页

说不定，这就是布莱克带给我们的福音：对于想象来说，与这个世界保持一致既没有理由，也不应该；预言它的终结则是有理由和正当的。而因为最后的收割在此时此地始终不断上演，七十岁的布莱克，并不对自己在时间中的延迟感到失望，他能唱着献给耶稣的赞美诗安然离世。

第三十章

在从布莱克那里学到那个国度的名称前，我早已住在乌尔罗地，尽管我住得不太舒服。与其他人一样，我屈服于我的时代的观念和想法，甚至把它们放在作品中，但同时知道这一切都是蕴含灾难的假象。这种屈服在多大程度上是自觉的，在多大程度上是由不知名的力量授意的，我说不清。我的诗集，《三个冬天》，出版于一九三六年。时代久远，国家与外部隔绝，因此离浪漫主义时期更近。在回顾时，我相信我充分地知晓自身中乌尔罗的可憎之处。我诅咒的始终是那个幽灵，那个强大到足以使我困于由理生王国的自我。我被困在那里，只把普遍的、集体的、具有统计意义的东西当作是值得考虑的。我可怜的厄索纳，也就是想象力，设法把我从牢笼中营救出来；当发现所有的出口都封死了，它①就开始掘道逃生，偶尔能成功，比如《三个冬天》。要是迎合时代风尚，采用荣格式的名词，我会说，是我的女性灵魂坚持要让我承认她为我的一部分。而要不是因为成长于罗马公教的仪礼环境，我的命运会很可怜。这种仪礼解放了我们之中的女性特质，一种使我们更能接受基督或者诗歌灵感（布莱克会说"也即"而不是"或者"）的被动性。尽管我依旧被自我追逐，但我现在完全站在代表想象的厄索纳（精神）这一边。也就是厄索纳、精神这一边。我对存在一个"圣而公之教会"②感激良多——注意，从语法上

---

① 厄索纳是没有性别的，从这一章开始厄索纳就从"他"变成了"它"。
② 首见于《使徒信经》，意为圣洁而普世的教会。

来说这个词是阴性。我对我的立陶宛童年同样感激良多。荣格发现美洲印第安人和白人移民的梦是不同的，因而建立了对应，说潜意识依赖于地理的、地方性的条件。这个论断是否正确，我不好说，如果是对的，它会使波兰实用主义者的"神秘的立陶宛"这个命题更合理。不管我们是否同意这个命题，如果成长于华沙，我的宗教体验会相当不同。

布莱克在其诗歌中使用的各种象征性的动物不是胡言乱语。它们来自于长达几个世纪的传统，并且在诺斯替主义和炼金术中都有原型。既然已经提到荣格，我就在这里顺便说我对他的个人评价。我毕竟不是个哲学家，而是个诗人和思想史研究者，因此我更应该申明，我对精神分析的了解不比门外汉更多。关于荣格，我不赞同他从心理学偏离到形而上学的做法（比如解释《约伯记》），但我认为，他的工作使人获益。荣格，一个激情澎湃地为自己的经验主义方法辩护的经验主义者。他在无数次诊断实践的基础上，总结出了和那些伟大的想象者得到的相同的公式。他不在乎宗教现象是否是"万物有灵的习俗"的残余这一问题，而是把宗教冲动看作是和饥饿或性欲一样基本的需求。与此同时，他观察到西方想象中基督教符号的逐渐消失，于是相随的还有可以溯因至此的失序。牧者①的角色由各种"主义"扮演，而它们无非是残酷上帝的复活。荣格的作品像是在重述我刚刚说过的布莱克，有些段落读起来简直是逐词转写。这和剽窃无涉，而布莱克的作品正佐证了荣格的原型理论。这其中对他们二人都很重要的是四分法。就像布莱克的四位永在②中，由理生代表魔鬼式的元素。荣格在处理作为人性格的象征的父子圣灵时，扩展圣三，加入了邪恶，或撒旦，理由是完整的人格在表现于梦境、艺术或文学

---

① 牧者的本意即放牧的人，把教会的领袖描写为牧者，把他的民众描写为羊，这在基督教是一种常用的表达方式。耶和华上帝、耶稣、牧师，都可以被称为牧者。
② 荣格的原型理论里有四大原型，布莱克有四天神。四位永在就是四天神。

时，不是三分量而是四分量的。我要在括号里加一句，世界文学史上最杰出的哲学小说《卡拉马佐夫兄弟》，具有丰富的象征的质地，有意识地，但也可能是无意识地设计而成。四位卡拉马佐夫与布莱克的四分严格对应。父亲费多尔代表了肉欲的负担——萨马斯。德米特里是盲目的不论爱恨的激情的化身——鲁瓦。伊凡是由理生，或言为理性所苦的路西弗式元素。最终，阿辽沙是厄索纳的拟人化——想象力，乐意接受圣灵的感动。正是他梦见了加利利的迦拿。还有一位卡拉马佐夫是斯麦尔佳科夫，他是伊凡——由理生的影子或者幽灵，是实体化的否定。三位卡拉马佐夫兄弟之所以犯下弑父（或象征意义上的弑君，以及对俄罗斯的基督肢体的谋杀）的罪行，不是因为卡拉马佐夫兄弟中的某一个无比邪恶。三个人都默认是有责任的，甚至连阿辽沙也有不作为的过失。在布莱克或荣格看来，只有在四元素不被摒弃，且都由对立的结合联系在一起的时候，完整的人格才成为可能。据我所知，在我之前还没有人阐释过《卡拉马佐夫兄弟》中的四分象征。只要把它运用到整部作品中，许多迄今隐藏的层次就会像充上了电，重新鲜活、变幻。

由理生式的伊凡按照自己的形象塑造了上帝，他的上帝——造物主是自然神论的由理生。之后，伊凡在道德上试探他，并宣称他有罪。但由理生实际上是僭称上帝的撒旦，陀思妥耶夫斯基只好把耶稣放在他的反面。因此，我们也可以将《卡拉马佐夫兄弟》解读为对基督教的辩护，其中采取的方式与之前斯威登堡和布莱克所用的类似，都是独尊人身神（也就是宇宙尺度的原初亚当）。以没有人性的、丑恶的机械方式工作的是大钟表匠，而真神是神人一体者。必须承认，这种解释方式诚然或多或少与摩尼教不谋而合。按照这种解释，掌管这个世界的大钟表匠由理生能成为给物质世界制定规则的神，只是因为真神的仁慈。

他们的辩护方式暗示：基督教神学，不管是罗马公教、新教，或东正教（如果这最后一位还没有休眠），都自十八世纪起遭受了重创，并且从未从中恢复。与此同时，一种非正统甚至是异端的宗教性思想，因为能够对想象力产生吸引力而变得至为重要。自由派的新教步步后退，天主教越来越缩回自己的堡垒，而另一面是斯威登堡、布莱克、密茨凯维奇、托维安斯基、陀思妥耶夫斯基这样的思想者，站在神学家们设置的屏障前方。我们应该记得，密茨凯维奇唤用的不是托马斯·阿奎那或者至少是奥古斯丁，而是三位教会以外的先知，波墨、斯威登堡和圣马丁。

在加利福尼亚有许多远东和撒旦教派，它们见证了基督教神学不能回应人们的需求时产生的后果。我在托马斯主义①上颇花了些工夫，它的神学系统最紧凑也最合理。我可以凭个人经验说，它摒斥想象，也就是说，摒斥把概念译成图像的过程。而没有这一过程，任何有效的阅读都是不可能的。托马斯·阿奎那本人的时代当然不乏把概念译成图像的过程，在他去世多年之后也是。乌尔罗地的居民，虽然尊敬阿奎那的理论，却从他那里获益甚少。但对人更无益处的是那些神学家。他们满心恐惧，因为害怕被叫作老古董而用现代的新闻传播技术装点自己基督教的那一套说辞。但是精神上的空虚总是需要填满的。于是人们把各种宗教的只言片语毫无章法地混作一团，就像弗拉基米尔·索洛维约夫在小说《三次谈话》②中预言二十一世纪的敌基督时说的那样。

我想，我现在从事文学行业的动机之一是叛逆：要是我能引用非正统的文本，用既思维清晰又足够形象的语言，说一些我认为迫切的事情，从而给人留下深刻的印象，并以此打破乌尔罗的大门呢？

---

① 又称新托马斯主义，是 20 世纪出现的一股基督教思潮，代表人物有法国哲学家雅克·马里顿。其支派最大特点是能够适应不断变化的社会条件，以科学的方法来证明上帝存在，并针对现代社会的现状，提出信仰与理性一致、宗教与科学一致的理论体系。

② 弗拉基米尔·谢尔盖耶维奇·索洛维约夫（1853—1900），俄国著名的宗教哲学家、诗人、政论作家，被誉为"俄国现代哲学之父"。《关于战争、进步和世界历史终结的三次谈话》发表于 1900 年，是作者的遗著。这本《三次谈话》中还附带一篇名为《敌基督》的小说。

第三十一章

奥斯卡·米沃什在一九二四年于巴黎出版了一本小书，该书以拉丁语"大术"① 为标题。它包括五个章节，或者如作者所称，五首"形而上学的诗"，其中第一首创作于一九一六年。《奥秘》创作于一九二六年，出版于一九二七年，既是前书《大术》的后续，也是它的扩充。它仅包含一首"形而上学的诗"，但附带了庞大的注解。我拥有这两本书时是个二十几岁的青年，而它们，毫不夸张地说，决定了我一生的成长。更准确地说，受这两本书影响，我开始不断地思考，不断对自己提出问题，而这些问题是由它们启发的。两本书都属最难读的一类，之所以极度困难，在于作者刻意用笛卡尔式的谈话和诗意的倾泻来阻挠读者阅读的进度。法国的米沃什爱好者中，也很少有人胆敢闯入这块与人不善、要求绝对地投入的领域，仿佛这两本书是在必读书目的范围之外，没有它们也可以对 O. W. 米沃什的诗作进行评价。直到五十年后，这些"形而上学的诗"才等到第一篇以它们为主题、将它们作为米沃什诗作的中心内容的博士论文。作者让·贝尔曼-诺埃尔一九七五年在索邦大学进行了答辩②。

早在我还是个年轻人的时候，我就曾考虑是否可以把这两本书翻译成波兰语——假使译者本人已经读懂了的话。而我那时还没有这个

---

① 意为伟大的技艺，原指炼金的过程。
② 另外，我认为，他使用粗略的弗洛伊德主义进行的解释我无法接受。贝尔曼-诺埃尔的作品有中文译本，如《文学文本的精神分析》。——原注

能力,在尝试翻译几个句子之后,我确信,这项工作是不可能完成的,这文本岂止艰难,简直是不可接近。此外,在波兰,浪漫派和"青年波兰"作者们浮夸的辞藻已引起广泛的反感,奥斯卡·米沃什的用词看起来与他们接近,因而也极有可能引人不快。然而我翻译的意愿获胜了,这项工作尽管进度不是很快,最终还是完成了。其实就是在前几年,我已经把两本书都翻译了,不过不是翻成波兰语而是英语。为了什么?因为什么?这是因为我想把早年的直觉和晚近的深思熟虑对接上,想要完成和合拢。但是时间,多少时间过去了!我花费了大量时间仔细阅读这些难以翻译成为一种语言的文字,而唯一的收获是使它们的内涵更清晰些。我认为,英语版本比法语原版稍微明晰那么一点点,这也不是我一个人的观点,许多人都有这种感受。

我所做的这些工作主要是为了自己,同时觉得自己在履行奥斯卡·米沃什和一小圈子美国读者之间的中介的义务。然而那也完全是假设中的读者群——主要是因为这类作品和神秘学、神智学和东方密教一类的领域间具有欺骗性的相似之处。有一些人极为排斥这类作品,甚至对所有和它们有一丝相像的书都避之莫及。另一些人则为之吸引,在打开奥斯卡·米沃什的书后却找不到自己期待的东西:他公开彻底地反对自东方输来的灵性。奥斯卡·米沃什的"形而上学的诗"的读者中,只有一种既不会觉得蛮荒,也不觉得不可阅读——"布莱克研究者"。没有证据说米沃什知道布莱克,但二者的相似性是明显的。

尽管今天诗歌和散文之间的界限已经足够模糊,专有名词至少依然在实际操作意义上还有作用。作者本人虽然用"形而上学的诗"为题,这些作品既不属于第一类,也不属于第二类。倒不如说,它们在文学各门类中自成一体,对应某类特定的人、作者和读者的境遇。为了妥善定义这类作品,需要先讲几句现代的"难懂的"诗的历史。欧洲艺术革命的顶峰与我个人的童年和少年时期相重合。也就是本世纪二三十年代。但我的人生也见证了与欧洲艺术革命对应的退潮。它不是因为艺术上种类繁多的"主义"的失败，而是因为它们成功了，并因此暴露了它们的承诺的空虚。先锋派的跋扈使普通人不得不对艺术多了几分宽容。这种氛围偶尔会帮助地道的诗人，但总的来说，先锋艺术的胜利像是历史这位讽刺者的又一个玩笑。"难懂的诗"成为整体喧嚣的一部分，造就了"人人说，无人听；人人写，无人读"的状况。那时米沃什虽然生活在先锋派的巴黎，却对各种主义没什么兴趣。如果说这些先锋派无意识的追求之一，可能是用高不可攀的价格和神秘的内容吸引、征服顾客，表明自己是"艺术祭司"理论忠实的继承人。米沃什诚然是在寻找别的东西：他希望用特定的密码隐蔽自己的工作，使得除了少数蒙召者，没有人能接近。孤独和受伤的骄傲使他把一切使阅读便利的东西都当作有损尊严的妥协。他憎恶时代的丑陋，认为它是罪恶和庸俗的，因此也采用了类似的方式与时代对抗。他一九一〇年的小说有一个标志性的题目，叫《爱之启蒙》，即极少数投身炼金术和卡巴拉研究的人的启蒙。他对这两种神秘研究报以崇敬之情。奥斯卡·米沃什的自我隐蔽工作现在看来也是相当成功的①。《大术》和《奥秘》的形式是先知书信，收件人既不是作者的同代也不是下一代，而是精神上的曾孙。这是基于他坚定的信念：他们会生活在一个更幸福的时代，那时代会乐意接纳除作者外没有别的先辈知晓的真理。这种信念还有进一步的后果：因为未来人已经可以不用多说就理解作者的信息，因此不需要更多的解释，可以保持隐晦的文风。

目标读者的处境也是相当值得玩味的。如果说这些作品是致以遥远的未来世代，出版它们只是出于保存的目的，只是保存，而不是让它们被同代人评判。那么谁是这位有足够理解力的读者呢？几乎可以确定那将是一位未来的公民，至少也得是盲人国里的独眼龙，而这会使他自我膨胀。给予作者充分的肯定，也就是说相信他的先知预言，

---

① 是他刻意让读者无法理解自己的作品，果然到现在还是没人能理解他的作品。

就需要相信自己是地表最特别的几个人之一,其任务是看穿未来的帷幕。但是,因为极少有人能想象自己是如此的幸运儿,其作品的可信度也就成疑了。让我们姑且假设,这位作者根本就是错的,自欺欺人、头脑不正常。即便这样假设,这位读者也无法得到缓解,反而会落入更糟糕的困境中。面前的这些书页,比简单地称为美丽更富有吸引力,读者也会感到,文学的标准在这里不适用。唯一合适的形容词看来是"崇高"。崇高这个品类的存在无法证明,如同无法证明、也无须证明面包的味道。我们意识到它,是因为发现人力所及的工作,如果其中它的强度不足,就会显得苍白乏味。如果崇高不过是勤勉的信仰的力量,使徒式的力量,为什么它只浇灌了这些作品,而不是那些狂热信徒和疯子的告解呢?是什么决定了作品崇高与否?糟糕的是,我们始终找不到明确的判别方法。布莱克的《先知书》就属于崇高一类,但其内容深奥难懂,图画形式也难以印刷。布莱克在铜版上铭刻诗句,并伴以插图,从而创造了整体诗画。能欣赏布莱克的艺术的只有为数不多的收藏家。《耶路撒冷》仅有五本[①]存世。而我们甚至不确定,他最亲近的同事凯瑟琳·布莱克,是否了解自己丈夫的哲学。

  米沃什的"形而上学的诗"的崇高本性不属于二十世纪,这使人疑心,我们崇高不了,至少我是这样以为的。当我们在他的灵魂故乡漫游时,我们几乎完全超越了十九世纪后半叶的实证主义,而是在歌德或一些奥斯卡·米沃什反复提到名字的诗人的朋友圈里:荷尔德林、拉马丁、拜伦、海涅、埃德加·爱伦·坡。这些"自己选的亲戚",和无数他个人的告白一起,使我们能够从中反溯他对中世纪、文艺复兴和现代的观点。这里有某种特定的传统,是一种自毕拉哥拉

---

① 实际是六本。

斯以来代代相传的隐修士的科学，而圣殿骑士①的传说并非捏造。米沃什从同时代的法国学者勒内·盖农②那里学到一些。盖农的书《但丁的隐微论》中有一个议题说，但丁是圣殿骑士团的一员。也还是但丁，和歌德一样，写出了据米沃什看来是《新约》之后最崇高的诗。文艺复兴时有一条隐修线（也就是炼金术和基督教卡巴拉）维系着科学和宗教的统一，虽然这二者后来还是渐行渐远。奥斯卡·米沃什尊崇的正是这后一种隐秘的文艺复兴，因为它包含了未来的统一的种子。到那时，统一的不仅仅是科学和宗教，还有宗教、艺术和哲学，他称这个未来为"新文艺复兴"。站在现代的门槛前的是这样三位隐修传统的继承者：帕拉塞尔苏斯，也就是德奥弗拉斯特·博姆巴斯茨·冯·霍恩海姆，波兰炼金术士森第戈维乌斯，也就是米郝·森吉伏伊，和雅各·波墨。尽管传统上已经公认科学自宗教分离的时间，米沃什认为，笛卡尔不是理性主义之父，而是一位依赖直觉行事的人，就像是"戴着面具行走"，甚至还是玫瑰十字会士③。继承者们歪曲了笛卡尔，但米沃什没有，他称自己为"笛卡尔之子"。理性时代的科学和哲学应当为现代人的不幸受到谴责：精神的空虚和个体的孤立成为整个文明中丑陋的一面。但是地下的传统挺住了，其代表人物为马丁尼斯·帕斯夸利、圣马丁、斯威登堡。若称歌德为自己的"属灵导师"，那么斯威登堡就是米沃什的"属天导师"（根据斯威登

---

① 圣殿骑士团是存在于中世纪的天主教军事修士会，其成员称为"圣殿骑士"。圣殿骑士团曾是欧洲历史上最富有和强大的天主教军事修士会之一，并且在其存在的近两百年中对中世纪的欧洲经济体系产生了巨大的影响。

② 勒内·盖农（1886—1951），法国哲学家和隐微论者，传统主义学派的主要奠基人。对东方哲学尤其是印度教和伊斯兰苏非主义有深入的研究。

③ 中世纪末期的一个欧洲秘传教团，以玫瑰和十字作为它的象征。该会一直保持神秘，不为外人知晓。直至17世纪初，有人以匿名在日耳曼地区发表三份关于该会的宣言，外人才知道它的存在。也有人认为玫瑰十字会根本不曾存在过，它只是一个文字骗局或恶作剧。

堡的三分法：属地，属灵，属天)①。

因此，这是对我们来说也并非完全陌生的地带。稍作修改就可以用在整个浪漫派上，表明他们觉察到了威胁，开始抵挡自己失去继承权的趋势，抗拒人的异化。真故乡在过去，已经失落了。现在是流放。未来是激烈的革新和对过去的重建。这就是为什么说波兰浪漫派是双重而模范的浪漫派的原因。对于他们来说，这种三分法由政治事件标记，而他们的故乡在字面意思上失落了。因为这种字面意义上的原因，问题变成了国际政治范畴内的，也封死了内在的对"心灵的被剥夺继承权"的感受力（还不是为玫瑰哭泣的时候②）。米沃什，一位流放者，在所有地方都是外国人，他仅因思乡就可以是浪漫主义者，而他失落的童年故国，不知不觉间在自己的神话里长成了未来重生的人类的理想国。对科学技术革命的原因和结果，他的关注点与波兰或西方的浪漫派都不一样，反而更接近歌德和布莱克。在以上两位看来，牛顿代表了一种"镜片与眼睛"式的科学方法。米沃什更是如此认为，他舍弃物理学也就是"形学"，而代以"形而上学"。

我们当然可以接受布热佐夫斯基说的，甚至说我们现在的时代是浪漫主义的延续或者分流，可是称一位成形于一九〇〇年左右、文学上成熟于约一九一四年的人为浪漫主义者并没有什么用处。特别是，《大术》和《奥秘》写作于作者外交和政治生涯最紧张的阶段，也是他在经济和社会科学获得新技能的见证。在第一次世界大战期间，他作为俄国护照持有者，被派到法国外交部的发言办公室（他通晓俄语、英语和德语）。一九一八年后，他代表独立的立陶宛，组织立陶宛代表团参与了巴黎和布鲁塞尔的会议，并在国联中占有一席之地。

---

① 斯威登堡将世界从下向上分为三个等次：1. 属地的性质与人间世界相近，地位最低；2. 属灵的性质与灵魂世界相近；3. 属天的性质与天堂相近，地位最高。

② 引自斯沃瓦茨基的诗剧《莉拉·韦内达》，整句为"整个森林都还在燃烧，还不是为一朵玫瑰哭泣的时候"。

他在人类活动的不同部分间太游刃有余，很难让人认为他会只用纯"灵性"的视角看待欧洲历史。科学技术革命使"比以前任何时候都更生动，更饥渴，内心更苦恼"的劳苦大众站于台前，而拯救大众于战争的屠戮和宗教代用品的压迫始终是米沃什的目标，即使是在"形而上学的诗"，或者他最隐微的冥想里，这也是最突出的主题。即使人生走到终点前，他还写道："不是事件本身，而是它们属灵的后果激发有灵感的人。俄国革命想人工制造自己的吟游诗人。但是靠机械地实施物质主义的教条是无法创造新的社会秩序的，更不能创造诗人。"从他对现今，也就是庸俗和资本主义的工业社会的批判，以及对新时代的寄望中，可以看出米沃什既是浪漫主义者，也是造反派。对于我（受波兰浪漫派加上布热佐夫斯基的影响）来说，这件事再自然不过。思维惯性肯定会迫使我的读者在赫尔墨斯主义①和社会变革之间寻找联系。而对于文学评论家，布莱克的作品和英国工业革命之间的联系是明显的，对于布莱克本人也是如此。

米沃什早期的诗作，还有一些晚至一九一一年，他已经三十来岁时创作的诗，有时被人归类为法国象征主义的后期变体。这种说法有一定道理。而象征主义是乌尔罗的诗人使用的一种表达方式。他们或是创造作为反世界的虚构的实体，或是嘲弄、讽刺、亵渎、忧郁、绝望，而所有这些都在米沃什的作品中有突出体现。这使他有时候显得像是可怜的早逝的儒勒·拉福格②。不过，他也写过一些更积极、口吻更轻快的作品。有一段时间，各国的诗歌汇聚如一个组织，大约就

---

① 赫耳墨斯主义是个宗教性与哲学性的传统，它主要基于被归为来自赫耳墨斯神的哲学与魔法的研究与实践。该主义盛行于15世纪欧洲文艺复兴时期，后来县至影响到占星术和炼丹术。赫尔墨斯主义者认为，宇宙是精神性的，存在于上帝的冥想之中。

② 儒勒·拉福格（1860–1887），有才华却早逝的法国–乌拉圭诗人。

是波兰诗歌从现代派的忧郁转向利奥波德·斯塔夫[①]式的乐观主义的时期。随后不久是立体主义在诗歌中的胜利，早在一九一四年之前它就在波兰进行了第一次试验。米沃什没有沿着这条路走下去。对他来说，那是被打入乌尔罗地的人的又一个特征，只是换上了新的面具、服装，伪装成无动于衷的滑稽举动。他不想寻求这个意义上的创新，而想直击靶心，也就是从乌尔罗中解放出来，虽然在很长时间里他根本不知该如何做。在法国，只有克洛岱尔因其宗教诗，可以称得上是另外意义上的创新者。最终，米沃什做出了自己的选择——米沃什虽然与他忧郁的浪漫派前辈同样致力于脱离乌尔罗地，最终却做出了自己的选择，与他们分道扬镳；之后他写下了"形而上学的诗"这批二十世纪的奇珍，以及其他一小部分被公认的他最好的作品。作为诗人而言，米沃什生错了时代，就像生错时代的波兰诗人莱希米安。几十年过去，他们再没能以任何方式产生什么影响。

---

① 利奥波德·斯塔夫（1878—1957），波兰诗人，欧洲现代主义的代表人物之一，也是"青年波兰"时期的领军人物和斯卡曼德尔诗社的创建者之一。

第三十二章

"形而上学的诗"的第一首的标题是《致斯多给的信》。这就可以看到米沃什是怎样故意模糊信息的。有谁能猜得到斯多给是他吗?① 看起来是位女士,作者与她交谈的样子像是躺在海滩上对女伴说话。不过我们很快发现,斯多给是虚构的,并不是个活人。这需要对斯威登堡有所了解,才能使我们想起,斯多给在希腊语中意为慈育之爱,既是母爱也是父爱。这对于米沃什来说,指代的就是他对人类的爱,也就是他的个人使命和文学生涯的引导力量。这立刻让我们想到歌德的《威廉·迈斯特的漫游年代》,还有他《浮士德》的最后,也是以为人民服务为主题。

在一九一四年发生的系列事件之前,米沃什对斯威登堡一无所知。此后他进行了一段时间的高强度阅读,对这位瑞典神学家保持一种常带着批判性,但又总是充满敬意的态度。这和布莱克很像——这也是为什么说布莱克和米沃什在不止一点上是近亲的原因。总的而言,他们从斯威登堡继承了对待"行毁坏可憎的"以及应当为此负责的现代科学的态度(不过他们两个人都不是"斯威登堡主义者")。借此机会我们应当再次注意到,不应该按照波兰或法国浪漫派的理解为基础去设想斯威登堡。他们从斯威登堡那里采用的,布莱克都忽略了,反之亦然。米沃什在二十世纪读的斯威登堡,因此选择更是与前

---

① Agape(神爱),Phileo(手足之情),Eros(情欲)和 Storge(家庭之爱)是基督宗教常谈论的四种。神学家 C. S. 刘易斯有著作《四种爱》。斯多给即家庭之爱。

人大相径庭。

《大术》和《奥秘》中最本质的是空间问题,我不是在夸张。这里完全不是在抽象地寻找科学方程式。米沃什确信,有些宇宙观造成的压力是会扭曲和搅乱想象力的。把空间当作无边的容器,也就是有"群星之轮"在其中旋转的虚空。这不是十八世纪独有的观念。它不过是那些堕落后的人类的头脑倾向的表达,而亚当的罪完全在于他选择了一个由自满而生的宇宙(布莱克认为牛顿的系统里放的是由理生式的对世界的看法)。在简要介绍米沃什的几段最基础的论述时,我希望能回避两种误解:第一,浪漫主义对理性智慧的抗议不必被普遍化,因为"猫在夜里都是灰色的"①,也就是说,针对同一个对象有多种多样的抵抗方式,不能被简化为一个模式。早期浪漫主义的立场以逃往"乐园幻想乡"为标记,晚期的浪漫主义者相信,真理在科学中,无论我们的主观性如何抱怨都是无济于事的。当陀思妥耶夫斯基声明,即使是完全接受了否定耶稣神性的真理,他也要选择耶稣时,他代表了晚期浪漫主义和我们现在都存在的两难命题。因为他所指的真理,是由科学发现的自然"不可违反的法则",这些法则说应该否认奇迹(死而复生)。这种两难命题在我们的世纪有了更深的阐释,可见于陀思妥耶夫斯基的学生列夫·舍斯托夫。他对这套以普遍性的名义否定特殊性的哲学发起了猛烈的攻击。他这种方式还有别于在科学领域中另起炉灶,也就是说,在科学中建立头脑和想象的新联结,如歌德和布莱克这样的诗人所做的。科学家们对这些诗人的幻想报以如此愤怒的反响,这让人不由怀疑,诗人确实触动了什么神经。

第二,考虑到我们身处一个伪宗教和伪神秘团体的时代,提到炼金术或斯威登堡的教义,我就使自己置于遭受不堪的责难的境地中。我在此宣告,我对密教相当厌恶。在美国,有数以千计的可怜人被各种宗派吸引,但我对这类诱惑的态度向来是态度鲜明的蔑视,不管它

---

① 谚语,意为周围环境的作用可能会导致错误的判断。

们是葛吉夫①或其他这类古鲁②的江湖骗术，还是塑料封装的佛教。我的抵制态度得自罗马天主教（主要是托马斯主义③）的教育，但同时很大一部分也来自我对米沃什的忠诚。他认为源自地中海盆地的宗教比远东宗教高上一等，并且重点建议我们探索自己的犹太-基督教传统。确实，只有沿着这种传统求索，而不是逃入什么东方圣礼的人，才能把他的"形而上学的诗"看作是想象力的壮举。

这两本极为困难的作品，从读者自它们的基本思考开始读起时，就清晰多了：如果我们坐在椅子上，伸长手臂，并思考人类器官的固有运动是什么意思。米沃什认为，人类一切感受与思考的基础上，最为基本的是对空间的观念：

> 对于能看得见的人，空间由光的运动揭示；对于盲人，则由手臂或其他肢体的运动感知；对于盲人和视力正常的人，以及肢体残疾又失明了的人，运动的概念如同思维的基础，给出了哪怕是最抽象的操作的起始参考点。简言之，以不可分割的方式与其血液流动联系在一起的精神原则。
>
> ——《奥秘》，对短诗一的注解④

人在自己的想象里把自己相对于其他事物安置的方式，就是他思考问题的方式。而前者正是建立空间的过程。因此可以说，思考与为自己建立空间是同义的：

---

① 乔治·伊凡诺维奇·葛吉夫（1866—1949），二十世纪初颇具影响力的俄国-亚美尼亚神秘主义者、哲学家、灵性导师、作曲家、作家、舞蹈家，曾在法国、俄罗斯、美国活动过，以"第四道"和"神圣舞蹈"闻名。
② 古鲁，又译为上师。
③ 托马斯主义是由哲学家、神学家与教会圣师托马斯·阿奎那（1225—1274）的作品、想法中衍生出来的哲学学派（注意，并非前文提到的新托马斯主义）。
④ 译自法语原文，参考了米沃什的波兰语翻译。《奥秘》一书的正文由一首首短诗组成，这个词一语双关，同时也意为宗教经典的一节经文。

事实上我们既没有给自然带去空间，也没有带去时间，唯一贡献的只有我们身体的运动和我们的认识，或称对这种运动的知觉和爱。我们称知觉和爱为思考，以它为源头，产生了我们从自身出发安置一切事物这种最初和最基本的技能。空间和时间看起来早就预备好了接纳我们；然而同时我们的焦虑也正是来自于安置这些时间和空间的需求；但是，由于我们想象不出另一个地方或容器来装载眼下这一个，我们进行了这样的头脑操作：在这些空间和时间自身里给它们安排了位置，把它们乘或除到无穷大或无穷小。可我们不能消减这些可怕的痛苦分毫——这些爱的痛苦，斯多给——它们追逐我们，直至死荫的幽谷。

——《致斯多给的信》①

毫不夸张地说，这位"笛卡尔之子"打算用另一条命题代替"我思故我在"，那就是"我动故我在"。他为第一条命题寻找证据，并发现它需要的是安置（这个字眼在法语里优雅简短，译成波兰语后却显得相当丑陋——看，这就是为什么我不喜欢把米沃什的作品翻译成波兰文）。

可以说，强迫自己将所有事物安置（包括我们安置这些事物的空间和时间），这在我们生活的精神表现形式中排第一位。从存在的这种本质活动之外，当然不会产生出任何思想或感情。我们的精神在最初几次探索认识周围世界时，态度是盲目顺从的。后来，我们发现这种活动具有和在几何和自然科学中一样的多义性特征；它的统治甚至包括最为极端的抽象形式，哲学的、宗教的、道德的、艺术的；善，恶，爱，真与伪的冲突，对启示

---

① 译自法语原文，参考了米沃什的波兰语翻译。

的接受,遗忘,天真的状态,灵感——我们所有的精神后裔都要求从我们这里继承奇迹之地,并且得到了这块遗产;而这又是那个需求安置所有事物的老问题,它这次把权杖指向这些宜人或可怕的地方:古代东方,地狱,萨纳,哈米吉多顿,半尼其的拔摩岛,忘川,阿卡迪亚,帕纳塞斯——以及其他,以及无穷无尽的其他。①

——《致斯多给的信》

一旦同意上述假设,就会有巨大的影响,因为自此想象不再是感官的偶然,而是它的首要状态。我在这儿不想偏题,讲一些肯定会变成长篇大论的东西,其中包括布莱克为什么遣责十八世纪的认识论。这类主题不归我来说,我了解专有名词的诡计。因此只有这些:迫使我们安置一切事物的原初冲动在这个意义上是同质的:奥德赛,但丁的地狱、炼狱和天堂的地理图,进化论,热力学第二定律,这些都是同一种空间想象的工作。这意味着,人类头脑耕耘过的各种领域——通过想象——比任何人能设想到的更紧密地联系着。科学加诸我们的图像因此不仅限于精密科学的层面,而是渗透到了我们的整个思维,甚至包括其最"天真"的部分。

我们在空间中安置所有事物。好的,但是这个空间又在哪儿,又安置在什么之中呢?假如它是无穷延展的,那么它就不能位于任何地方。假如像人们有时猜测的那样,在我们的太阳系和无数其他星系之外,物质已不存在,只有纯粹的膨胀,那么这也一样是无穷的膨胀,因为在这里一样不可能有边界或休止这样的概念。这就使我们不得不让无穷的空间相对于空间做乘法和除法,也就是使扩张的一端是无穷大,另一端是无穷小。

---

① 萨纳·萨纳山,芬兰神话的神山;半尼其,这里指约翰。

头脑的梦魇,"被剥夺继承权"① 的核心,就藏身于如下牛顿认为不可违反的公理中:

> 时间和空间是,如其所是,其自身以及所有其他事物的位置。一切事物都依相继顺序安放在时间中;在空间中按照位置的秩序。它们的本质或天性如此;而认为事物最初的位置是可动的,这是荒谬的。

——牛顿,《原理》,第二版第十二页②

对于布莱克,这种定义是渎神。这套宣扬牛顿的绝对空间和绝对时间的科学,布莱克要站在它的对立面。而奥斯卡·米沃什,尽管在一九一六年时还没听说过爱因斯坦这个名字,但已经在写作《致斯多给的信》后找到了爱因斯坦关于广义相对论的直觉的确证。因为,他的"形而上学的诗"针对的,就是那些把自己罚入到一个在无穷中乘除的空间,以至头脑无家可归。这些诗发展成一组反牛顿的"可视的物理学"。空间现在成为仅是物体 A 相对于物体 B 的运动。当没有物体的时候,就既没有空间,也没有时间。宇宙,从想象力无法理解的在空虚中无穷延展的星系团,变成了被普遍运动约束的物质—时间—空间的三位一体。

人类思想,也就是米沃什称之为"对运动的知觉和爱"的,不过是对安置的需要,它来自于帮助建造器官组织(血液流动)的空间感知。换种方式说,我们思考,是因为我们的血液循环使我们成为普遍运动的一部分。

因此,节奏是米沃什的形而上学的核心,"节奏是我们称为思想的东西在地上的所有表达形式中最高的一种"。我们在《致斯多给的

---

① 指的是人不再是时间和空间的中心。
② 引自"定义"部分的附注 VI 里。译自斯坦福哲学百科登载的英文版。

信》里读到"纤细的温柔"和"深情的无误",人凭借这两样,"通过和谐而合理地分配精力,寻找准确的位置和恰当的时间,安放诗中的词汇和声音,舞蹈中的肌肉和舞步,演讲中的语调和重音,雕塑中的动作主线和生命,绘画中的颜色的初次和末次震颤,最后,建筑中的石头和横梁"(《致斯多给的信》)。米沃什不止一次谈到各种宗教中神圣舞蹈扮演的角色,如宗教历史学家勒内·盖农注意到的,引用如下:

>……节奏的知识应用广泛,从这种知识中产生出一切用以抵达存在的更高形态的途径。因此,根据伊斯兰创世神话,阿丹(亚当)在地上的乐园里生活的时候,说的话都是诗,也就是有节奏的语言。因此《圣经》也是用有节奏的语言写成,这使它确凿与反传统的"评论家"们希望它是那种单纯的(纯粹世俗意义上的)"诗歌"是完全不同的;而诗歌本身,在起初也不是像现在这样只是空洞的文学……
>
> ——《鸟的语言》,一九三一①

我尽力尝试按照由浅入深的顺序重新叙述"形而上学的诗"。我不知道是否会有人与我做伴,但是最终,人类活动的多数也都是爱的徒劳。有准确的位置和恰当的时间分配给一个特定的词或舞步,这是节奏的秘密,也是相对容易想象的。它回应了我们对于安置的需求。但是,如果每一个东西都与其他东西相对,如果物体 A 的运动相对于物体 B,后者又相对物体 C,诸如此类,哪里又是位置之位置?哪里又是所有其他物体都相对它而运动的位置呢?对于米沃什,诸位置

---

① 鸟的语言,在炼金术中指神秘语言,有时也代指天使的语言。

中地位最高的位置是"推动太阳和其他星辰的爱"①。这种爱只能用象征的语言表达。米沃什格外强调《雅歌》的意义，他在其中读出了多层含义。其中新郎和新娘的男女之爱象征着造物主和造物之间的爱，婚姻的奥秘直指存在的深处，是情欲的。节奏是无休止的追逐，永不停止寻找安歇，也就是位置；但是在缺乏绝对参照点的宇宙，人在字面意义上是找不到自己位置的——圣奥古斯丁对此已有察觉（"我们的心非在你里面就不得安息"）。察觉到这件事的还有所有的诗人，因为他们穷其一生，都在试图写一行难懂的、从来不能被完全认识的诗。奥斯卡·米沃什找不到自己的位置，在巴黎，在威尼斯，在伦敦，都找不到；而流浪者的命运对他自己来说成为一个巨大的隐喻。在只存在缺乏参照点的运动的地方，即使是从桌子移动到书架这样的动作，以墙的不动性来测量也是虚幻的，而后者又需要以房屋为参照，而房屋又以砖参照，等等——如果没有任何固定性存在，这个过程是无穷尽的。顺带地提一下，一些犹太卡巴拉典籍中，上帝也有一个名字叫位置。

没有参照点的运动是巨大的幻觉，这时，只有从一种状态到另一种状态的变化是真的。这听上去像斯威登堡——那么米沃什会避难于斯威登堡式的与这个物质的世界对应相联系的天堂吗？这里米沃什最为坚定不移："我不喜欢斯威登堡的灵魂出窍理论，也不喜欢他的灵性的世界。"② 他又说：

> 他们空谈说他们的世界是与时间和空间无关的，说位置不过是看似如此，或者说现实只是与灵性状态同时发生的创造和它的

---

① 但丁的《神曲·天堂篇》的最后一行，极言爱的力量之伟大。"位置之位置"来自一种圣经文学中常见的表述方式，比如耶和华是万王之王，雅歌是歌中之歌。
② 这里波兰语是"关于天体的神哲学理论"，英语版作"能人的天体的理论"，实际上法语原文是"星体投射"，也就是指斯威登堡灵界体验的基础——灵魂出窍。

对应；我们感到，他们还在运动法则的统治之下，把他们的非物质依然相对于物质放置。甚至在以最纯粹的模式思考时，我们把A相对于B安置的习惯也是如此牢不可破。

——《致斯多给的信》

以及：

没有东西被安置的时候，不存在从一个位置到另一个位置的变动，斯多给，只有一种状态——一种爱的状态——到另一种的。我们的内心现在充满感情，这驱使我们乘和除直到无穷，并且使自己陷入节奏可怕的洪流中，没有什么能让我们满足。但我们终将死亡，斯多给，终将进入有福的状态，那时乘法、除法和总是无法满足的节奏会找到纯粹的最高之数，以及不可变的、完满的诗歌最终章。这是第二种爱，斯多给，这是歌德大师的极乐，这是阿利吉耶里①的最高天，这是好人斯威登堡的阿德拉曼多尼，这是不幸的荷尔德林的赫斯珀里亚。

——《致斯多给的信》

因而"我动故我在"变为"我爱故我在"，这是因为爱和运动的感觉在追逐位置之位置的意义上是同一的。米沃什的"形而上学的诗"的核心是空间的哲学，但也可以不乏道理地称之为血液的哲学："血液一词我们理解为被赋予自发运动的活着的宇宙物质"。

---

① 指但丁。

第三十三章

我遇到了一个不小的问题。在这些书页里已经若隐若现的疑问，就在我尝试把困难重重的原文翻译成波兰语这项几乎不可能的任务时愈发强烈。我是因为什么，为了谁在预备这头脑的奢侈品呢？自然，那些写关于我的波兰文学论文的博士生会从中获得安慰，因为我在异域的远足向他们解释了，为什么我那些对外国的先锋派最新时尚如此敏感的文学同侪们，在我看来多是差劲的。被博士生们阅读对我来说只是贫瘠的安慰——有什么书他们不读吗？我们总希望自己贡献的不止是图书馆的灰尘。在一切可能性中我们都进入了普遍琐屑化，而米沃什认为不用期待同辈或子辈，这很有道理。但是我，形象更谦卑，只想为形而上学凿出一些空间，而不指望完成克拉谢夫斯基①、显克维奇、亚谢尼察②一样的任务，我也从未能够说出我想说的，而人们从我的声音里听到的也不是我希望他们听到的。在短暂的抱怨之后，我再一次抛弃疑惑，回到奥斯卡·米沃什本身，而不再做自己力所不及的事情。

米沃什是他自己系统的开创者，但这不是一种哲学系统，否则就应把他的作品放在推论性的话语的层面上了。关于他，总有一些弄不

---

① 约瑟夫·伊格纳齐·克拉谢夫斯基（1812—1887），高产的波兰作家、历史学家、学者。克拉谢夫斯基曾著有长短篇小说共三百余部，其中包括关于波兰历史的共29部系列小说。

② 帕维尔·亚谢尼察（1909—1970），波兰历史学家、记者、作家。曾著有《波兰通史》。

懂的残余，因此读者不必为不能理解感到愧疚，正如每个诗歌评论家都知道，有些"系统"与严格的概念是不相交的。如果寻找一个词汇来形容米沃什的思想，不管是称它为"形而上"还是"诗而上"，都不如称之为"卡巴拉主义的冥想"更接近真相。"卡巴拉"一词已经具有很多负面的联想，甚至几乎与魔法、手相、咒语、驱魔等同义——这是几世纪来大众层面理解的卡巴拉主义。在前面关于密茨凯维奇的章节中，我提到了哥舒姆·舒勒姆的书《卡巴拉及其象征》。这位历史学家也是另外一本题为《卡巴拉》的书的作者（英文译本出版于一九七四年）。如果说斯威登堡是布莱克和米沃什的必修读本，那卡巴拉也一样。到底什么是真正的，而不是百姓们"实践"的卡巴拉呢？它是关于神和宇宙间的神秘关系的冥想。它力图回答宇宙是如何创造的问题，试图猜测在深不可测的本质和物质世界中间的阶段。在这个意义上它是神哲学而不是神学。卡巴拉的历史可溯至上古，我还可以斗胆评论，卡巴拉的成就顶峰，在我们这个承自犹太和希腊的文明中，达到了想象力的最高水平。舒勒姆观察到，卡巴拉的历史自其滥觞就与晚期希腊文明思想的历史密切相连，而到了中世纪，又与伊斯兰和基督教思想史密不可分。舒勒姆说："卡巴拉的历史意义，可以定义为犹太诺斯替和新柏拉图主义相互渗透的产物。"这也是为什么，特别是当我们记得基督教卡巴拉在文艺复兴时期的作用时，很难说在某一个特定的作者，比如米沃什那里，哪些是得自犹太卡巴拉，哪些是承袭自柏拉图主义[①]、新柏拉图主义乃至诺斯替主义的传统。还在巴黎上学的时候，米沃什就学习了希伯来语，熟练到足以阅读《圣经》。不过，他关于卡巴拉的知识是得自法国的研究者。具体的知识不是最重要的，重要的是建构超越哲学和神学的系统的方法。这样就到达了高等诗歌的领域——这正是卡巴拉，以及许多

[①] 柏拉图主义在这里指柏拉图学派的核心概念，柏拉图实在论。这种理论宣称理念形式是绝对的和永恒的实在，而世界中实在的现象却是不完美的和暂时的反映。

基督教赫尔墨斯主义作品所属的。

在《奥秘》以及米沃什二十年代所写的其他诗歌中,我们发现了不同形式的卡巴拉基本动机,其中首要的是存在的层级性。也就是说,神能退向人是不可想象的,但是它可以凭借多个阶段或"镜子"① 实现,人从而能够构想出上帝的某种形象。这些阶段或神圣能力,称为"质点"(有十个)。它们不是上帝的全部,而是他的流溢;他在它们中显现自身时,独一性就变为多样性,并产生了这个世界。卡巴拉的多个支派都奉一本中世纪的书为经典,这本书叫作《光辉之书》②,成书于一三〇〇年左右。该书提到,存在的四世界"流溢""创造""形成""行动"也是层级性的,从最高的前物质的,到最低的地上的。在每一层里,质点以与这一层的存在的等次相称的方式作用。这样就形成了一种相互作用的层级结构的复合体。在这个意义上,卡巴拉是象征性思考的最佳例子:上层的都折射于下层,下层的在更下面一层,以此类推。

奥斯卡·米沃什使用的是一套法国命名法,毫无疑问源自基督教卡巴拉。卡巴拉中最为奇异的独有概念之一是原初人亚当·卡德蒙,一般与神圣本性(无限)相关联。在法文版本中,他被称为:宏象。他在神性流溢的最高平面上的对应物是:微象——逻各斯,道成肉身。这里不由不让人想到坚持神的人性的斯威登堡和布莱克。甚至米沃什本人也有一次这样对朋友说:"神是个人。这也是为什么《圣经》有如此深情的口吻。这在长于形而上学的那些别的宗教里是找不到的。神不用形而上学。"(泰奥菲尔·布里昂③,《和米沃什的会面》,《鸥》,一九三九年六月一日)

---

① 神无限的光辉经过"镜子"的不断反射丧失其亮度,最终可以被人接收。
② 卡巴拉思想中最长且最重要的文献,是卡巴拉对于希伯来圣经(《旧约圣经》)的注解。书中探讨了上帝的本质、宇宙的起源和结构、灵魂的本质、赎罪等。
③ 泰奥菲尔·布里昂(1891—1956),法国诗人。

下面的另一段引文与之前的段落颇有重复之处，不过又引入了一些新的要素，其中最重要的是存在的各个层级间的相互依赖性：

> 思考首先意为安置和比较：这两种又可以简化为一种，因为最初的比较是将一个位置与另一个位置参照。所以思考本是将自身参照外物安置，首先是物理意义上的，然后是道德的。之后，我们参照周围的世界决定自己在世界的位置。存在，意为在某个位置上存在，是一系列动点的经行；它又是驻在赋予运动的身躯里的头脑的运动，这具身躯与其所在的具有引力并和其他引力系统作用的世界随动。哥白尼、伽利略、牛顿，早在来自外部世界的小小运动图像促使他们做出发现之前，潜记忆里就已经有了全部知识。直觉即回忆。根据宇宙的基本法则类比律，头脑的本质操作也延展到道德层面：爱和恨是服从于吸引和排斥的运动。因此，思考不过是对运动的知觉和爱，是一种审美，一种节奏学，因为运动是对位置的决定，而位置本身是对存在的决定。
>
> ——《奥秘》，对短诗八的注解

类比律：这是"形而上学的诗"的关键，几乎整部作品都基于此。类比律，也就是"如其在上，如其在下"，在中世纪的基督教和卡巴拉之间是共通的。斯威登堡的对应理论也是以此为基础。他毕竟不是无端想出这些事物。同样不想与中世纪割裂的还有歌德，他试图维持自己关于"自作用的"人类头脑和世界之间的可公度性的信念①。另一个自觉的延续不是别的，是威廉·布莱克的诗和画。他希望超越"植物的自然"，到达真正的、"想象的"自然。

如果米沃什说"直觉即回忆"，这不是因为他相信灵魂迁移——

---

① 简化而言，歌德的在自身中认识世界、在世界中认识自身的哲学理论。可公度性即可以用同一个尺度测量。

卡巴拉的这一面，这一面无疑存在于密茨凯维奇那里，却未见于米沃什。前记忆，或称潜记忆，贮存在血液，也就是"赋予自发运动的活着的宇宙物质"中。换言之，我们有记忆，因为我们也是活物。我们记得什么呢？另一种高一等的实在，它不是不可知的，因为我们通过直觉可以达到原型世界。各类宗教和神话的语言在我们之中唤起如此强烈的回应，是因为我们在其中认出了无意识地知道的东西。物质的运动作为整体，是创建宇宙的、非实体的光的运动的类比——下一章我会讲。这里我仅仅加上这句，在波利尼西亚神话里，神从泥土里造人，然后在人面前舞蹈三日使他运动起来。

中世纪的哲学使用类比律，但那是每一件世事都使用类比的年代。有那时的美术和建筑为证。象征性的图景中尚未明确地区分符号和它们所指的那个定义了或未定义的内容。对于后者，符号是与之复合的（意为扔到一起）。很久之后慈运理①的著作里写道，基督的身体和血在圣餐礼里只是象征性地摆上。这种说法在中世纪当然是不可能被认同的，因为那时的人会认为，象征性在最大程度上和真实是一样的（艾里希·海勒曾撰文谈慈运理的个人转折）。

米沃什对二十世纪，"可嘲的丑陋世纪"，基本是反对的。这源自他为人们的头脑萎缩、不再理解类比律感到痛苦。自十八世纪晚期，文学和美术稳稳地丧失了表示我②（不是奥斯卡·米沃什）会称为多层次的实质的能力。米沃什不喜欢华兹华斯这类的浪漫主义诗人，华兹华斯的自然的图像好像要暗示什么，但其实什么也暗示不了。他也不喜欢雪莱，却赞赏拜伦，因为他是第一个表达被剥夺继承权者恶魔般的内在苦痛的人。

虽然并不知道布莱克、米沃什对"自然的缪斯"的谴责，听上

---

① 乌利希·慈运理（1484—1531），又译茨温利，基督教新教神学家，瑞士宗教改革运动的领导者。

② 切斯瓦夫·米沃什，作者自己。

去就像是在重复布莱克：

> 以客观的方式，即以健康的思想和真实的感受来说，一切都是现象，没有什么是图像。文学图像是用来掩饰自然缪斯乏味的脸的化妆品。《圣经》中的神圣缪斯不会说一个没有对应三世界中的对象或造物的词。三世界，也就是原型或属天的世界，创造数学点的光或属灵的世界，以及物理光的自然世界。所有的现代诗人，除了但丁、歌德和两三位其他作者，都是堕落的自然缪斯瞎眼的孩子。
>
> ——《奥秘》，对短诗二十六的注解

米沃什的"三个世界"我之后马上会讨论。米沃什设想，诗歌的未来是诗人和他的诗之间的对换。因此而来的是他的书名《大术》，"伟大的技艺"——这在中世纪指炼金术。如我们所知，炼金术的原则是术士和他操纵的物质同时的重生，这也是以类比律为基础的。但米沃什相信，在二十世纪，这种诗歌或是不可能的，或是即使出现了，也不能被理解。可是诗人依然在不顾一切地寻找这种真正的语言，它存在于无意识的记忆里——这种语言就像俄耳甫斯的琴声，为动物和石头所倾听。

第三十四章

不论是我们共同的姓,还是我对父亲权威的渴望,都不足以成为确证米沃什的作品给我造成这般影响的理由。假如我不曾识得个人或公共的不幸,假如我的生命不曾处于始终在尖叫的边缘挣扎的状态,我也不会从他那儿得到什么。让我们诚实地说:任何成长于基督教环境的人,当在这块良善的上帝创造的大地上的生灵遭受莫可名状的痛苦时,都不能在二十世纪找到任何帮助。米沃什——爱的诗人:是的,米沃什是个爱的诗人,但那不是甜蜜的爱,而是更高层的、代价高昂的爱。而他的作品,特别是"形而上学的诗",是在与古老的问题角力:怎样才能对我们在世上的存在回答以"是"?

《雅歌》和婚姻的奥秘,作为上帝—新郎和造物—新娘之爱的具象表示……人们不无道理地说,既然已经知道受造物本性如何,这种婚姻之爱确实相当特别。但是不管是基督徒还是非基督徒,对基督教的认识都如此浅薄。这些人全都忘记了,创造世界的上帝自己取了人的形状,并自愿作为一名饱受刑罚的囚犯而死。没有时间的地方也就没有事件的次序,而各各他①和创世在同一时刻发生。这就是米沃什冥思的主旨。

在转到米沃什的系统之前,我要尝试在舒勒姆的著作的基础上,展示这个问题在卡巴拉里的样子,特别是十六世纪的艾萨克·鲁利亚

---

① 据《圣经·新约全书》中的四福音书记载,神的儿子主耶稣基督曾被钉在十字架上,而这十字架就是在各各他山上。多年来,"各各他"这个名称和十字架一直是耶稣基督被害的标志。

的版本。这里是要点：一、既然我们信上帝，那么创世就不可能是无中生有的。因为上帝是无限的，他包罗万有，而在他之外如果存在任何空间，都相当于对他的无限的限制。这里鲁利亚引入了概念"约束"，即神自愿的后退，有时可与呼吸中的一次吸气相类比。通过这种收缩，神创造了原初空间、第一个"外在"。二、无限，神性本质，是它向原初空间里释放了一道非物质的光线。这道释放出的光在原初空间里有其特定的形态，第一个就是原初人亚当·卡德蒙。舒勒姆说："亚当·卡德蒙是无限与尚待出现的层级世界之间的纽带。无限的实质中放出的光在亚当·卡德蒙体内继续作用。和层级世界相比，确实，亚当·卡德蒙本人更应当，且有时确实被称为无限。"三、在原初世界，在宇宙的创造之前，发生了一次大灾变：从亚当·卡德蒙的头释放的光（也就是圣言？）太强，以至于承载它的容器破裂了。这一破裂就标志着邪恶的开端，另一面的肇始。自容器碎片产生的是物质的起源。四、这个世界的创造是神圣的善的作为，因为它的目的是终极的救赎，或把这个世界改正到造物者创世之初的原始状态。舒勒姆说："这种宇宙观中的诺斯替特征是不争的，尽管它形成的具体方式完全出自犹太内部的源头。典型的诺斯替，譬如说，会把创世描述为一场宇宙的戏剧（先于宇宙的），它所围绕的戏剧冲突深深地源自命定，发生在神自身内部的运作中。戏剧表演了人寻求终极改正的道路，还有将恶从善中洗净的途径。后一种中，人是主要角色。"五、地上的第一批居民亚当和夏娃具有的是灵体，在堕落后变为物质的身体。人的堕落牵涉到了整个自然，并重复了第一次灾变（"如其在上，如其在下"），即容器的破裂。

在这些卡巴拉的教义中，人们容易探查到一些作用于基督教想象几世纪的理念，因为它们都必须要与世界的残酷和不人道符合。基督教的解决方案通常与诺斯替主义相近，有时类似于它的摩尼教形式。天使反叛，从中生出邪恶的力量，在效果上相当于影响了整个创造的灾变，虽然它并没有产生另一个同等强大的与善相对的极端。我们第一代先祖的罪产生了第二次灾变，它和第一次灾变紧密相连。在但丁的《神曲》中，大地的中心住着堕落天使撒旦（字面意义，头朝下从天而落）。弥尔顿的《失乐园》的主题，也是将天使的反叛视为一场宇宙的灾变。威廉·布莱克在诗歌上借鉴了弥尔顿，但更正了他，免了撒旦的罪。因为布莱克说，他反叛的是一个假神、独裁的耶和华。对于布莱克，如我所述，灾变是在人神家庭的统一破裂的时候发生的。它发生于宇外的维度，如果在无时间的领域可以有"先"的概念的话，灾变"先于"世界的创生。可就连布莱克主义者也不能赞同布莱克对创世的诠释。有些说他把创世理解为"怜悯之为"，另一些则称他更关心人关于创世的观念而非创世本身。基督教美术和诗歌中的灾变总是具有同样的职能：它使我们能够接受这世界，不是因为其已经被违犯的秩序，而是因为它如卡巴拉所说，是随改正而至的希望，即"回复秩序的希望"。

世界的不人道，它对人心所需的无动于衷，在神具有人的特性时就舒缓了。那样我们就有了和他交流的可能性。他不仅仅是世界之王。基督，或圣言、逻各斯，成为最高裁决者、统治者、全能者。卡巴拉研究者关于将不可测的神圣本质（无限）和亚当·卡德蒙等同的倾向是著述颇多的。斯威登堡之后的布莱克，在那个关键的十八世纪，在神的人性上建立他的宗教并非偶然。

在《奥秘》中，米沃什阐释了一种使用火与光为象征的宇宙进化论。这是来自于《圣经》创世纪中神的命令："要有光"。从此开始了世界的创造（注意斯拉夫语中世界和光两词同源）。神是一团火，但我们人无法为神命名，也无法完全理解他。神首先创造了概念"外部"。这是"无"，但不是空间意义上的，因为这里空或满还都没有含义。神—火向"无"之中注入了自己的纯粹灵性的光，米沃什引用了中世纪沙特尔和牛津学派[①]的说法，将创世之工归于光的运

[①] 指的是中世纪位于牛津的经院哲学学派。

动；这光，由神发出，之后通过变化转换成物理的光，因此，在米沃什的书里，灵性的光的运动创造了第一个数学点，也就是说推动了变化。之后，物理的光转变为电能。当它扩张时，就创建了宇宙。运动和人的思想都源自并表达于运动，并且与第一道纯粹的灵光的运动是类比性的。

但是米沃什又看到，创世的行为也是灾变的结果。它发生于神的内部，在"外部"的创造，也就是"无"的创造之先。既然前面已经介绍过了卡巴拉，那后面的段落应该完全不令人惊讶。其中我们发现了基督教（天使的反叛）和卡巴拉的元素。

> 是内部，又以阿列夫为名，神就是法则。也就是说，是一个与其必要性全同的存在（也就是自足的存在，其唯一的目的和功能就是存在，作者注），是不可思议的火。对于原型世界的人来说，他是位置，换言之是指其不变性。一种状态到另一种状态的变化就发生于其中。这种变化是运动的概念形态，而运动在未来是空间—时间—物质的创造者。纯粹灵性的人活在神圣之火内在的光照和瞬间性中。既然我们这个物质的宇宙中的一切，不管是现在的、过去的还是将来的，都在原型世界以及"内部"的概念中有其对应的位置，那么亚当的过错也必须要有其对应的原初错误。在原型世界中，犯错的是永恒意义上的抵抗和自由的天使。那时神对初代人的爱尚服从于法则。但神决定，应当将爱高举于法则之上，因此做出了第一次牺牲。这是后面所有牺牲的原初形态。最终他走向贝特①，外部的概念，也就是无的概念。在外部中，在无中，神，这团不可思议的火，流出他无形体的光，

---

① 阿列夫和贝特分别是希伯来字母表上的第一个和第二个字母，这段是说神由他的元初状态"阿列夫"（也就是第一状态）走向了他的变化状态"贝特"（也就是第二状态）。

就像后来我们的救主流出他的血。

——《奥秘》，对短诗九十四的注解

宇宙的创造是至高之爱的牺牲：这据米沃什说，是神性最深奥之秘，为人类理性所不能把握。换言之，造物主一面赞许我们这个充满痛苦的世界，一面又道成肉身，亲自救赎人类，这件事可以称作是不可思议的奥秘。

根据类比律，第一次灾变映射到第二次灾变中，也就是伊甸园亚当的堕落中；第一次牺牲，创造的行为，再次依类比律反射到了第二次，也就是十字架上的牺牲。物质的世界在乍离创造者之手时是伊甸园式的。亚当和夏娃，不死之身，只是表面上具有物质的身体。伊甸园是首个自然，它的命运完完全全地落在王（亚当在卡巴拉中的另一个名字）的手中。通过亚当的罪，整个自然都腐坏了，然后又变形为第二个自然①。

和布莱克相似，米沃什对"自然的堕落缪斯"没什么好感，因为她们是在一个腐坏的、伪造的、自然的层面运作。在一九三八年他写信给根根巴赫②说：

> 自然（在多数人眼里如此美丽），我们在其怀抱中生活了数不清几千年的自然，在某种意义上是丑陋和道德上的极度邪恶的缩影。我们之所以容忍它，只是因为我们还保有关于第一个自然的记忆。那个自然是神圣而真实的。在我们周围的这第二个自然中的每一样东西都邪恶透了。没有美，没有爱，没有真正的信仰。没有任何善能从人而来，因为人是这第二个自然的产物。

---

① 第一个自然和其中的人类是伊甸园和亚当夏娃，第二个自然和其中的人类是人间和人类世界。

② 恩斯特·根根巴赫（1903—1979），法国作家。

（这并不是说，人在重获他神圣的儿子身份之后不能复建第一个自然。）

依布莱克的观点，自然存在的形态，依赖于人如何看待他们，因而人有宇宙尺度的职能。堕落标志着人的精神职能分离为四个冲突的元素，其中带恶魔性的数学家和测量员——由理生，变成了占优势地位的一个。按由理生的方式看，自然是死亡之域，是乌尔罗。但是如果按照应当的方式看，也就是说作为幻想，在想象里、在圣灵里、在耶稣基督里看，"自然"是乐土。从某种意义上可以说，堕落之中潜藏着十八世纪的科学革命。而对我们这些在布莱克之后的读者来说，还有技术的统治。

因此米沃什也有这样的观点：

> 这个世界看上去是物质的，但它无非是神的灵性的一个幻象。世界真实的本性是在人表达它时才产生的。在亚当的推诿之前，存在和事物像今天一样彼此联系，并且看上去和今天的是一样的。但那时王还没有把它们放在物质中，在王的思想中，它们是纯净的。自然，由圣灵孕育于无形体的光里。自然是变化来的，它的出现不需要种子，繁殖的基本法则也纯粹是灵性的。[①]在更高的、纯逻辑的意义上，"自然的"一词只能应用于圣母的无玷受孕和她神圣的儿子的出生。
>
> ——《奥秘》，对短诗九十四的注解

在米沃什看来，堕落与婚姻的奥秘相关。这没什么稀奇，我们回顾他在先宇宙和宇宙的层面上分配给人的灵长性，就知道了。男人和

---

① "变化"意即"炼制"，来自炼金术的术语。这段话前文提到，灵性光变化出了物理的光。

女人之间真正的纽带（《雅歌》，迦拿婚宴）的断裂注定要造成宇宙性的后果。事实上我打算展开论述"奥秘之诗"① 中爱的象征，但是出于现实的考虑，我担心这样做会超过可理解的界限。简短地说，徘徊地试探"你会如神"使亚当和夏娃失去了神性起源的记忆，忘记了多种多样的领域间的相互性，而爱降为仅有单维，即物质的维度。这就是米沃什说"把物质世界安置于其自身"时想表达的：

> 人的绝对自由，现在成为一种意识，发现宇宙是在无，在外部中通过牺牲创造的。它要求，他的智慧和意志应当有机会战胜试探。试探说，可以用完全是科学的方式拥有物质的自然，也就是把物质安置于其自身的宇宙。
>
> ——《奥秘》，对短诗一〇二的注解

米沃什认为，每件事物的开始与结束都离不开空间的概念。这样的场景中，亚当的推诿具有象征性的解释。在那里，他，王，血液里带有记忆，突然察觉，只有可测的才是真实的：

> 亚当抬起头；鹰飞向太阳。空间在那里。两朵云缓缓滑行，仿佛要化成一块；亚当仿佛感到一阵不耐烦；轻云在时间中缓行。亚当的脚下，灿烂的正午温热了石头。
>
> ——《奥秘》，短诗一〇四

用现代哲学的话说，这表明世界不再是一个充满神圣的幻象的世界，而是变成一个自足的、通过惯性维持的"自在之物"②。这使亚当别无选择，只能成为世界的主宰和神。

---

① 如前文介绍，《奥秘》一书由两部分组成，第一部分是一些短诗，称为"奥秘之诗"，第二部分是对第一部分短诗的注解，称为"解经笔记"。
② 自在之物是德国古典哲学家康德哲学的一个基本概念。又译"物自体"或"物自身"。它指认识之外的，又绝对不可认识的存在之物。它是现象的基础，人们承认可以认识现象，必然要承认作为现象的基础的物自体的存在。

第三十五章

在描述米沃什的系统时,我不想像个在宗教美术展上的导游,只以纯世俗的方式大谈作品的审美价值。但另一方面,因为我对其内容的兴趣,我无法避免一个几千年来附着在对神务的思考上的矛盾。在犹太卡巴拉和基督教神秘主义中,这种矛盾依然存在。它来自于语言的限制。在不能轻而易举地到达的领域,人必须要依靠自己内在的经验;一旦他尝试与他人交流自己的发现,鲜活立即变为死板。言辞,为时态的序列所局限,以至于不可能捕捉同时性,更不用提无时间性。只有类比律给神圣真理传达一点希望。但在今天,人们不再相信类比律,米沃什的"形而上学的诗"这样的作品,只会因为纯粹的主观上的重要性被欣赏,其价值最多是作为赫尔墨斯主义传统的长链的最后一环。

米沃什是受洗的罗马天主教徒。在一九二七年,也就是《奥秘》出版的那年,他回归宗教仪式。直到去世他都保持教会生活,并坚信自己的作品没有一丁点不符合天主教教义的地方。他的"形而上学的诗",我曾说过,既不属于哲学,也不属于神学,这就是为什么不以正统性的标准评价它们。特别是,考虑到成书年代时的宗教状况,就更不应该这样做了。

在我看来,斯威登堡说人不能相信自己不能理解的东西,这是对的。初看来这一表述相当荒谬,因为基督徒总是在相信一些理性上无法理解的信条,并把它们作为信仰的奥秘而接受。但是,仔细思考,必须承认他的话包括正确的直觉。中世纪人"理解"自己的宗教的程度比十八世纪的人强十倍,更不用提后来两个世纪的人了。这是因为中世纪的宗教想象和世俗知识的距离还没有像后世一样,随着科学方法的诞生一代代地增加。每当有新的科学方法出现,都有对基督教"新的诠释",意大利的柏拉图主义①、卡巴拉的推导、赫尔墨斯主义,这些教义最初都与科学革命十分和谐,使文艺复兴的两条线,"官方的"和"地下的",不可分辨。斯威登堡正确地猜测到,对于信徒来说最大的障碍是三位一体的神秘教义,它要求信仰三个上帝。经过理性主义训练的头脑必然或是拒斥,或是改造它。如果说这样的质疑一开始只是在一个极小的圈子里流传,它的后果很快就会广为人知。

研究十六世纪的波兰,波兰反三位一体论的阿里乌斯派②,以及他们的意大利起源,我发现了一个无法解释的谜。我斗胆提出这一命题:在一五〇〇年至一五五〇年间,意大利和法国知识精英中发酵的思想,比此时欧洲北部新教徒的思想运动更具"先知性"。那时,维琴察③的知识分子们复兴了古老的反三位一体异端邪说。这不仅仅是边缘现象;相反,当时通行的一切"理解"基督教的尝试中,基督的神性都是争论的焦点。但这个团体是怎么在维琴察和意大利各地,与柏拉图主义者和基督教卡巴拉联系到一起的呢?不能忽视一四九二年这个时间。这一年犹太人在西班牙遭到驱逐,还有卡巴拉术师的迁徙。确实,本可以是卡巴拉,通过引入亚当·卡德蒙的形象,孕育对三一论的重新诠释——但是是按阿里乌斯主义的精神来,还是按照反

---

① 文艺复兴时期,柏拉图主义(特别是新柏拉图主义)也重回哲学舞台,在佛罗伦萨尤为风靡。
② 起源于16世纪的反三一论派别。与第一个阿里乌斯派无直接继承关系。
③ 16世纪的改教运动时期,意大利的李利欧·索齐尼(1525—1562),又译苏西尼,与其侄子浮斯托·索齐尼(1539—1604)在维琴察建立了反对三位一体、支持神体一位论的教派。后因有异端之嫌,索齐尼离开了意大利。1579年,索齐尼前往波兰组织了一个名叫波兰兄弟会的神体一位论团体。该团体于1600年在波兰拉库夫建立了城镇、大学和出版机构。

对它的理性主义来呢？那些维琴察的知识分子，在被宗教裁判所驱散而逃到土耳其后变成什么样了？他们在那儿找到和巴勒斯坦的联系了吗？我不知道。正如我对弥贵尔·塞尔维特同样所知极少。凡是研究过阿里乌斯派的文献的人，都熟悉这个名字。这位西班裔法国籍医生于一五五三年在日内瓦被加尔文送上了火刑堆。他的影响力很可能比传统上以为的大得多。一位反三位一体论者，是的——但他所持的观点是阿里乌斯主义的吗？显然不是。此外塞尔维特还是医学中的科学方法的奠基人之一。米沃什对塞尔维特的生平很感兴趣，并在《奥秘》中论证，是塞尔维特而不是哈维首先发现了血液循环。

西欧的神职人员们，天主教和新教的，为反三位一体论的异端的幽灵、为索齐尼主义的怪兽所惊骇。他们的恐惧情有可原，因为否定三一论将圣子基督变为一位道德教师，而圣父成了个没有人性的钟表匠（布莱克的由理生）。荒谬地，通过拉科夫的索齐尼出版者，十六世纪的波兰成为这种怀疑思想主要的输出地，称之以"理性的基督教"。在约翰·洛克的藏书中能找到不少拉库夫的出版物，其页边写满了这位哲学家亲自做的批注。

斯威登堡生活在理性时代。也许他使用的"理解"一词，应当放在它的十八世纪内涵中理解。他的意图是明确的：如果，如他宣称，一位基督徒对其自身信仰的不理解，表现在无法在背诵信经时眼前出现一个三位一体的神，而只能看见三位不同的神，那么这意味着，对于斯威登堡来说，"理解"一词首先意为"想象"。斯威登堡的系统的目标是解放被"科学的世界观"铐住的想象。既然那位大钟表匠已经褪为一个抽象的形体，斯威登堡将一切重要性都交给基督，认为这是唯一的神。既然中世纪空间性的天堂和地狱，已经不再对想象有任何帮助，斯威登堡干脆宣布，天堂和地狱是主观的空间。

不管这些"暗流"的例子之间有何区别（这个话题直到最近才有严肃的探讨），诸如雅各布·波墨，或英国形而上学诗人、《世纪的冥想》的作者托马斯·特拉赫恩①，或斯威登堡和布莱克，他们的系统在教会神学以外攻城略地。但丁写作《神曲》的时候，占统治地位的宇宙观、天文学、地理学和神学互相支持。但是当世俗知识开始严重偏向科学一方，神学看起来是耗费了它全部的精力在拖延战术上，却未曾料到真正的危险来自另一个方向。决定战争成败的不是讲道或演讲，不是信仰或怀疑，而是关于宇宙的想象。现在它日益为"科学的世界观"定型。让一个被如是定型的头脑尝试设想基督教的信条：创世、原罪、道成肉身、复活，他不能找到任何有益于丰富想象的东西。《教义问答手册》在内容上更为贫乏无内涵，证明了神学语言确实日益流失。

在这种情形下，一种基督教"灵知"，尽管未获官方支持，做出了亟须的回应。它形成了一种缓冲或边界区域。历史上，教会组织以不同程度的宽容对待它。总的来说，基督教在这个问题上的态度和犹太教不同。后者正式地容忍卡巴拉，即使它始终在向更为非正统的方向接近，依然存在的限制，例如，只要求研究卡巴拉必须年满四十岁。进入二十世纪后，罗马公教在这个问题上的态度就与东方教会大为不同了，后者更为放任。我对此相当吃惊，例如说，在谢尔盖·布尔加科夫②（巴黎的东正教神学院教授）的书中，我发现和米沃什思想惊人的相似之处。东正教的虔诚信徒们都认为布尔加科夫是一位杰出的权威，尽管并不是所有的东正教神学家都持有和他相同的神学观

---

① 托马斯·特拉赫恩（约1637—1674），英国诗人、宗教作家，多创作具有玄学意味的诗歌，《世纪的冥想》是其中最知名的一部。原文为《世纪》，是作者笔误。
② 谢尔盖·尼古拉耶维奇·布尔加科夫（1871—1944），也作布加哥夫，俄罗斯哲学家、经济学家和东正教神学家。他早年研究并推崇马克思主义哲学，20世纪以来转向宗教思考，并将基督教神学一支——索菲亚学说（另译为智慧说、智学）发展至极。1925年起布尔加科夫侨居巴黎，在巴黎东正教神学院任信条神学系主任直至去世。

点。他的系统的核心是万有的索菲亚神圣智慧①——而在米沃什那里,创世的基本女性特质被称为"显明的女性特质"。

基督教"灵知"这块缓冲区,在想象力上更丰富,比严格意义上的神学更活泼。即便如此,它也不能逃脱科学的要求。当科学意义上的真理与谬误无差别地应用于所有地方时,只有在宗教的地盘上还有几块能让科学回避的飞地,但它们也在不断缩小。米沃什与他的同时代人不同的一点是,他假设科学的线性发展仅局限于几个世纪,将这条直线用外插法延展到未来只会得到谬误。科学与宗教的冲突只是个历史现象,是人类历史中的某阶段特有的,大约只在十六到十八世纪间出现。即将到来的科学革命会移除这一冲突。在"形而上学的诗"里,米沃什宣告,这一伟大回归的开端是现代物理学。而爱因斯坦的相对论是它的第一步。在《大术》和《奥秘》中,米沃什的思想从空间中参照点的相对性出发,来到"位置中的位置",再到神。这和布莱克的反牛顿的"幻想物理学"一样不好理解。它只能以诗意体会,而不能用推论得到。但即便像我这样的读者,也能感受到他理论中无与伦比的科学转折的信号。自那之后,赫尔墨斯主义者和炼金术士将再次有用武之地,而象征性的思考也会派上用场。但物理学是否会如米沃什所设想,扮演转变的媒介,这不是我有能力说的。有一件事是确定的,人类对宇宙的观念为这三种革命性的发现所锻造:一、哥白尼否定地心说;二、牛顿绝对化空间和时间,使宇宙成为扩展到无穷的虚空;三、爱因斯坦将时间和空间相对化,提出运动的第一性。前二者看起来是对人的贬低,并且与人不善,因此引发了诗人们的反抗。而第三个,米沃什称赞它为解放,而他自己的想象也确实

---

① 索菲亚的意思就是智慧,东正教神学中有索菲亚(神圣智慧)崇拜的传统(比如各地的索菲亚大教堂)。俄罗斯的诸多哲学家、神学家都建立了自己的索菲亚学说,其核心是有关上帝和世界的相互关系、从完善的上帝产生的不完善的世界等问题。这既是一个神学的学说,又是一个哲学的范畴,可以说,是本体论-神学的学说。

为其解放。

我必须以一件偶然发生的小事结束这一章节。几天前我在一家餐馆吃饭，餐馆的墙上悬挂着这个世纪的名流的照片：格鲁乔·马克思、葛丽泰·嘉宝、阿尔伯特·爱因斯坦。也许这真的不错，我想，在一个全面错位的时代，在美国的通俗观念中，我们时代的代表人物不仅有电影明星，还有科学圣徒。我看着他的脸，回忆起许多年前我和他在普林斯顿相识时，我如何感动，如何谦虚地向他表达敬意。对我来说，他不仅仅是一位科学家，更像是突然从《大术》和《奥秘》的书页中跳将出来的。

第三十六章

自中世纪开始,罗马教会从未支持过千禧年主义信条,即宣告千禧年到来的教义。教会统治集团对《奥秘》的态度冷淡,而这不乏其因。我接下来就会介绍。但在谈论米沃什关于未来的愿景之前,我必须按我所见,基于我回顾自己一生的思考,来简短地评说二十世纪。

我极为辛苦地尝试做出一副好面孔,但生在一个文明衰退的年代,这命运实在不快乐。既然说出衰退或颓废一词是召唤恶魔本身,而历史最终会变成人们想让它成为的样子,我曾尝试小心措辞,但收效甚微;而现在,在一个对节制不屑一顾的世界,我至少可以诚实。我说衰退,意思不是说我嫉妒自己的父辈或祖父辈。十九世纪配不上尊敬。在我三岁时,第一次世界大战爆发了。因此漏出的十九世纪碎屑显示了它到底是什么货色。只有数以百万计的士兵的鲜血是真实的;而如此理性、永远进步的人道主义者,曾经像高大的塑像,处处受到尊崇,而今看来也不过是个稻草人。但是历史有这样一条不成文的延迟法则:在一类现象中已经死透了的东西,还会在其他平行的现象里继续存在。因此,这个新发现没有立刻为世人所察觉。反之,自法国这个欧洲大陆的辞藻温床产生的高贵口号,现在被重复得更加响亮。不仅如此,十九世纪精神孕育的思想,现在成为一种大众特质,并被奉为圭臬。哲学、文学、美术都一日比一日更具进步性,更人道主义,更弗洛伊德主义,更社会主义,更和平主义以及总和地,更狂热地宣扬个体应当追求幸福,也就是更多的消费。诚然,二十世纪的一些运动,比如说结合了弗洛伊德主义和马克思主义而产生的超现实主义①,可能隐隐意识到了自己会造成的破坏。但在这个时代,先锋运动多样而丰富,哪位自爱的评论家胆敢提出旧式的道德类的问题呢?为什么而战呢?即便是我,在偏远的维尔纽斯,成长时也被进步的风冲刷。我在那时反抗霍姆斯基神父②,认为他是学生良知的狂热独裁者,但同时也感到不安。在这里我看到了另一个历史法则,少为人知但意义重大:衰退的过程以不被人发现的方式作用在人身上,发生于他们的意识的阈值以下。关于这个主题我做过非常丰富的个人观察,来自我在美国的岁月。我可以证明它的作用范围广泛,延展到人际关系的最私密的部分,包括情色的部分。换言之,一个社会中,价值观的崩塌不仅影响了其中个体的观点以及有意识的选择,还侵蚀了人们曾以为是属于私人领域的东西。苦恼的个体主义者们因此无望地寻找精神医师的帮助,而后者却也是受教于同一所个体主义者学校。

但是后一种法则使重构过去的任务更为复杂。因为,既然人们无知觉地受到影响,就很难说,那时的经历中哪些是有意识的,哪些是无意识的。还有另一个困难:长时间在鲸鱼肚皮上驻留的人不一定知道鲸鱼长什么样子。这是说,生活在另外的世纪的人可能会更好地总结我们的世纪。无论如何,我想我能探测到在这个世纪整体蔓延的某种逻辑。遗憾的是,这是急促地衰退的逻辑,它的坚定不移、史无前例,令人惊奇。社会和文明之所以还能坚持,我认为,是因为存在于一些特定个人中的美德的微粒,这些微小的顺利和其他谷粒相互倍增,以复杂的过程影响整体(例如说,良好执行一项工作就是这样的过程)。在欧洲文明里,是本体论的土壤滋养了这些谷粒。在前文

---

① 这里指的是超现实主义文学。它是现代主义文学的一个流派,其理论受到弗洛伊德和柏格森等人的影响。超现实主义作家一般提倡反对传统以及反对资本主义。

② 霍姆斯基神父(曾误译为乔姆斯基)是作者初中时期齐格蒙特国王中学的教务长。作者有数篇作品都与他有关。

所述的延迟律的作用下，宗教在社会中的影响比宗教本身要持久得多；在面对普世或近普世的世俗化时，习俗和建制还能继续维持很久。在十九世纪，"自由""平等""博爱""公民权利""集会自由"和"言论自由"这类口号，只是与现实生活，也就是经济领域相联系。这些口号的有效性，和经济进程本身一样，很大部分仰仗一套根基于自律、自我否定、牺牲的道德规范的传统。抛却宗教授予的根基，只凭借其自身，它们不仅暴露其巨大的空虚，最终还会成为年轻人鄙夷的对象。因为教育带给他们的除了这块空虚什么也没有。长时间住在西方国家的人，如果心智正常，没有谁还会对世俗人文主义①的彻底失败有什么怀疑。而这一失败正是这种人文主义本身的胜利铸造的。

这个时代蔚为大观的成就，它的科学、技术、医学，和它的衰退是相互影响的。它们在衰退中诞生，又启动了新一代衰退。理性在得到解放后，花了几个世纪来巩固它获得的特权。但当它终于大功告成时，一切都变得像快进一样。每个原因都有多重后果，而每个后果都反过来作用于原因，没有计算机能计算所有相交的连续事件；类似的，只期盼文明的祝福是天真的。新的文明也必然有其丑恶一面，有其灾祸、集体歇斯底里和权力的毒瘤。而且，新的独裁者掌握的权力会更集中，比过往历史上的任何帝王都更绝对。

米沃什煽起了我对所谓"西方"的怀疑态度。同时，自三十年代初至今，时间已证明，除了极少的特殊情况，所有东西都只能带来很少的愉悦，而更多地唤起一种反复的、熟悉的梦魇。今天我完全能理解，是什么让米沃什把收信人设定在遥远的未来。而我必须坦白，我自年轻时期起，就继承了他的信仰，同样期待在前方等着重生的人类的幸福时代。是这种信仰多次使我不至堕入绝望。不管怎么说，我"灾变论"式的诗歌里也不是毫无希望的。

---

① 指的是从社会生活中摒除宗教，而只接受理性、事实证据和科学探索的观点。

我已经介绍过，米沃什对这个时代并非无动于衷；正相反，他是警觉的观察者。既然称歌德为自己的导师，他还能是别的什么呢？他也并没有完全摒弃唯物的科学，证据是他同时相信现代物理学里蕴含新科学的前景。这也就是说，他相信衰退是一种不可避免的，在某种意义上必须的阶段。在《致斯多给的信》中，他对空间的处理完全是基于相对论精神的。之后，在爱因斯坦的物理学，或其形而上学的意味中，他发现了彻底重建秩序的前景。对牛顿的绝对空间的否定，在他看来，标志着将想象力从机械的法则中解放出来；它意味着人将不再把自己看作是无穷的空间和无穷的时间中瞬间存在的无意义之物；意味着思想会回到它的故乡，会在运动产生的空间—时间—物质三重性之间找到一个参照点。这种看法因而与布莱克的观点相近，并且是基于同一个反牛顿的准则，致力于将人自乌尔罗地解放。在"形而上学的诗"中，我们几乎可以读出一种对回归的信念。宇宙将再次如同伊甸园，亚当的"推诿"将得到补救。通过回归，科学将回到炼金术的原则，再次懂得原型的理论和类比律。大分裂将得到弥合，而宗教、科学、哲学、艺术将再次联为一体。同样的还有政治。《奥秘》的谈话对象，"希兰①，统一的世界的王，明日真正的公教会的建造者"，再不会和过去的统治者们有分毫相似之处。在关于希兰的小诗的注解中，作者谈到自己某个早上在地铁②上，一边看着上班路上的巴黎工人，一边陷入关于未来统治的白日梦：

> 当圣灵在罗马发声时，会有恰当的人站出来回应呼召。他们创造的世界会建立在信仰、科学和美的基础上，也就是，在个体和集体自由的基础上。后者是以放弃个人最私密的本质、完全的牺牲，以及用爱替代法则为代价实现的。平庸者不死的虚荣，将

---

① 《圣经》中一位推罗王的名字，意为仁善的兄弟。
② 1863年1月10日，世界上第一条地铁线——伦敦大都会铁路投入运营。

涤净它现在物质主义的野蛮,而被最严厉的道德标准管束。这股用之不竭的力量,它不会由权谋家决定如何使用,而是由心理学家组成的议事会管理。议事会成员由神启者的大会提名。大会位于地上层级制的顶端,同时也是灵性君主制的底层。它统治世界合众国。但无论如何,每个国依然保留自身的王朝,尽可能地扎根于旧的国家传统。好斗的本性可以在科学、审美、道德的领域找到全世界都能加入的战场。各国将在智力领域发起精彩而不遗余力的战争。教会的命令会得到最严格的遵守。天主教会的周年庆会以超越描述的辉煌举行。人们把两者都当作是科学和哲学最高真理的象征。古代选民皈依基督教标记了普世统治开始的第一天。但高贵的犹太民族会被小心保存,保持其纯净,不与其他混杂。人们也将同样尊敬旧式贵族统治的残余,因为民主制,以及君权统治和神权统治,总可以从了解自身的起源和尊重传统的人那里学到东西。

——《奥秘》,对短诗八十一的注解

在这种神权统治秩序建立之前,人类历史必须经历一个最恐怖的阶段,由此会促成"小小行星地球的统一"。然而现在,我们还必须等待圣约翰的启示录预言的灾难发生。

米沃什的末世论想象又一次把我们带回到过往,带到浪漫主义的年代。这种联想应该不会引出他本人的抗议,因为米沃什在标志着衰退开端的十八世纪和他自己的时代之间,也发现了类似之处。一九二一年他写道:"我们的时代的灵性表现和十八世纪时一样,表面是否定和解构,深层是创造性的肯定。"(《维尔纽斯真正的问题》,《新欧洲》杂志)米沃什对灾变和时日终结的期待,只能使已经与法国同辈相当疏离的他,与他们的距离更加遥远。西方的世俗人文主义早已抛弃这类幻想了。从后世称为"科幻"的文学类型,特别是它的初期，从儒勒·凡尔纳到 H. G. 威尔斯①，我们可窥一端。从这类作品里，我们读到的是摒除上帝和他的审判，以及把人类历史缩水为纯世俗的事业。同时也能看到，对进化的乐观信仰渐渐转变为日益加深的悲观预感——在威尔斯的小说中，这一点比所有别人的都突出。他的最后一部作品，也是他的遗言，《走投无路的头脑》，就是完全的绝望。这类作家写作的主题都是人的冒险。在这里，人是社会的动物，不受任何超自然力量的影响。

在引用米沃什关于即将到来的神权统治的文段时，我不由得回想起另一种末世论传统——俄罗斯的。在俄罗斯，浪漫主义时期结束时，末世论方才开始登场。陀思妥耶夫斯基，一个有肺病的癫痫患者，一个债务缠身、不得不赶着最后期限交出一系列小说书稿的作者，假如不是因为确信自己的宗教使命，相信自己要代表俄罗斯民族和全人类，绝不可能完成这样了不起的成就。这一点所有研究过他的生活经历的人都知道。陀思妥耶夫斯基坚信：肉身复活就在前方的新纪元等待着人类。根据教会的信经，离那天到来已经"不再有时日了"。但他也相信千禧年将是世界末日。在一场骇人听闻的地球上所有人参与的战争，以及人的自我神化这种病菌诱发的流行病后，会有神权国家产生。它将承续之前建立在相互仇恨上的文明。拉斯柯尔尼科夫②在西伯利亚服刑地梦见的就是这样，米沃什设想的也是这样。未来的神权国家会基于对利己主义的自愿否认，基于为了爱邻舍而做出的完全的自我牺牲。而陀思妥耶夫斯基，不论他是否认为弥赛亚出自俄罗斯，这种积极的希望引导并维持了这位小说家的想象力。之后，弗拉基米尔·索洛维约夫继承并发展了陀思妥耶夫斯基式的神人

---

① 赫伯特·乔治·威尔斯（1866—1946），英国著名小说家，新闻记者、政治家、社会学家和历史学家。他创作的科幻小说对该领域影响深远，如"时间旅行""外星人入侵""反乌托邦"等都是 20 世纪科幻小说中的主流话题。

② 《罪与罚》中的人物。小说中讲到，他梦见有一种微生物四处蔓延，被感染的人都会深信自己掌握了真理。最后全人类都染上了病，互相残杀。

思想，并预见了它将如何在历史中实现。索洛维约夫和陀思妥耶夫斯基不同，并不唯尊俄罗斯东正教，在他看来教会合一①才是欧洲的希望，是实现将欧洲联合在神权统治之下的方法。直到索洛维约夫最后一部，可能也是最好的作品，《三次谈话》（一八九九），他才把自己的神国放在末世预言的千禧年里。在《三次谈话》中，最为引人注目的是敌基督的故事。它是这样预言二十和二十一世纪发生的事件的：中国征服俄罗斯和欧洲，中国统治五十年，敌基督现世，先是作为地球国总统，继而成为皇帝。索洛维约夫说的敌基督使天主教、新教和东正教三者形成了一种伪和解。在此之后，会发生一系列符合圣约翰所预言的事件。这些事件发生在巴勒斯坦，那里有犹太人的百万雄师。此后才是教会真正的合一，以及神的千禧年的肇始。看起来，千禧年主义狂热是革命前的俄罗斯和西方文学的主要区别。但索洛维约夫并不是独一个推动这种情绪的象征派。在波兰，布热佐夫斯基和维特凯维奇这两位作家，虽然大相径庭，又都可以忠于千禧年主义精神。他们都成长于一战前，受到如波兰浪漫主义这样的本土影响，又对俄国思潮相当敏感。结合这两个条件，也许可以理解。而米沃什在某种意义上是一个具有"东欧"感的人，我对他的作品的兴趣因此不是个巧合。

  这里必须触及一个令人痛苦的难题。以最大的盼望②为名反叛自然，按照布莱克的看法，这是人类想象力最需要的东西，也几乎就是它的本质。这件事同时也会带来极大的危险，因为它也经常将人推向妄想、自我毁灭的狂热、精神疾病的边缘。我倾向于相信陀思妥耶夫斯基的癫痫对他来说是有益的，因为这有助于释放紧张造成的神经能

---

  ① 普世教会合一运动，是提倡现代基督教内各宗派和教派重新合-的运动，始于二十世纪初。此外，依据基督教《启示录》的预言，末日来临前，会有"普世合一宗教"出现。

  ② 指末日。

量，使他不至于真的疯狂。至于斯沃瓦茨基，当他开始相信自己身负代表波兰和世界的超凡使命时，是他没日没夜的写作，将他从进入疯人院的命运中拯救出来。

让我们坦诚相待：米沃什在《大术》和《奥秘》之后，也就是在生命最后十年出版的文章，已经大大超过了斯沃瓦茨基的自我抬高中最大胆的部分。它们只可能出自一个患有精神疾病的人之手。然而从他的外表看，不管是言谈或职业活动中，都完全没有一点精神问题的迹象。实在地说，这段时间是他的外交活动最成功的阶段。一九三四年至一九三五年间我在巴黎求学，那时我与他频繁会面，我可以做证，我没有探查到一点点可以将他诊断为荷尔德林、凡·高那样的精神分裂症的外部特征。这种差异如何解释？

一九一四年十二月十四日晚，米沃什见到了异象。从此，他的世界观根本地改变了。我们没有理由对《致斯多给的信》的真实性表示怀疑。根据其中的描述，他这段体验至为奇特。我不想空口谈论。摘引如下：米沃什首先看到了一个火球，相当于斯威登堡说的"灵性的太阳"。之后是"耶和华的天使"。这段经历与帕斯卡的类似。他在一六五四年十一月二十三日见到了异象，这件事现在已经广为人知。自那天起，帕斯卡随身携带一张卡片，缝在衣服里，不断地提醒自己所经历的。在他死后人们发现了这张卡片，上面写着这样的字段："自大约晚十点半到十二点半。火。亚伯拉罕的神，以撒的神，雅各的神，不是哲学家和学者的。确然。确然。感受。喜乐。平安。耶稣基督的神。见我的神，也是你的神。"① 斯威登堡在一七四三年至一七四五年间的内在转折也同样伴随着异象。其中最重要的，根据他自己的见证，发生在他在伦敦的一间小旅店里吃饭的时候。而布莱克，直到生命的终了，都向克拉布·罗宾逊②表示说自己能见到"灵

---

① 原文为拉丁文。
② 亨利·克拉布·罗宾逊（1775—1867），英国律师和日记作家。

性的太阳"。这类光照的时刻具有共同的目的：它们向经历者传达了其使命的确定性，提供授予神职的绝不可推翻的证据。米沃什频频提到那个十二月的夜晚。如果最开始收到的圣迹对他来说是暗示，那么假以时日，在斯威登堡作品的启发下，他会自己任命自己为后者的继承者。斯威登堡，我之前已经提到，将人类历史按照"教会"或文明的更替分段，其中第四个就是基督教会。这个教会的衰败诱发了灵界的变动，即一七五七年的最后审判，以及圣灵保惠师以斯威登堡的作品为形式降临。这些事件为人眼所不能见。圣灵在一七七○年六月十九日开始了第五教会。米沃什，继而，将自己视为第六教会的奠基人。它开始于一九一四年十二月十四日至十五日，迄今不为人知。

自三十年代起，米沃什日益沉浸在卡巴拉学习和人类学研究中。他特别感兴趣的是关于地中海盆地新石器文明的各种假设。尽管存在新近的发掘发现，这段一万多年前的时期依然被疑云环绕。也许有一天，米沃什的直觉会得到确证。然而，依靠这一类直觉来解码《启示录》是令人存疑的。人尽皆知，每个时代都有无数评述者为末世预言吸引，这些人总是按照自己时代的事件与其中的象征做对应。米沃什的论著《破译圣约翰的启示录》（一九三三）也是这一类型。

索洛维约夫在预言敌基督的到来时是至诚的，虽然《三次谈话》中，这段预言出于一位名叫潘索菲乌斯（原意为博智）的中世纪僧侣留下的手稿，并采用了科学幻想的文学形式。米沃什的论著以内部刊物的形式少量印发，旨在私下流通。这本书令人痛苦地严肃地写给迫近的未来世界的受托人。书的风格和内容都与作者在政坛极端的灵活性形成鲜明的对比。作为外交官，米沃什对于一场迫在眉睫的末日般的战争早有感知。德国在一九三三年退出国联和《四国公约》①加重了他的预感，而战争可能会由德国对格但斯克和格丁尼亚的领土要求触发。书中一些其他细节也忠实地表述了作者对二十世纪政治角力

---

① 1933年7月，英、法、德、意四国签订的公约，最终未获希特勒政府批准。

的看法。"兽从海中上来"，其权柄来自"那龙"，这说的是美国，世界物质主义和科技的中心。巴比伦的倾倒，海兽载着的大淫妇，象征了大英帝国覆灭，之后必须依赖美国。"兽从地中上来"，这说的是俄罗斯：她叫地上的人拜头一个兽，也就是科技和物质主义的。到了一九三〇年代，米沃什甚至抛弃了自己之前在"形而上学的诗"里的看法，不再相信在遥远的未来会有君主制的世界合众国。现在，完全是世界末了，纪元的结束，"新天新地"的到来。而米沃什自己，就是末日的天使，手持打开的书卷，一足立于海上，一足立于地面。圣约翰预言的战争会在三十年代发生，并在一九四四年到达其顶点。到那时候，月球的一部分会坠入黑海，毁灭整个俄国南部，英格兰会被烈火和洪水摧毁，美国会被烈火摧毁。到一九四四年，我们所知的一切现实存在都会走向灭亡，世界会再次转向"神的异象"①。

"可怜的米沃什"，在他生命的最后几年，每当他的朋友们如是提到他时，这字眼总代表了一种深深的仁爱和同情。他们的举止显示了过去的那个见识过更多，因此也理解得更多的文明。他这样的长篇大论，吐露痛苦和与不可忍受的生活旷日持久的搏斗，在他们眼里没有任何可笑之处。最终，他们和我一样，不得不认为像他这样分裂的头脑肯定超越了我们的理解范围。米沃什，不仅能够继续施展技艺，在政治和文学上保持优秀的裁决力，而且也没有丢掉诗歌表达的力量。他的最后一首诗就是明证（考虑到他那个时候对诗歌的不赞成态度，这一首是个特例）。诗名为《晨星之诗篇》。这是一首短小的抒情诗，异乎寻常的美，带来了法语语言历史上从未探求过的韵律创造。尽管如此，对于不熟悉这位作者的解经学的读者，这首诗是读不懂的。就像不能脱离其神秘主义信条而去读斯沃瓦茨基的《灵之王》②一样。

---

① 本段中引文皆来自《启示录》。
② 又译《精神之王》，是一卷历史－哲学诗。

上主垂怜奥斯卡·米沃什,救他于一九四四年和真正末日般不幸的战争,可能甚至还有集中营。在一九三九年他骤逝于枫丹白露。最终成为现实的是一九四五年爆炸的第一颗原子弹。即使在今天看来,它标志的也非大自然的重生,更非纪元的终结。

第三十七章

到了给我的马赛克加上轮廓的时候了。也就是说,本书进入尾声。我听到一个声音这样对我说:

"你被一些模糊的冲动激发,无疑是惩罚自己,并且损伤了自己所心爱之物,你呈示了各种各样的论证,说明了我们对乌尔罗地的忠诚。乌尔罗的权柄从未如此地证据确凿,而它的敌人如此蒙羞。对于一位作家,一个有思想的人,或是一位艺术家,还有什么比试图赢得后人对自己最为珍视、以作品来维护的宝贝之外的东西的喜爱更羞耻的呢?看哪,他发现自己进了博物馆,成群的游客对他的'审美价值'表示尊敬,而对他最神圣的信仰,只是聊表敬意——不管怎么说,这些玩意有助于赏析他的诗或画或小说。这是宽大对待,就像对待他的新几内亚表亲的宗教信仰一样。"

> 酒肆里的鬼故事,是愚夫创作
> 是铁匠用蒙昧打成
> 这位姑娘口中胡言乱语
> 这些人是在亵渎理性①

人们不用担心"亵渎理性"了。密茨凯维奇的全部哲学都已落败,他之后的现代同行们,那些战斗的讽刺者们也落败了,其中包括

---

① 引自《浪漫》。

陀思妥耶夫斯基。但失败了的还有那批具有前瞻性的科学改革者，不论是歌德、布莱克，或米沃什，他们的思考最多只是在小众中引起了兴趣。既然一种文明就存在于它的成果中，所有希望泵出我们这个现代文明的精髓的人，都应该好好读一读它最为诚实的作者——萨缪尔·贝克特①。他是资本主义西方的伟大产物，虽有之前说过的衰退，它还是能制造出这样一位作家，并待为己出。也就是它选择了赤裸的真实。贝克特，和西方同时代的文学同行们一样，已向"全城与全球"②宣告了在十九世纪只有极少数人知道的事。这也是尼采在对着欧洲人谩骂时的信息：所以你杀死了上帝，并且还想像没事人一样？现在，在大众层面，产生了人的新的形而上状态，一言以蔽之：什么都没有。没有自太空中来的声音，没有善和恶，没有应许的实现，没有天国。但这还没完。个体，自豪地指着自己称的"我"，被证实只是个幻觉，是划一的表皮包裹的神经反射活动。爱是幻觉，友情是幻觉——因为二者都建立在沟通的可能性上，可是当语言降为表示各自的孤独的咕哝声，又怎样来沟通呢？所以说，在这个巨大的没有中，还有什么呢？只有时间绝对的时间，从无处来，奔流向无处去；以细胞的逐渐衰亡测量的时间。面对时间这位死亡的先行官，人所做的一切都是自娱自乐。其中最行之有效的，当属在我们和逝去的瞬间被虚无吞噬前，挽回这些瞬间。贝克特的思想在许多意义上都可称得上继承了普鲁斯特，还写过关于后者的论著。在时间里的前进是前进到虚空中的，这也就是为什么在贝克特及其模仿者笔下，时间总是循环的：如果贝克特的录像带始终是在重播的话，那么这是为了展示，没有一个"是"或"将是"可以承诺比"已是"更多的东西。

---

① 萨穆尔·贝克特（1906—1989），爱尔兰作家，创作的领域包括戏剧、小说和诗歌，尤以戏剧成就最高。他是荒诞派戏剧的重要代表人物。《等待戈多》是贝克特最为知名的作品。贝克特曾研究普鲁斯特，并有论文《普鲁斯特论》。

② 《致全城与全球》是教宗在特定时节对全罗马城和全世界的文告，这里的意思是说贝克特的姿态像教皇一样。

我们应当记住，这样定义的人类状态，与乌尔罗的教诲如出一辙。不是仅仅在地球的一个角落，不论何处的人，只要是头脑中设定了科学的框架，都适用于这样的定义；也就是说，所有地方的人都适用了。还有一些地方存在着如雅克·莫诺一样极端的科学家不能容忍的意识形态，他们称为"万物有灵的传统"的遗迹，这已经无关紧要了。这种科学激进主义的文学对应体是贝克特，他的座右铭是："宁要最丑的真实，不要最美的谎言。"没有任何国家可以对"客观真理"无情的严酷具有免疫力，因为人们迟早会发现，用漂亮的社会模式装点的帷幕只是欺骗。

从之前的讨论中可以看出，有一件事是明显的：被剥夺继承权导致了痛苦的负担。世俗人文主义者被其自身的空虚严重地消耗，不得不迫使自己站在比喊革命口号的人更前列的地方。但关于西方的伟大，至关重要的有这样一种自我认知，由贝克特的一个标题词"终局"总结。而这个终局意味的不仅是个体的死亡，如果是的话则可以凭借坚忍克己而承受了。它是决绝而冷酷的主张。它说，人的想象力，在几千年来创造了宗教神话、诗歌、雕刻在石头上的梦境、画在木头和帆布上的愿景，虽仍可以凭借孩童般的信仰搅动我们的情绪，但我们现在只能怀着乡愁思索这无可挽回地丢失了的天赋。自十八世纪以来，想象力几度尝试通过培育多种层面的讽喻，退守其自身的阵地，即艺术和文学；渐渐地，它自内部损坏了，失却了一切支撑。终局是文学和艺术的终局，同时，因为它们也与相应的文明息息相关，这也是文明的终局。然而，贝克特以及其他类似的作家应当知道，"艺术至上"蓬勃于一切"艺术"的结束，而终局支撑的是又一个终局。

第三十八章

有个颇具逻辑性的论述,虽然与我个人关系不大。我不否认,自一九五二年在巴黎看到《等待戈多》那时起,我就感到贝克特令我困扰。我始终感觉到,在我的抵触背后还有许多东西掩藏着,如果我分析了原因,可以更好地明白自己在智识和情感上归属何方。允许我不一一详举那些原因。贝克特希望用显而易见来耍弄我们;他就像是偷偷挨近一位驼背的人,并嘲弄他说:"驼子!你是个驼子。你可不希望有人提醒你这件事吧,但我会负责提醒你的。"至于我,我知道自己是个驼背,我也没打算掩饰这一点,这是说,我对自己作为人的存在的贫乏非常清楚。是的,我也有想嚎叫、用头撞墙的时候,但是我选择了聚起意志力,坐下来继续工作,因为我必须如此。然而之后这个人走过来,对我夸耀他的"发现"。我说,这么做可不太对。猎狗教狐狸怎么捕猎,而我,狐狸,已使出了我全部的伎俩来杀灭自己因为对存在的自觉导致的痛苦。

世世代代,革新者和保守意见之间都在交战。前者要求裸露一切的权利,后者要求礼貌得宜。整个问题的争论中心曾经是人的动物需求和动物冲动。防御线逐渐退缩,而保守派要求"礼貌得宜"的论点——没必要告诉人们他们已经知道的东西——不为人所信。但是,只要还有什么东西可以"亵渎",只要还存在什么限制,这种游戏总可以继续下去。现在,当没有任何禁忌存在,当性自由和萨德主义成为大众娱乐的一部分,成为通常是头脑简单的流派的一部分,那些追求狂暴的惊人效果的作者能做的就不剩什么了。在人的"形而上学状态"这个问题上,"裸露一切"总是以同一形式出现,并且始终伴随着人的本性的逐渐缩减。因而,一度保护着信徒们感情的最后禁忌也解除了,再没有什么能对抗对神圣的"亵渎"。我对贝克特及类似作家的敌意看起来是来自强烈的保守的动机。我接受这些动机,如其所是,而不对它们做任何价值评判。把渎神当作唯一的重拾对神圣感知的手段,这不合我的口味。并不是因为我个人对此缺乏能力,而只是因为它是自然地出自人类灵魂中我认为劣等的部分。我乐意知晓自己的厌恶在多大程度上出于纯粹的"审美偏好"(在很大程度上,我会想),出于对秩序和测度的品位(我只是猜测)。这可能使我的许多人生决定都是有偏见的。

基于预设的真实性,这类文学要让我们同意未曾证明的普遍化。这类作品里的人是泛指的人,抽象而不具有任何历史记忆,出现在一个不在任何地方又在所有地方的舞台上。他是首字母大写的人,就像中世纪道德剧里的罪人角色。但是这桩浮夸的断言,为我们已知的、人的多样性所否决,为人所能攀登的崇高和沉入的堕落,为圣徒,为英雄,为犯罪分子,为智者,为愚人,为生来为的王公和生来为的奴隶所否决,为我们已知的、人能够担纲的历史多样的温度所否决。他们和这个"人"绝无共同点。这个"人"更像一棵菜而不是一个人。个人生活的荒谬性已经是令人痛苦的,而其实仅仅是确知死亡不可逃避这一件事,就足以让一切都降为虚空中的虚空。但这样的时刻依然存在,其中不仅能见到头脑疯狂地攫住它的娱乐,也能见到意志(小小的细节)在其中也有发言权。这使我们成为人。因为科学的成功,因为"镜片和眼睛",人已深陷乌尔罗中。必须承认这是事实。但这些蔬菜动物最终确证了乌尔罗这个自相矛盾的文明的丑陋力量。乌尔罗的文学不再有之前称为"英雄"的人物,只有"形象",一道苍白的乐园影子。

假如我未曾尊重自己个人生涯中的特异之处,牢记自己作为波兰诗人,一脚踏入与乡村里的童年和青少年迥异的文明,我可能也早就投降于无数明里暗里的议论，被它们缩减为自己眼里的抽象人。而今，已经考虑良久，我积攒了足够的勇气，谈论我自己关于人的思考。它既不是贝克特式的，也与当今西方的任何作家的都不相同。

基于语言严格性的考虑，为确保我的话与事实相符，我将只谈及人类一族中的一位成员，也就是我自己。这个人，在各方面都属寻常，知道自己远非强壮，必须警醒自制。比如说，他每天早上七点起床，给一天安排各种工作。他这样做是因为认定自己的内在是软弱的，易于屈服于悲伤和忧郁的情绪。因此规程成为我作为人的哲学的基本，成为一切对话的预先条件。我们的头脑，最终，是黏附在我们的运动中枢上，而后者又是由我们对每天活动的划分影响的。这里应当记得，人是内在和外在空间的组织者，而这也是"想象"实际上的意思。我们是血液的搏动，是韵律，是将外在的空间结构转换为内在空间的组织。在这一点上，布莱克和米沃什完全正确。不论何时，只要我们脆弱的、不断复建的内在秩序和乌尔罗的指令发生冲突，我们决不能游移。这是布莱克写下"地球是平的"这句话时真正的意图。虚空中作圆周运动的球体只是乌尔罗地的幻觉。将效用作为真理的标准？多么实用主义！——还会有人吵闹抗议。不仅仅是效用，而且是必须，就像吃喝一样。还会有人因为说"人必须吃喝，否则会死"而被说成是实用主义吗？

我可以说得更简明扼要些。我的守护天使，住在一个内化的外部空间里。它得胜的时候，大地在我眼里极为美丽，我的生活快乐无比，极为轻松，因为有神圣的庇护包围着我。我身体健康，感到体内有强有力的律动，我的梦里满是着魔一般丰富的景色，而且我忘却了死亡。因为，不论它是一个月还是五年后到来，它都会如其应是，不来自于哲学家的上帝，而是亚伯拉罕的神，以撒的神，雅各的神。而当恶灵得胜时，树木使我心惊，因为它们春复一春，在自然选择的作用下盲目地开花；大海在我看来是可怖的远古甲壳兽的战场。我在自己个体存在的随机和荒谬性的压迫之下，感觉到被排除在世界的律动之外，被抛弃，是一片残渣。然后恐惧来临：我的生命完了，我不会再得到另一次生命，所剩唯余死亡。

谈论天使和恶灵不合适。或许吧，但我们中谁没有桩小毛病呢？我们的自我形象不过是我们在别人眼里的倒影，美化它对我们来说比什么事都重要；当这个形象开始掉色时，有些人能安然处之，有些人则不能。我希望度过可敬的荣耀的一生，身边是亲朋好友，住在我本国本家，在我能称之为本乡的地方。多年之后，我自短暂的欢乐时光里重建了一个虚构的生活，像它应该是的样子，在熟悉的面孔和熟悉的景象间，无须再介绍自己曾是何人，曾做何事。但我的命运，成为流亡者的命运，胜过了我。流亡总与两种难以忍受的状态相伴："无名"和"扭曲"。"无名"，就像是生活在化名之下，以我们此时所是掩盖了我们曾是。它迫使人投入各种适应的手段中，因为他不再能用得上过去的成就——对我来说，是昔日用波兰语写下的种种诗篇被掩盖，流亡使我成为"无名"之人。这对于个人抱负来说已经够恼人的了，但是"扭曲"更糟。我用这个词是指外国出版物对于我们的残缺不全的描绘，我们对此只能"耸耸肩"。我不得不学着远离西方知识精英的"上流社会"，在自我放逐中像个贱民一样生活。因为我胆敢冒犯他们最引以为傲的假设，因为我知道那些不过是些历史、地理和政治上的无知的集合。

在年轻的维尔纽斯岁月，我立志征服世界，结果发现，尽管有几分"成功"，自己却只是个熟练地摆弄拐棍的瘸子。所以，为什么这个孤独而无家可归的瘸子不能对自己宽大一点？假如有人要对我提出反对意见，为什么不能态度友好些呢？如果他感觉到有天使和恶灵在自己体内（"但那姑娘感觉到了，"我谦虚地说）[1]，为什么，以什么名义，要让他停止承认这种二重性呢？他是神，是巨人吗？为什么总要自洽地"符合标准"？谁的标准？那些科学时代的人的？假想中的后

---

[1] 括号里是《浪漫》的诗句。

代的？当勉强度日已经是他能做的全部时，普遍共识又有何益？为后人铭记又与他何助呢？乌尔罗的居民可以这样地热切关注自己的身体，节食，避免特定食物，不在受污染的水里洗澡，可是却如此确信自己的灵魂极为矫健，认为如果以"抱歉，这对我不好"回应别人提供的文学或哲学建议是不文明的。我真的理解不了。

因此，我的这位代表人，因孤立而自由，培养出了一套严格的自我管理，远离贝克特式的彻底的虚无。但他与贝克特式的人还有一点不同：他不是从无中来的，而是出自传统。如果有人问我的诗歌源自什么，我会答道：我的童年，其中有颂歌，圣母月敬礼仪式①，还有格但斯克版《圣经》②（那时唯一能读到的版本）。而我也实在难以说清，对我来说《先人祭》里守护天使的歌只是仪礼经文，还是世界诗歌的顶峰。

> 任性的、狠心的孩子！
> 你母亲在尘世的德行
> 和她现在在阴间的哀求，
> 守护着你年轻的生命③

为了使我的论点更清楚，我现在做两段额外的短途游，一是无神论，一是天主教教义。

---

① 天主教传统中，五月是献给圣母玛利亚的月份，信徒们通常在这个月举行专门向圣母敬礼的仪式。
② 新教版本的《圣经》，也是最为通行的版本。
③ 引自《先人祭》原诗。

第三十九章

我的一生中见过基督教教堂的许多廊柱拱顶轰然倒塌。这过程漫长稳步，在过去几个世纪里加速进行，但仍有教士勉力维持。在十九世纪，德国自由主义神学①造成了巨大的破坏，而二战后，特别是六十年代人们走得更远。那是包括天主教在内的一切神学家们，把自己扮成小丑的年代。他们快活地宣称，基督教，此前与世界相对，现在既在世界中，又与世界同行。与此同时，他们的观众，一场可悲胜于可笑的大戏的观者，认为这意味着基督徒希望"与其他人一样"，也就是说，抛弃他们的基督性。辩论术被高智人群世代完善，现在服务于自我毁灭的理由，其不祥甚至使不信者不安。人们对教会历史悠久的圣统制没有什么幻觉，而自然而然地转向了一时当权者，好像葵花向着太阳。但这一回让我们屈膝于前的权力是什么，非常明显：科学加于大众的反基督心态。如果说知识界甚至教会的名流还与我们有些距离，那么一间附近的教堂会使"行毁坏可憎"证据确凿。对我来说，这间教堂就是纽曼楼，伯克利校园边缘处的天主教学生教堂。作为一名访客，我看着那些圣殿

---

① 当代基督教的现代主义运动，起源自19世纪德国学者施莱尔马赫等人的思想。自由主义神学倾向于以现代科学对正统神学进行重估，将圣经中的神迹奇事视为隐喻而非史实来解读。不再承认《圣经》的绝对权威性，认为《圣经》只是个人生活和信仰的指导、而非必需遵守及认同所有的教条。

里做买卖的人，那些流行观点的鼓吹手，年轻头脑的腐坏者，他们把教会打包，用混乱的话给他们的布道裹上糖衣。仔细看看，这些人糊涂而不明事理，简直不配为基督徒。我在这里看到了科学的效果，其中作用最大的是人类学今日之时兴。如一位较不出名的英国作者所写（抱歉，篇幅有点长）：

在十九世纪后半叶，有一种对"原始部落"的生活方式、神话传说、礼仪的肤浅研究严重地削弱了基督徒的宗教信仰。首先，默认这些其他民族和欧洲人比"在进化层面低一等"。（他们到底发明了什么呢？他们的铁路在哪儿？）其次，那些完全失去类比和象征性思考的人假设，这些其他民族流传的神话应当以相当字面意义的方式理解，它们代表的不过是理性动物走向对宇宙的科学解释时发出的第一声鸣叫。在这种基础上，由于"原始宗教"和宗教中最"发达的"基督教之间的类似性有目共睹，人们一定会问，后者是否也只能被归为对观测到的现象的思考的前科学尝试。

如果这些论证是言之有理的，那么如下两种推论中一定有一种是正确的。可以假定，宗教是与人类"进化"同步进化的一种现象，只要它能不断脱去其中"原始"和"不科学"的成分，时刻保持更新；或者说，宗教，包括基督教，不过是前科学时代的遗留，我们应当将它与所有其他继承自蒙昧年代的迷信一起抛弃。新教各教派始终为自己辩护，不假思索地站在了第一种推论那边，错误地认为，这能给他们的宗教一些存活的希望。我们最近也看到，天主教会的圣统已经跌落深渊。他们幻想，如果能证明基督教对社会"有用"，也就是说，能让人成为更好的公民，更体面的邻居，更自觉的纳税人，它就可以获准以小规模存活；他们预备好了抛弃一切微露出"来世性"、形而上学或宗教仪礼的东西。他们退让得越多，他们的敌人逼迫得就越紧。

——盖·伊顿，《我们拥有的唯一遗产》，发表于《比较宗教学研究》①

我的学生中只有很少的人认为自己是基督徒，多数人对基督教持无所谓态度。因此，在教学中讲陀思妥耶夫斯基时，我总能发现一个悖论。对一些学生，这堂课是与宗教相关的主题的初遇，但几乎所有的学生都或多或少与那些态度为陀思妥耶夫斯基所憎恶的俄国知识分子有相似之处。假如教师不打算用自己的观念塑造学生，至少应该清晰而毫不含糊地告诉他们，对立面在何处，接受其中一种立场必定造成的后果是什么；他必须提供自由的选择，让学生意识到自己到底选了什么。我们只有一次发生了严重的冲突，那是因为我公开地承认存在善与恶，而他们不屑于这种观点，认为是不可救药的反动。他们认为，人类活动理所当然地是由特定社会和心理学"影响因子"决定的。换句话说，一切价值都是相对的。正是这样，十九世纪的俄罗斯知识分子将道德责任归结于"环境"：改变了社会就改变了人。而这种对个体责任的否定，在陀思妥耶夫斯基看来，是基督教在俄罗斯受教育阶层中衰落的令人伤心的证据。

我不会再多说这个类比了。更先进的技术，与最新的科学方法结合——人类学的、心理学的、语言学的，诸如此类——作用于人文学科，产生了新的东西。这种新东西就是一种容忍的氛围。一切信条、宗派、思想追求，只要它们足够泛泛而谈，够模棱两可，够诸说混合，都可以通行无阻。这样就使得普通百姓落在无责任、无宗教、无哲学的昏昏沉沉中，无意识地与某种特定的文化传承同化了。譬如说，今日致予"创造性"的尊敬，不过是过去赞颂为艺术而艺术的

---

① 查尔斯·勒·盖·伊顿（1921—2010），英国外交官、作家、伊斯兰文化研究义学者。

现代版本。虽然说，现在"创造性"指的是为了输出而输出。它因行于真假、美丑、善恶之外而别具吸引力——因为做的过程比结果更重要。换言之，如果这样一种自我逃避的头脑甚至也能在引导下走向严肃的无神论立场，那这也是个丰功伟绩了。

我相信，真正的无神论者是极为稀有的。这些人有能力不断地抖落身上的旧信条遗留的痕迹。这类痕迹中的一种是这样的信念，即相信自然的演化是善意的，人类历史作为演化的延伸，也是善意的。不幸的是，这种信念预设了人和庇护之力这合同双方之间的契约。如果人是地球上数十亿年间的随机突变的产物，那，将善愿加于宇宙也是宗教性的神话制造的一种。另一种方式说，如果没有什么把人的价值和宇宙不可违背的法则束缚在一起，也没有什么能保护人类免遭灾难和剧变，那么，即使是对真理的热情，虽然在科学家看来无比珍贵，也只是不可解释、没有根据的。我们世纪的纯正彻底的无神论已经与先前的大不相同。这种差异主要来自于广义的人类学，包括艺术和宗教的历史。我们若是反思人在宇宙间孤零零的状态，反思其"反自然性"，那么，十九世纪那些进步无神论者看上去更像是在推广旧宗教三元组合——乐园、失乐园、复乐园，只是把救恩历史①转写为人类社会的历史。让人的生命与自然，与宇宙，或与更普遍的理性和谐相处，这可信度与相信水仙女和妖精相仿，也是"万物有灵的传统"的残余。人是孤独的，如果其他星球上也有智慧生命居住，那他们也同样是概率之子，也同样是宇宙的异类。而正是因为作为孤独的智慧存在，我们负有非同小可的责任。

我们想一想，最高的道德理想，诗歌、绘画、音乐、建筑中最精美的作品，最为天才的智力创造，从哲学系统到科技应用中的数学模型，都是人的工作。那么，他为什么就不能尊重自己的才智，尊重自

---

① 一个专有名词，指基督徒本于其信仰，看一连串历史事件为神拯救他子民的特殊事件。

己的弟兄,不光尊敬那些杰出者,还要尊敬那些普通的参与者呢?但是人也是反自然的动物,自相矛盾,与自身中的那个动物作战,因为不能脱离这个存在必需的中介存活而苦恼。配得惊叹,是的,但也配得怜悯,如此巨大的怜悯,只能由人来给出。

一位真正的无神论者一定会支持陀思妥耶夫斯基,而非俄国十九世纪的进步分子。后者的错误在于,相信沙皇统治的覆灭意味着任意的傲慢、贪婪、对权力的渴望、狡诈、奴性,以及以残酷或漠然表示不人道的结束。不管是《群魔》还是《卡拉马佐夫兄弟》,这些道德悲剧中讲的善恶斗争,其中警示性的分析,已经通过了时间的考验。也不会有任何提议道德规范相对性的理论可以使《先人祭》的影响力减少分毫,因为它的效果基于观众对善的爱和对恶的恨。将善与恶从一切形而上的约束中剥离:它们的益处在于使人成为人,它们向反人的虚无中掷入挑战,又回应了根源于人性的需求。对于一位真正的无神论者,若能注意到得失利弊,相信善与恶永远不会是"反动的"。他更可能会像贡布罗维奇一样说:"别把我当作一个卑微的魔鬼。直到我生命的尽头,到我死的时候,我总会站在人类一边,甚至会站在上帝一边——虽然我根本不相信他。"(《日记》,一九五七)。而且他还会定义,文学的目的是"传达我们最简单、最平凡的道德冲动"(与多米尼克·德鲁的对话)。

当不存在死后的补救时,当弟兄们都落在自己或善或恶的意愿之下时,一位真正的无神论者不得不遵循最严格的伦理规章。任何东西,哪怕是最高尚的口号、真理或愿景,也不能证明个人受到的痛苦的正当性。这就是为什么对于这位真无神论者,俄国犯下了最恶劣的罪行。不仅是肉体上对数百万无助生灵的折磨,还是精神上以恐怖造成的虐待。通过恐怖,践踏平常的道德冲动和宗教实践。在对宗教的迫害中,它们暴露了自己是反人类的系统。即使是无神论者也会承认,宗教是人类想象力可钦佩的作品,是对抗生命和死亡之严酷的缓解剂。

真正的无神论者如此稀少，背后一定有个解释。是的。剥夺了进步的保证的历史，抛开了一切预定的和谐的自然，它们不是生母而是后母。它们看上去与我们的需求相悖（基因？）。非人与人的世界之间的矛盾是激烈的，而这种矛盾逐渐变为另一种感受：人感到包围自己的力量和法则不是自然的，而是恶毒的。而不可变的、盲目的、惯性的法则的帷幕后，恶魔性的存在鬼影憧憧。

贡布罗维奇，一位我心中真正的无神论者，在将存在理解为痛苦时采用了这种解释。也就是说，贡布罗维奇在他最严肃和本质的时刻是这样思考的。但痛苦没有来由地袭击人。自然，无穷尽的鱼虫走兽的苦难，它也用痛苦向人的宗教、哲学、雕塑、绘画、诗歌报以回敬。贡布罗维奇说：

> 我非常害怕魔鬼。从不信者嘴里说出的奇怪告解。我摆脱不了这种关于魔鬼的观念……从离我最近的周围吓人的显现中……什么是抗击这种怪物的警察、法律、安保措施呢？它在我们中间肆无忌惮地移动。没有任何防护，没有，没有，没有任何屏障立在它和我们之间。它在我们之中随心所欲，为所欲为！是什么分开漫步者的幸福和地下世界受折磨者的喊叫？什么都没有，只有空间，一片虚空……我们脚踏的大地铺满了痛苦，我们在其中跋涉——那是今日之痛，昨日之痛，前日之痛，过去数千年之痛——但不要欺骗自己：它不会随时间转淡。三十个世纪前的孩子的哭喊和三天前的是一样的。这是每一代和每一种生命的痛苦——不只是人的。

——《日记》，一九六〇

在这里，贡布罗维奇几乎像个摩尼教徒，和我相近。而现在轮到我做这个必需的告解了。我心里毫无疑问对自己的生命深恶痛绝，因为它被如是地创造，服从其法则而不是其他。这样的信念始终是摩尼教教义的中心。今天，由于经验等原因，相信有鬼但不相信神的人数量众多。我个人认识一些接受后果并选择与魔鬼合作的人，因为只有魔鬼才能取得胜利。这因而与陀思妥耶夫斯基的大法官的选择一致。但这不是诗人的选择。既然"想象力的圣工"是反自然的，其中就有可以保护我们的东西。

在二十世纪的作者中，有一位格外关注"存在即痛苦"，名叫西蒙娜·韦伊。我曾将她的作品译至波兰文，撰文介绍她，教授过关于她的内容。我讲摩尼教的课程主要都是关于她以及她对中世纪摩尼教徒（清洁派，或阿尔比教派①）的研究，韦伊的基督教充满了二元论②，既有柏拉图式的，也有摩尼教式的。不一定对所有人的胃口，但它的长处在于它和跑在世界前面的新神学恰恰相反，与之配成平衡。多数学生已经熟悉德日进的名字——新神学热衷于援引他为权威——但他们还是第一次听说西蒙娜·韦伊。对于一些学生来说，发现她的作品是人生大事。通过明晰的思想和文风，她远超于那些加入"时代的需求"的基督徒。因此，今日的读者可以在她那里找到强有力的配重。

"将'善'与'必需'分别的无限距离"，如果我们把韦伊说的这句话写在黑板上，并花一小时时间展开说明，就可以大概得到她的系统的精髓。其中一个方面是激进的无神论；甚至可以说，韦伊，精通数学和物理，回归于"科学的世界观"。她所使用的"必需"一词

---

① 又称卡特里派，是中世纪时一个提倡苦行的基督教派别，受到摩尼教思想的影响，兴盛于12世纪与13世纪的西欧，主要分布在法国南部。由于该教派于1145年传入法国南部的阿尔比城，因此又称阿尔比派。12世纪时，法国南部朗格道克-鲁西永大区的城市贝济耶成为卡特里派的圣地。后卡特里派被定性为异端。1209年，教皇英诺森三世对法国南部的卡特里派进行迫害，其所组织的阿尔比十字军在攻克贝济耶城后，随即展开大屠杀，共有两万多人遭到杀害。

② 一种本体论观点。与一元论不同，二元论认为世界由两种不可缺少且相互独立的元素组成（一元论认为世界的本原是唯一的）。哲学上所说的二元论一般指认为世界的本质是物质和意识两个实体的观点。

指代整个宇宙、地球、人类历史，一种由数学决定论掌控的因果系统。偶然事件是它的变量。在这无穷多的偶然中，我们称为善的东西没有任何踪影。而她最喜欢驳斥一切进步分子和世俗人文主义者的是，他们混淆了两种互不相干的秩序，将善放在只有盲目的必需性的层面。但是宇宙间也不存在我们称为"恶"的东西。"自然"，也就相当于"必需"，尽管在我们眼中是残酷的，也是无辜的。神在创造这个世界以后放弃了对它的统治，任其自生自灭。这在人的理性看来似乎站不住脚。神是善的化身，可他却想要一个没有善的世界，也就是说，一个在善恶的层次以下的世界。他（善）将自己与世界（必需）以无限距离相隔。这是又一个十八世纪自然神论者的无情的大钟表匠上帝吗？不。韦伊的神是悲剧性的，始终爱着的，是在十字架上垂死的上帝。基督在死之前说的"我的神，为什么离弃我"，在渴望"不从这个世界来的"善的韦伊看来，是基督性最有力的肯定，也是人性的证据。后者是一切层次中最低的一个，在自然蒙昧的天真之上，却为其法则所束缚。为完善我们的黑板铭文，应当再加上另一句韦伊的格言："矛盾是达到超越的工具。"人必须把上帝想作是退却的、缺席的，但同时又要相信天佑……即相信善虽然与我们无限地隔离，没法与我们沟通（"说服我们"，韦伊会认同柏拉图的说法）；相信他在人的灵魂中像所有种子里最小的（天国好像一粒芥菜种）[1]。除了像韦伊一样称之为不可解的矛盾，我们还能怎样？自然的和谐和纯真，在她看来，即道成肉身的神的无玷圣母。如何调解对它的赞美和上帝将其统治权让予这个世界的王的现实呢？

在写自己的灵性探险时，我怎么可能漏掉西蒙娜·韦伊呢。诚然，我不赞同她极端的柏拉图主义，也不赞同她在歇斯底里边缘的英

---

[1] "天国好像一粒芥菜种，有人拿去种在田里。这原是百种里最小的，等到长起来，却比各样的菜都大，且成了树。天上的飞鸟来宿在他的枝上。"——《马太福音》13 章 31—32 节。

勇的自我牺牲。她的死在很多方面都让人想起清洁派的恩杜拉①（一种仪礼性的斋戒自杀）。但是，塞万提斯的来自曼查的骑士，作为终结于临床疯癫的极端案例，显明了幻想的冒险之无意义的愚勇。因此相似的，这位"红色圣女"②，这头大学同事们眼里的"可怖的怪兽"③。如果是个会妥协的人，就不可能具有如是不可思议的思维活力。要说本书有一个首要的主题，那就是这种人类固有的"病态"，就是人类重量的这种不稳定的平衡，只要在一侧增加一点点，就会导致侧翻。西蒙娜·韦伊教给我，我对生命的憎恨并不完全是应当谴责的。对纯粹的渴望会伪装成病态。而我对生命的热爱，同等地强烈，也同等地真实，因为我们以矛盾的方式生存。最终，她对矛盾、甚至是逻辑矛盾的作用的清晰阐述，是阅读她的作品能获得的最有价值的一点。

　　成群结队的基督徒，伴着鼓声、扛着旗子，在他们神学家的指令下，走向人即为神的营地，却或以无知，或以健忘，对待陀思妥耶夫斯基选择的反方向的路。这尚未标志着乌尔罗已大获全胜。地球不是流着蜜的居所，而科学方程的鼓吹者，淡漠无情、不冷不热，也依然会遇到挫折。这种挫折不仅仅是来自于痛苦这位纠缠不休的妨碍者。现在我大致知道自己开设摩尼教课程的隐藏动机来自哪里了。就在某时，在伯克利以神学山为名的地方。那里是各种宗教的研究生院，人们在彼此助长社交狂热的气氛中为德日进的天才做证。这么说不是因为我希望劝诱人们改宗摩尼教的任何一种传统形式。我只是觉得，了解一些摩尼教的内容是必需的，也是不可避免的。

---

① 卡特里派认为物质世界是邪恶的，个体想要变为完美，需弃绝一切来自世界之罪。为此，可以参与名为"慰藉"的仪式，在"慰藉"中需绝对禁欲。通常，这些教徒在"慰藉"之余，还会度过一段处于饥饿而寒冷状态的严格克修生活，直到死亡为止。这种借绝食而达成的自杀仪式，称为恩杜拉。

② 原指路易斯·米歇尔（1830—1905），巴黎公社的重要人物，具有重要影响意义的革命家和无政府主义者。

③ 原文为拉丁文，来自维吉尔的诗句。

第四十章

我感到非常尴尬。每当我试图解释自己的宗教追求时，都会感受到这种尴尬。我认为应当探究其原因。谈论宗派归属没有问题。那时我回答：罗马天主教，和我的爱尔兰以及意大利同事一样。一个意大利人除了是天主教徒还能是什么呢？但是在我居住的这个流动不定的美国社会，即使我立刻补充说自己其实是个佛教徒，也不会有人为此感到惊讶。在这个地方，宗教信仰的严格区分极为罕见。因为这个原因，我必须回到我的波兰童年，回到我的波兰传承中。

罗马天主教徒——暗含着多少其他意思！血统纯正的波兰人，爱国者，亘古以来的天主教徒；接下来还有，正直，波兰式好客，以及彼此相爱，长命百岁和杯酒践行①。假如就这么披上民族传统的罩袍，我会觉得是在欺骗。我所有的书都可以为我与民族精神的冲突做证。这种冲突即便对我来说也是秘密的、痛苦的、迄今无法解释的。也许必当如此，当波兰人全都在高估自己的时候，在作家里应当有一位孤立的异类去思虑灾变的事情——灾变导向何方，尚且无人知晓。而内心深处我始终无法肯定，这种冲突难道不是我与更广大的人类社会之间的矛盾的理性化？而我混着慈爱的反感难道不是我内心那陈年的负罪感？因为确凿无疑，我孜孜以求的理想从始至终是作为人的社会里的成员，与伙伴以共识和友谊共事，和他们具有同一套价值观，感受亲密之情。这的确是健康的文化，能够促生美术的、文学的、哲

---

① 彼此相爱，耶稣的教导；长命百岁，生日祝词；杯酒践行，习俗。

学的伟大和严肃的作品，同时又葆有私密的纽带。但纵使如此，我永不可能屈膝于名为"波兰性"的女神足前。尽管我也理解这种特殊的偶像崇拜的起源。有多少耻辱藏在这骄傲、自恋又奇怪的、脆弱的民族气质里，以至于它热切联合任何帮助它恢复自尊自贵的东西；它用终极的，尽管还未明言的标准裁断人手和人脑所做的每一件工作，以实用的目标，即"为了波兰好"。即使是宗教也成为这一标准的仆从。有位美国教授最近说，波兰是不信者的国家，人们的宗教生活是出于对民族传统的忠诚。他并没有完全说错。然而对我来说，即使是以爱国闻名的密茨凯维奇，也总是比"民族诗人"更高的存在。

但光阴荏苒，从我自豪地脱离波兰天主教以来，欧洲和美国发生了很多事情；而我的骄傲因这一生的经历节节败退。只要稍加对比，我们就能发现如亚历山大·瓦特的一句诗说的，"邪恶无底"。如果某种社会结构能阻止人做极为邪恶的事，它是应当得到尊敬的。我关于人的观念在很多方面和贡布罗维奇相似，其中之一是我们都欣赏"不愠不火"。这也是贡布罗维奇抵抗彼此煽动，避免自己像人们一样变得容易陷入群体性歇斯底里的方式。如果说人是仪式人，那么对那些能把我们带入神圣性的仪礼和程式，不该轻言弃置。此外，据我观察，在信仰和实践中通常做的划分并不符合现实。对于绝大多数人，特别是对西方人，显然"我信"和"我不信"两种表述都同样无关痛痒。他们也不会变成别样。作用于他们的时高时低的电流，出自他们文明中超出他们理解力的部分。在周日参与教会活动，即使只是因为环境迫使，即使只是为了行为规范（如波兰人、爱尔兰人、意大利人），也会被全能者所见。他当然富有幽默感，会把这也看作是信心的行为。有个复活节，我在伦敦的一间教堂里见到了两个爱尔兰人，都酩酊大醉，吵闹又快活地在地上滚一只柠檬取乐。我敢肯定，他们也站在天主的眼前。没有幽默感的宗教不适合人类。同时，在很久以前就有人指出过，真正的幽默，不是讥嘲，其中有真正宗教性的东西。

我感到，虽然信众人数日益减少，天主教能够补充波兰各智识的根基，或者至少是背景。它蕴含着波兰文化原创性的希望。波兰文化（这个词不比"结构"更合适，并且也同样没什么可分析的）是一种"信"的文化。它最充分的代表无疑是《塔杜施先生》，一部大地的祝福之歌。然而，基督诞生剧，家庭成员和仆从间唱的连祷，一年两次的贪食节日，这些昔日习俗的回忆会渐渐抹去。让人对一个如此依存于习俗，被"波兰性"吸收了的天主教的未来心生疑窦。

令人尴尬的另一个原因是：如果一位诗人承认天主教信仰，人们往往将其解读为"泊入港湾"或"在宗教中寻求慰藉"（更不必提，传统上人们还会联想到，这个人的政治观点要转向右翼了），将其作为变成循规蹈矩的可敬绅士的记号。但在我，这过程正好是相反的。道德上说，在我看来没有什么可以为基督徒辩护或攻讦无神论者。中世纪时所有人都自称是基督徒，不管高低贵贱、虔敬与否。我甚至会说，如果有人能够成为无神论者，他就应当这样做。在我们两个人中，贡布罗维奇总是比我更理性、更自洽，而我现在还可以添上一点，他更为诚实。如果不是在人生中早早观察到，不向神不住地祷告，我就会无力生活，我宗教狂喜的孩提时代就会逝去无痕。在我很年轻的时候，生命的悲剧性就展露无遗。它是强大的力和它的反作用力之间的对抗：肯定、对世界开放、慷慨对抗否定、回退、自律。有的时候，我当然会努力使这种冲突合理化，调和它，使生活简单一些。但我也充分认识到，没有神的帮助时我就会迷失。那时我是个萨特说的"典型的无耻之徒"，为给自己的存在找一个形而上学的理由而设法使自己信仰什么。也就是说，如果活着，那自己必然是预定了为着什么。我的保护人密茨凯维奇就有这样的信仰。贡布罗维奇嘲之为"一个迷信的孩子的哲学"。而我倾向于认为，使我的作品与其他的二十世纪波兰文学不同的，正是同一种"孩子的迷信"。

好个慰藉，宗教！我暗中被摩尼教式的否定吸引，赞同帕斯卡的"自我是可憎的"，以及西蒙娜·韦伊非同寻常的宣告——"不论身在何处，我的呼吸和心跳都会污染天地的寂静。"对于我这样一个人，对一个能和奥斯卡·米沃什一道，在自然"崇高的秩序"中感到疏离（《奥秘》，对短诗二十二的注解）的人，宗教会是慰藉吗？在我还是那个因为离群而吃苦颇多的孩子的时候，他奔跑在切莱亚他祖居的土地上，看着周围的事物。河流、云彩、鸟、草地上的蚂蚁，每一样事物都是和谐的流动性的一部分，每一个都是一副知道"我在哪儿，我从哪里来，我要到哪里去"的模样。像我这样的人，总被极端的怀疑论诱惑。他总能接收到这样一种声音，它要求他把自身的不足当作内部策略真正的理由；要求他在没有真正的信仰的情况下依然去信仰它。而他，仿佛在脑中耸了耸肩，对这个不断滋扰的声音说：所以呢？

长期以来研究宗教史是我的热情所在。它使人更倾向于不可知论的立场。在福音书作者和第一代使徒之间的对比惊人而刺眼。一边是《新约》，另一边紧随其后的是后者的布道，例如说圣克莱孟①在大约公元八〇年写给哥林多教会的信。这个年代已经相当早了。可是不论是克莱孟书信，还是收信的犹太人团体，都不能激起什么感情。也就是说，在那时某种衰败已经开始了。我们知道有过极大之事，见证它的人和被圣灵灼热的气息感动了的人都成为中介。仅仅过去几十年，这种感动就不复存在了。尽管克莱孟写信的时候，使徒中最年轻的一位，"雷霆之子"半尼其，或称圣约翰，还活着。那时的罗马帝国里，已经出现了希腊化的思想，以及与之相对的来自东方教派的教

---

① 教宗圣克莱孟一世（约1世纪—99年），也被称为"罗马的克勉"，在大约公元80年，他代表罗马的教会写信给哥林多的教会，称为《克肋孟一书》（即本段提到的信）。

义。固然，前者没什么可称赞的，但现在反过来看，它那时已经旗帜鲜明地针对后者的敌意是有道理的。如果我生在基督教诞生的头几个世纪，生在基督教的规训越来越接近道德化地夸夸其谈的时期，某种感知，某种头脑倾向，一定会使我更接近诺斯替派而不是基督徒。然而胜利最终属于心思单纯的人，而不是他们的对手和他们经过严格训练的头脑。这就像种子必须落在黑土地上才能结出果实一样确定。琢磨这种衰败的趋势（有许多虔信者选择殉道并不能说明这种趋势不存在，我认为）就触及了历史的秘密。从那时起，基督教在灵性上再也没能重回初代教会的那种高度。通常，在向更未开化的民族宣教时，它更是堕落为吟诵魔咒以及制造能疗救创伤和疾病的护身符的技术，还有数不清的冥顽和迷信、狂热、暴民屠杀。比如公元四一五年在亚历山德里亚，一群基督徒在反对开化的僧侣的带领下，肢解了新柏拉图派的最后一位哲学家，希帕提亚。更不用提有预谋的杀害。比如十三世纪法国的阿尔比十字军。那时天主教徒和异端共同守卫贝济耶，因为朗格道克的天主教徒和阿尔比派之间并不敌对。当国王的军团攻占此地后，主教却刻意劝告占领者说："把他们全杀光，上帝会知道谁是属自己的！"不管这是历史传奇与否，这类的劝告可能伴随着许多剑下的皈依。宣告自己的基督信仰，我们就继承了施加于精神和肉体压迫的历史，祭坛和王座以及祭坛和金钱的力量之间的协定。但基督教也是机车和电灯泡的基督教，是原子弹和激光的，简言之，是统治地球的强大的科技的。我们只能在理论上设想，没人能知道一个没有基督教的罗马帝国会是什么样子。但从印度僵化的文明判断，一个僵化的欧洲也是不难想象的——倘若没有犹太、希腊、罗马元素超凡的混合，以及由此产生的神学思索培育的思维锻炼，后来也不会有哲学或科学的假说。我们自豪地宣称"白种人的负担"① 的时代已

---

① "白种人的负担"由英国人吉卜林提出。这是一种殖民主义观点，认为白种人是文明人，承担了教化所有其他"野蛮民族"的责任。

经过去，但不可否认的事实是，全球各民族和部落都在学习的现代科学和技术，是这一丁点大的西欧的产物。这些科学技术的发源地的地理边界和教会拉丁语的使用范围大致重合。

很久以前我读过圣依纳爵·罗耀拉①的《神操》②，我特别记得这本书里关于使用想象力的训练。作者建议操练者（我按记忆复述），应当常常在思想中回到主耶稣在加利利的会堂宣道的时刻，回到那里的市镇和街道上，置身于听他讲道的人中，伴随他在地上的漫游，见证他的死亡③。让我们好好想想这建议。罗耀拉实际上要求读者溯游而上，穿过文明的岁月，穿过更替的世代，穿过自暮年至出生的整个人生，反方向地探索构成我们称之为"历史"的无数重人生的历程。在这里我们见到，基督教史观的核心，是先将目光集中于某时某地的单一事件，然后相对于它展开，最终形成历史的整体。在陀思妥耶夫斯基成长的环境中，人们恐惧耶稣会，把这些天主教的会士当作波兰和梵蒂冈的不祥的代理人。我不知道他是否看过这本耶稣会创始人的作品。但这种"溯游而上法"，可能对于陀思妥耶夫斯基具有一定吸引力。因为他在鄂木斯克服刑时和福音十分亲近。无论如何，通过将想象力集中在耶稣其人身上，读者一定会提出一个问题，对这个问题的回答会区分基督徒与非基督徒：他复活了还是没有复活？另一种表述方式：是否只有一种永不可变的宇宙秩序（西蒙娜·韦伊的必需），还是说这种秩序曾被违反过哪怕一次？而陀思妥耶夫斯基实际上选择了：就算是真理站在科学决定论一边，我也要和基督一起。

---

① 圣依纳爵·罗耀拉（1491—1556），西班牙人，耶稣会创始人，罗马公教圣人之一。他在罗马公教会内进行改革，以对抗由马丁·路德等人所领导的宗教改革。

② 圣依纳爵的《神操》是当代天主教会应用广泛而且极受欢迎的灵修范式。书的内容为连续34周左右的内省的过程。中文译本于2000年由广西美术出版社出版。

③ 以上这段文字是作者切斯瓦夫·米沃什在大致地描述《神操》中关于默观的内容。

在历史里溯游而上，不把它缩减为黑格尔式的范畴，而是拥抱无数人多种多样的具体生活，接着，观看神而人者的形象，触摸他的衣服，这些都需要至高的想象力。确实，它要求的这一种想象力，当以大写字母开头时，在布莱克看来就是神。但是，我们自身的想象力极少能达到理想的境界，因此现代人的信仰行为包括了赌注，一种掷骰子游戏。当然，这个类比是不完美的，因为这里不是冷漠的投注：事实上，我们并没有什么选择，因为我们都具有肉体存在，它逼迫着我们在"是"与"否"之间选出一个。自文艺复兴开始，直至如今，这种赌注元素，这种筹码就存在于宗教环境中。虽然是以理性算计的语言表述。这个问题最初是由帕斯卡提出的。

我提到了赌注这种元素（遗憾的是，它只出自乌尔罗地），是为了说明，即使是纯粹出于生物冲动的信仰，也必须知晓双方，并且拥有在"不"上下注的自由。说"不"是绝对有道理的，只要看看西方的天主教神职人员他们的所作所为，时常比兜售赎罪券以及为了肥差默许君王的罪恶更不堪。人们用不着成为梵二会议①的反对者，也会被许多神学家和教会使节的行为激怒，并且和我有同感。教会的统治集团剥夺了我们的母语拉丁语，而代之以英语这门外语，这伤害了大批像我一样的流亡者。他们以"参与"的名义要求我们用英语祷告②，仿佛当年的新教改革运动将宗教民族化造成的破坏还不够大一样。宣称二十世纪后四分之一的宗教状况和五个世纪前相比不好也不更坏，而不顾在西方数不胜数的名义天主教徒突然停止聚会这一事实。这的确需要真正的天才的幽默感。

而对于那些感到此天此地依然不够，非要期盼另一个天地才能活

---

① 第二次梵蒂冈大公会议，简称"梵二会议"，是天主教会距今最近召开的一次大公会议，于1962年10月11日由教宗若望二十三世召开。该会议致力于实现"天主教会的现代化"，改善天主教与其他宗教的关系，推动普世性的宗教对话。

② 天主教会的弥撒一千五百年来都是拉丁语的，对作者来说拉丁语才是天主教徒的"母语"。

下去的人呢？对于那些自己的生活是这样，还是梦幻、帷幕、黑暗的镜子，并且不能接受自己会永远不能理解什么是真实的人呢？他们会信，因为人类不可靠的语言中，没有一种能填满他们的渴望。只有一种语言可以达到人类想象的最高要求，那就是《圣经》。

第四十一章

我进入了我的故事的最终章节。对于这本书的可靠性，在我看来已经是竭尽所能，但说到底也并没有很尽如人意。不管我们怎样精心地组织纸上的字句，用我们认为是真实的东西，利用见证、经历、道理来确证，我们依然为语言的过去和现在时态所束缚，既在句法上，也在韵律上。甚至是我，虽然反感于现代波兰语中一些倾向，不满其模糊和学究式的空谈，可能也不可避免地改变了腔调，不如自己希望的那样不受影响。无论如何，我希望通过回顾灵魂自传中另一种隐藏更深的思绪流，可以使某种关于我的固化的和大而化之的看法失效。这对我个人具有重要性，因为我们致力于向他人表达与真正的自己最近似的部分——我们也不幻想能达到比近似更好的结果。但我也不想落入伪善——我在这里指的是不适当的谦虚：作为一个乌尔罗地的波兰诗人，我要对付一大套不自洽和自相矛盾。我的探险不是只对自己有意义。

我们曾在哪里？这一切都是什么？我们要往何处去？那么有勇气，决定说或不说什么的人不是我。我学着贡布罗维奇在《横渡大西洋》中的举止说："我的目标是提供事实，因为，谁会在这样的台风里躲在风眼做优雅的分析呢？"我们亲身到达过，深深知道布莱克的乌尔罗不是个幻觉。不管我们怎样称呼它，自大约十八世纪起，它根基渐深，聚集力量。而一切在"荒原"① （它为人所知的另一个名

---

① 在作者看来 T. S. 艾略特创造的"荒原"这一概念也代表马尔罗。

字）中寻找出口的人，在我看来，不仅是最为理所应当的，还是可敬的。即便他们的努力最终失败，被人视为"怪胎"也罢。

我们处在过去二百多年来获得的思维习惯的辖制之下。毫无疑问，在我自己的写作中，我也不知不觉暴露出一些这样的习惯。有时屈服于它们。例如说，我对文学的态度基于自己作为读者的经验。它只是部分地是我自己的。而即便是这小部分经验，也充满接受和继承来的观点。在波兰和欧亚大陆的文学史中，有许多东西至今还是不清楚，还不能解释。我们感到自己只能在它们周围迂回，却不能给它们命名。我曾作为诗人、评论家、讲师从事波兰文学研究，但我坦言，那些我称为最深含义、特殊使命的东西，我还没把握住。这是在自吹自擂的枯骨中填上天使的精神，在横溢的才华上层叠平庸？虽然悲叹其贫瘠，当我将它与其他国家的文学比较时，我在其中发现了某种细腻之处，某种敏感性，一件极少显明但隐藏着无限价值的特殊天赋。谁知道，如果我没有假设，至少是不公开地，只是因为用波兰语写作，我就可以在那些西方人失败的地方获胜，我还能不能在面对他们的时候这么骄傲。这不是因为我来自东欧。我不是俄国人。俄罗斯文学属于所谓的伟大文学；它的成就，它的形式，都比波兰文学高上一等。但它也渴求这种细腻性——这种我发现的难以命名的天赋——这使我略感惊慌，因为我发现自己也出现了弥赛亚主义的迹象，尽管不是传统形式的。

在研究波兰浪漫派的弥赛亚主义思想时，应当考虑到它们的职能。如果弥赛亚主义能像斯威登堡的第五教会，布莱克的耶路撒冷，或者米沃什的第六教会一样，那它们在一定程度上是有价值的。但是，期待圣灵的时代不会马上成为整个国家的抱负。事实上，虽然有时候末世盼望会起到决定性作用，但更多时候，就是这些诗人自己也不过是无意识地借用其称号而已。"波兰"成为希望的象征。它的力量比欧洲各地对打倒君主暴政，实现人类博爱的希望更强大。浪漫主义的各种思想脉络纷乱复杂，难以厘清。譬如说，比较《先人祭》

及韦斯皮扬斯基改编的同名戏剧，可以发现前者中的宗教成分比民族主义成分更明显，而后者反之。类似的，我们这些二十世纪的人，通过比较现在和历史，可以检查浪漫主义的各种脉络中哪些更持久，从而把它们分析得更清楚。

波兰文学在一九一八年至一九三九年间的所有学派和潮流中，与浪漫主义精神最接近的是"灾变论"，因为它们有相似的末世期盼。当然在语言和形式上，斯卡曼德尔的诗人会是浪漫派最杰出的继承者。末世期盼在约瑟夫·切霍维奇[①]和扎加里诗人们（特别是耶日·扎古尔斯基[②]的《仇敌的降临》和我自己的《三个冬天》）的诗歌中展露无遗——有大动乱，灾难，有普世的危机，其持续时间待定。"触底反弹"成为反复的主题。然而有趣的是，这种幻想中的最终审判不是所有事物的终结，也就是说不是已经没有希望了。切霍维奇创作了一些韵诗，其无瑕的纯洁性保证它们在波兰语文中永远有一席之地。这些诗就是那种我提到的天赋的典范。他的诗里填满了自己早夭的先兆。但即便是他，也持有对彼岸的信念。这种信念在灾变论里占有中心地位。此外，仔细读过这些文本就能发现，不管是悲剧还是它的解决，都不限于特定的国家。国家的危险，内在衰弱的经济，外在东西方的威胁，无疑是助长了"灾变论"的态度。但诗歌的直觉走得更深。"灾变论"总的说来是与文明的巨大危机相关联的。作为一九三九年至一九四五年的事件的卡珊德拉式预言[③]，它只在之后才获承认。而这种承认稍嫌肤浅。因为第二次世界大战也不过是一场会拖延更久的危机的必然结果。

"灾变"的根源？从我个人的角度看，从这本书就可以演绎而

---

① 约瑟夫·切霍维奇（1903—1939），波兰先锋派诗人，创作过一系列"灾变论"的诗歌。
② 耶日·扎古尔斯基（1907—1984），波兰诗人、作家、翻译家，诗歌团体"扎加里"的一员。《仇敌的降临》是其代表诗作之一。
③ 即不被相信的预言。

得。广义上的"俄罗斯经验"起了一定作用。不仅有革命,还有以文学记载的前兆后果。当然,比起法国或英国,在波兰更能意识到"俄罗斯经验"的巨大和凶恶。如果住在维尔纽斯,在边境附近,这些感受还会更深。在白俄罗斯的乡村,一切波兰的东西都和"主子们"的世界以及西方联系在一起。这种触手可及的恶意能在最迟钝的人心里唤起对阴暗元素的恐惧。"灾变论者"事实上,不是来自中心波兰,而都是一些在不同程度上和东部有接触的人。甚至是切霍维奇,虽生于卢布林,其思想更大程度上基于在白俄罗斯和沃里尼亚①的经历。人们在"革命"这个话题上虽然已经读过很多——二十世纪的俄国文学广有译文,甚至有了各国本土的散文和诗歌仿作。提起"俄罗斯经验",不得不说两位不同代的作家,马里安·兹杰霍夫斯基和维特凯维奇的悲观主义。前者,兹杰霍夫斯基,在某种意义上受到的教育是革命前的俄罗斯文学中的宗教末世论倾向,而维特凯维奇的作品可以看作是他个人对战时和革命时期的俄罗斯的评论。

我倾向于认为"灾变论"不是一个流派而是一种倾向。可以为这些作者,包括散文作家和诗人,撰写一部编年史。因为他们的作品中这种倾向或显或隐地徘徊。而产生这种倾向的时间甚至早在二十世纪二十年代。在此之外的是那些为东方来的光欢呼的作品,那些庆祝"新时代的曙光"的游行、机枪的"嗒嗒"声的人。左翼与否,"灾变论"吝于论及临近的未来和可预见的数十年,甚至数百年的悲剧。兹杰霍夫斯基和维特凯维奇这两位,其实不大满足进入灾变论编年史的条件,因为他们的作品中没有给出灾难后最终的出路("我们来自牲畜,也将归于牲畜")。如果这一部书需要寻求一位保护人,当属克拉辛斯基,因为他的《非神曲》结尾出现了突然的反转。

这一切都发生在太久之前,而今的国家不再是那时的国家,人不

---

① 位于乌克兰西部的一个历史地区。波兰也统治过沃里尼亚的部分地区。(乌克兰和波兰民族在此地区纠葛已久,亦可参见电影《沃伦》。)

再是那时的人，我也不再是那个曾经的我了。但是命运的现实无可逃避，在某种意义上我终身都是个"灾变论者"。这样一种立场至少有一点好：如果我们总是做好最坏打算，那么，当极坏的情况发生时，就不会因太惊讶而措手不及了。与此同时，对新的宇宙和谐、对"信心和力量的时代"的末世期盼，始终与我们同在。

我降服于布莱克所说的想象力的法则下。这不是说，我像中世纪的菲奥雷的约阿基姆①和波兰浪漫派一样，期待一个第三纪元的降临，期待圣灵的时代。或者像最后岁月的奥斯卡·米沃什一样，预见千禧年在一两年内就来。在这里，言语格外地狡猾。这也就是说在渴望天国和渴望世界的结束、纪元的结束之间，从来没有明确的划分。

让我们从末世论的高峰降到世俗的领土上来。在后一种地界也同样需要动用想象力。最终，我是那个坐在学校书桌前的孩子，将老师的话左耳进右耳出，只听到单调的嗡嗡声。不厌其烦地在笔记本里画满理想国度的样子，为它添上边界、湖泊和河流。我是按照自己想出来的本该存在的国家画的，这就意味着我不仅是在组织空间，而且也超越了"现在"这个时态。在那些国度里，我必须坦白，多是封闭的林地，那里是未被沾染的野性的庇护所，了无人迹，只有交错的水道可容独木舟划过，而人类居住点甚少。我对着那本一八四〇年的法国图画书幻想黑人的独木舟和猎河马的场景。吸引我的还有詹姆士·菲尼莫尔·库珀的《探路者》，梅恩·里德的《林间漫游或树顶上的旅行》，玛丽亚·罗杰维楚夫娜的《森林人的夏天》，还有沃基米日·科萨克的《自然示踪》。今天，这些从数学和物理课偷来的时间并没有白白浪费，而是严肃的投资，帮助我实现将人从乌尔罗地的奴役中解放的梦想。我又一次描画起了理想，一如往昔，但这已不再是在练习本上画地图了。那时，在十二三岁的年纪，我关注保护"自然

---

① 菲奥雷家族的约阿基姆（约1145—1202），意大利神秘主义者、神学家，曾作过一系列末世预言，对后世的末世想象颇有影响。

环境"，但今天我的关注点主要在"人的环境"。我思考的复兴不像千禧年那么宏大，但我还是谨慎地将它放在我和同辈人的大限之后。即使现在在某些小圈子里，已经有新的概念的科学产生，也不能保证它可以很快到达被科技和政治锻造的大众想象。三十年代令人失望，那时风气荒谬，人们像是瞎眼一样聚在一起，陷入没有头脑的狂热。但七十年代在我看来也没有更好。因此我并没有什么雄心壮志，不认为自己的希望在邻近的未来就能实现。

即使不是所有世界中最好的，也至少是更好的一个：我复兴的文明不会保护人免于痛苦或个人的不幸，免于疾病或死亡，不会将他从辛苦的劳作中解放。但那个"比以前任何时候都更生动，更饥渴，内心更苦恼的劳苦大众的最深刻的秘密"会得到破解。笼统的文字和图像曾意图使人以定量的词汇思考自身，使他通过一台颠倒的望远镜看别人也看自己（光线通过他的眼睛发生损失，最终一切都近乎于零），但将不再能主宰人。古代或被忘记，或在事实上遭到禁止的发现，会重新变为常识：奴隶制并不是在十九世纪开始思考其产生时才产生的；在建立社会互动的规则时的谎言，源头比恐惧和权力欲更深，反抗非人的生活条件的起义隐藏着的渴望，独裁者和煽动民众的护民官只是当作口号说说。

彼时的政治形式会是如何，我猜不到。即使是极端去中心化的神权统治，我也不会惊讶。关于国与国友好合作的浪漫梦想还是有可能成真的。那时每一个国家，甚至是最小的，也被当作必需。这样所有的民族一起就会组成彩虹的颜色。我们可以比今日之闹剧站得更高远些。那时，我们不会因为懂得、因为选择了波兰语、匈牙利语或捷克语写作而遭到指责，而在每一种这样的文学里都会发现不为人知的宝藏。

我提及了那个在笔记本上乱画幻想国度的孩子，是因为我们太习于用肃穆和庄重的词汇思考"终极之事"，仿佛它是灰胡子的智者和先知们的领域。但多少千禧年主义的渴望暴露了孩童的直觉。天真之歌和经验之歌具有共同的主题。在一个残酷又吝啬的世纪,"灾变论"幻想田园式的大地,那里"干草闻着像梦",而树木、人、动物,聚在一起,颂扬这座天堂般的花园的美。记得那个男孩,他和"灾变论"诗人,和伯克利的老教授是同一个人。这与本书的主导原则相符。一本书,它既孩子气,又属于成人,既崇高,又世俗。读者啊,忍耐我,以及你自己,以及我们人类独特的抱负。

"蓝色东欧"译丛（部分书目）

第 一 辑

- 《石头城纪事》（小说）
  【阿尔巴尼亚】伊斯梅尔·卡达莱 著　李玉民 译

- 《错宴》（小说）
  【阿尔巴尼亚】伊斯梅尔·卡达莱 著　余中先 译

- 《谁带回了杜伦迪娜》（小说）
  【阿尔巴尼亚】伊斯梅尔·卡达莱 著　邹琰 译

- 《石头世界》（小说）
  【波兰】塔杜施·博罗夫斯基 著　杨德友 译

- 《权力之图的绘制者》（小说）
  【罗马尼亚】加布里埃尔·基富 著　林亭、周关超 译

- 《罗马尼亚当代抒情诗选》（诗歌）
  【罗马尼亚】卢齐安·布拉加等 著　高兴 译

第 二 辑

- 《我的疯狂世纪（第一部）》（传记）
  【捷克】伊凡·克里玛 著　刘宏 译

- 《我的疯狂世纪（第二部）》（传记）
  【捷克】伊凡·克里玛 著　袁观 译

- 《我的金饭碗》（小说）
  【捷克】伊凡·克里玛 著　刘星灿 译

- 《一日情人》（小说）
  【捷克】伊凡·克里玛 著　高兴、杜常婧 译

- 《终极亲密》（小说）
  【捷克】伊凡·克里玛 著　徐伟珠 译

- 《等待黑暗，等待光明》（小说）
  【捷克】伊凡·克里玛 著　杜常婧 译

- 《没有圣人，没有天使》（小说）
  【捷克】伊凡·克里玛 著　朱力安 译

- 《花园里的野蛮人》（散文）
  【波兰】兹比格涅夫·赫贝特 著　张振辉 译

- 《带马嚼子的静物画》（散文）
  【波兰】兹比格涅夫·赫贝特 著　易丽君 译

- 《海上迷宫》（散文）
  【波兰】兹比格涅夫·赫贝特 著　赵刚 译

- 《父辈书》（小说）
  【匈牙利】瓦莫什·米克罗什 著　许健 译

第三辑

- 《乌尔罗地》（散文）
  【波兰】切斯瓦夫·米沃什 著　韩新忠、闫文驰 译

- 《路边狗》（散文）
  【波兰】切斯瓦夫·米沃什 著　赵玮婷 译

- 《第二空间——米沃什诗选》（诗歌）
  【波兰】切斯瓦夫·米沃什 著　周伟驰 译

- 《无止境——扎加耶夫斯基诗选》（诗歌）
  【波兰】亚当·扎加耶夫斯基 著　李以亮 译

- 《捍卫热情》（散文）
  【波兰】亚当·扎加耶夫斯基 著　李以亮 译

- 《索拉里斯星》（小说）
  【波兰】斯塔尼斯瓦夫·莱姆 著　赵刚 译

- 《遗忘的梦境——查特·盖佐短篇小说精选》（小说）
  【匈牙利】查特·盖佐 著　舒荪乐 译

- 《流星——卡雷尔·恰佩克哲理小说三部曲》（小说）
  【捷克】卡雷尔·恰佩克 著　舒荪乐、蒋文惠、程淑娟 译

- 《神殿的基石——布拉加箴言录》（箴言）
  【罗马尼亚】卢齐安·布拉加 著　陆象淦 译

- 《十亿个流浪汉，或者虚无——托马斯·萨拉蒙诗选》（诗歌）
  【斯洛文尼亚】托马斯·萨拉蒙 著　高兴 译

第四辑

- 《耻辱龛》（小说）
  【阿尔巴尼亚】伊斯梅尔·卡达莱 著　吴天楚 译

- 《三孔桥》（小说）
  【阿尔巴尼亚】伊斯梅尔·卡达莱 著　施雪莹 译

- 《接班人》（小说）
  【阿尔巴尼亚】伊斯梅尔·卡达莱 著　李玉民 译

- 《绝对恐惧：致杜卞卡》（小说）
  【捷克】博胡米尔·赫拉巴尔 著　李晖 译

- 《严密监视的列车》（小说）
  【捷克】博胡米尔·赫拉巴尔 著　徐伟珠 译

- 《雪绒花的庆典》（小说）
  【捷克】博胡米尔·赫拉巴尔 著　徐伟珠 译

- 《温柔的野蛮人》（小说）
  【捷克】博胡米尔·赫拉巴尔 著　彭小航 译

- 《无常的夏天》（小说）
  【捷克】弗拉迪斯拉夫·万楚拉 著　张陟 译

- 《赫贝特诗集（上、下）》（诗歌）
  【波兰】兹比格涅夫·赫贝特 著　赵刚 译

- 《垃圾日》（小说）
  【匈牙利】马利亚什·贝拉 著　余泽民 译

第五辑

- 《壁画》（小说）
  【匈牙利】萨博·玛格达 著　舒荪乐 译

- 《鹿》（小说）
  【匈牙利】萨博·玛格达 著　余泽民 译

- 《两座城市：论流亡、历史和想象力》（散文）
  【波兰】亚当·扎加耶夫斯基 著　李以亮 译

- 《另一种美》（散文）
  【波兰】亚当·扎加耶夫斯基 著　李以亮 译

- 《思想的黄昏》（随笔）
  【罗马尼亚】埃米尔·齐奥朗 著　陆象淦 译

- 《着魔的指南》（随笔）
  【罗马尼亚】埃米尔·齐奥朗 著　陆象淦 译

- 《乌村幻影》（小说）
  【罗马尼亚】欧金·乌力卡罗 著　陆象淦 译

- 《裸浴场上的交响音乐会——罗马尼亚20世纪小说精选》（小说）
  【罗马尼亚】诺曼·马内阿等 著　高兴等 译

- 《我行走在你身体的荒漠——立陶宛新生代诗选》（诗歌）
  【立陶宛】阿纳斯·阿里舒斯卡斯等 著　叶丽贤 译

- 《魔鬼作坊》（小说）
  【捷克】雅辛·托波尔 著　李晖 译

第六辑

- **《简短，但完整的故事》**（小说）
  【波兰】斯瓦沃米尔·姆罗热克 著　茅银辉、方晨 译

- **《三个较长的故事》**（小说）
  【波兰】斯瓦沃米尔·姆罗热克 著　茅银辉、林歆、张慧玲 译

- **《挑衅以及其他故事》**（小说）
  【阿尔巴尼亚】伊斯梅尔·卡达莱 著　李焰明 译

- **《娃娃》**（小说）
  【阿尔巴尼亚】伊斯梅尔·卡达莱 著　张雯琴、宋学智 译

- **《天堂超市》**（小说）
  【匈牙利】马利亚什·贝拉 著　余泽民 译

- **《墓地情事》**（小说）
  【匈牙利】马利亚什·贝拉 著　余泽民 译

- **《蓝色阁楼寻梦》**（小说）
  【罗马尼亚】阿德里亚娜·毕特尔 著　陆象淦 译

- **《两天的世界》**（小说）
  【罗马尼亚】乔治·伯勒伊泽 著　董希骁、Mara Arion 译

- **《生活边缘的女孩》**（小说）
  【罗马尼亚】米尔恰·格尔特雷斯库 著
  张志鹏、林慧芬、陈进、李昕、高兴 译

- **《希特勒金钱》**（小说）
  【捷克】拉德卡·德内玛尔科娃 著　姜蔚茜 译

· 部分书名为暂定，以出版时为准 ·